정도전 3

일러두기

1. 이 책의 편집은 정현민 작가의 집필 방식을 따랐습니다.
2. 드라마 대사는 글말이 아닌 입말임을 고려하여, 한글맞춤법과 다른 부분이라 해도 그 표현을 살렸습니다. 의성어, 의태어, 방언 또한 발음대로 표기했습니다. 지문의 경우 한글맞춤법을 최대한 따랐으나 작가의 집필 의도에 따라 고치지 않고 그대로 둔 경우도 있습니다.
3. 대사와 지문에 등장하는 말줄임표나 쉼표, 느낌표와 마침표 등의 문장부호 역시 작가의 집필 의도를 살리기 위해 최대한 그대로 실었습니다.
4. 이 책은 작가의 최종 대본으로 방송된 부분과 다를 수 있습니다.

KBS 대하드라마

정현민 대본집

제3권

포레스트북스

차례

기획의도

난세를 종식하고 새 시대를 열어젖힌 '대(大)정치가' 삼봉 정도전!

14세기 후반, 고려.
권력은 수탈의 도구로 전락한 지 오래,
뜻있는 자들이 떠난 묘당廟堂에는 간신들의 권주가만 드높았다.
외적들은 기진맥진한 고려의 산천을 집요하게 파헤쳤고,
삶의 터전을 떠나 유망하는 백성의 행렬이 팔도를 이었다.

난세亂世, 신이 버린 시공간.
희망이 발붙일 단 한 뼘의 공간도 없을 것 같던 그때.
선비로 산다는 것의 의미를 태산처럼 무겁게 아는 젊은이들이 있었다.
수신제가修身齊家하였으니 난세를 다스려
평천하平天下의 도를 세우는 것이 소임이라 믿었던 고려의 젊은 피.
바로, 후세에 신진사대부라 불리는 성균관의 학사들이었다.
그들은 고려의 마지막 희망이었다.

삼봉 정도전도 그들 중 한 사람이었다.
성리학을 바탕으로 땅에 떨어진 대의를 바로 세우고자 노력했지만
공민왕이 죽은 이후 실권을 장악한 이인임에 의해
머나먼 남도의 끝으로 귀양을 가게 된다.

무려 십 년에 걸친 유배와 유랑생활.
그는 절망의 끝에서 자신의 역사적 소명을 찾아낸다. 바로 역성易姓혁명.
그는 백성의 존경을 한 몸에 받던 무장 이성계를 찾아간다.
이 역사적인 만남이 조선의 건국으로 이어졌다.

정도전은 단순한 혁명가가 아니라 치밀한 기획과 비전을 갖고
새로운 문명을 건설한 설계자이자 창조자였다.
조선 건국 이후 『조선경국전』과 『경제문감』 등 숱한 노작을 통해
재상 정치를 근간으로 하는 중앙집권적 관료 체계의 기반을 확립하는 한편,
한양 천도, 사병 혁파와 같은 개혁을 추진하여 새 왕조의 기틀을 다져나갔다.
그러나 왕권 강화를 주장하던 정적, 이방원의 칼에 비운의 죽음을 맞는다.

조선의 건국자이면서도 역적이라는 오명을 쓰고 죽어가야 했던 정도전…….
그러나 그의 철학과 사상은 면면히 살아남아
조선왕조 오백 년을 지탱하는 힘이 되어주었다.

이 나라의 주인은 백성이다!
국민의 눈물을 닦아줄 진짜 정치가가 온다

갈수록 정치에 대한 불신이 깊어지고 있다.
국민의 눈물을 닦아줘야 할 정치가 오히려 한숨과 냉소의 대상이 되어가는 지금.
그럼에도 정치는 계속될 것이고, 우리는 정치에서 희망을 찾아야 한다.
그리하여 우리는 육백여 년 전 백성의 눈물을 닦아주고자 했던
한 위대한 정치가의 삶을 영상으로 복원하고자 한다.

이 드라마는 한낱 야인에서 조선 건국의 주역이 된 정치가,
정도전의 화려한 상에만 초점을 맞추지 않는다.

전장보다 살벌한 정치의 현장에서 언제 닥칠지 모를 죽음의 공포를 벗 삼아
혁명의 길을 뚜벅뚜벅 걸어간 한 인간의 고뇌와 갈등,
그리고 눈물과 고통을 놓치지 않을 것이다.
시청자들은 자신에게 주어진 운명을 거부하고 한계를 뛰어넘고자 노력한
거인巨人의 생애를 통해 큰 감동과 카타르시스를 느끼게 될 것이다.

여말선초라는 미증유의 난세를 살면서도
가슴 속에 대동大同의 이상사회를 품고 역성혁명을 기획하여
역사의 핏빛 칼날 위를 거침없이 질주해 갔던 삼봉 정도전.
그의 파란만장한 생애가 이제 드라마로 펼쳐진다.

드라마 구성

드라마 〈정도전〉은 공민왕이 시해되기 직전인 1374년 가을부터 정도전이 죽음을 맞는 1398년까지 24년간의 이야기를 그린다. 드라마의 내용은 크게 3부로 나뉘며, 제1부의 내용이 1권과 2권에 수록되며, 제2부의 내용이 3권과 4권에, 제3부의 내용이 5권에 수록되어 있다.

• 제1부 •
천명(天命)
1374~1385년

공민왕 사후, 이인임의 블랙리스트에 올라 유배와 유랑살이를 전전하던 정도전이 혁명을 결심, 이성계와 의기투합하는 시점까지.

• 제2부 •
역류(逆流)
1387~1392년

정도전이 이성계와 급진파를 규합하여 숱한 역경을 헤치고 조선을 건국하는 시점까지.

• 제3부 •
순교(殉教)
1393~1398년

조선왕조 개창 이후 권력의 정점에서 건국 사업을 주도하던 정도전이 요동 정벌을 목전에 두고 이방원에 의해 죽음을 맞는 시점까지.

인물관계도: 주요 갈등구도와 변천

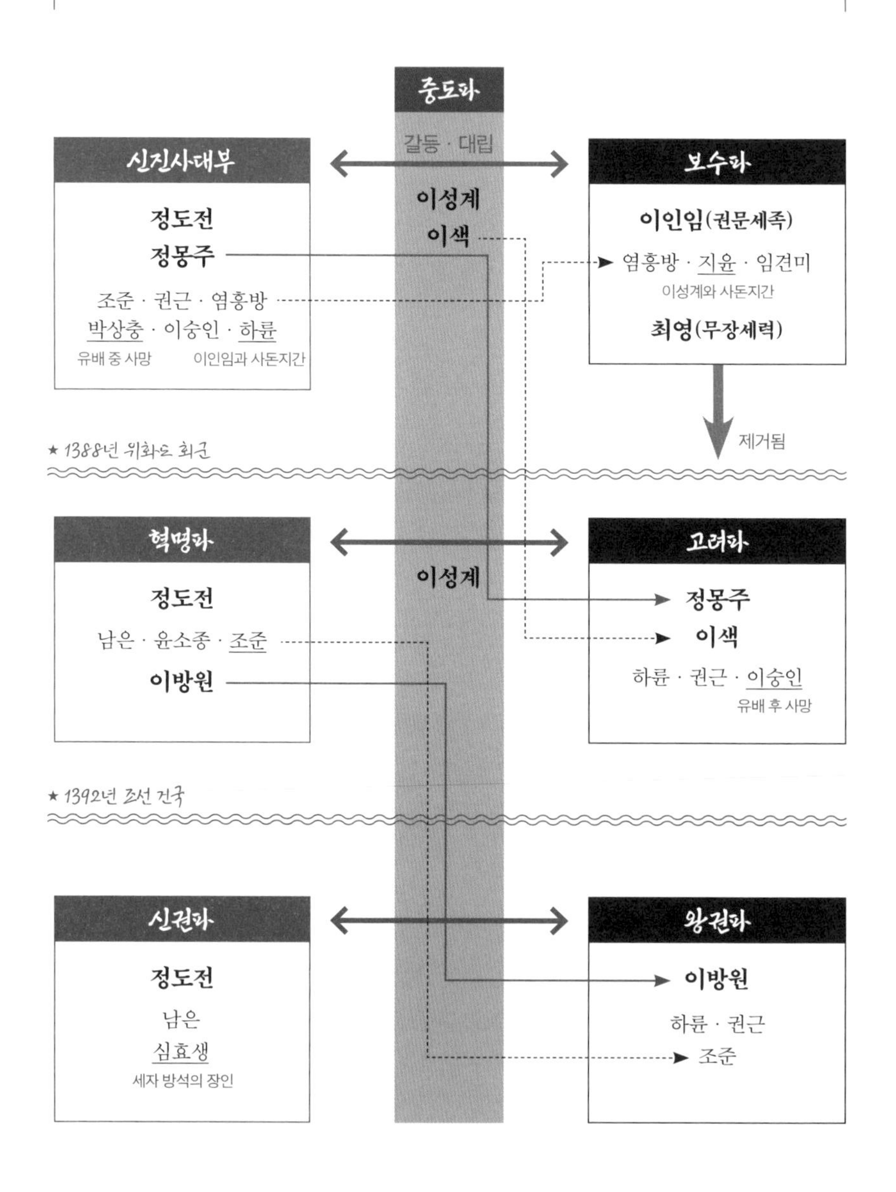

인물 소개

정도전

본관: 봉화(奉化) | 자: 종지(宗之) | 호: 삼봉(三峰)[○] | 시호: 문헌(文憲)

"이성계와 함께 난세를 끝장내고, 새로운 나라를 만들 것이다."
세상 가장 낮은 곳에서 혁명가로 다시 태어난 사나이

별 볼 일도 없는 가문 출신이다. 그래도 마냥 꼿꼿하다. 고집, 엄청 세다. 표정이며 행동거지며 여유보단 경직과 강박이 느껴지는 사내다. 각고의 노력 끝에 당당히 조정의 일원이 되었으나, 이 빌어먹을 오백 년 귀족사회는 자신에게 주류의 자리 한 뼘도 내어주지 않았다.
공민왕의 시해 후 역사의 시계를 거꾸로 돌리려는 이인임의 권문세족 세력과 맞섰으나 참담한 패배를 당하며 정도전은 머나먼 남쪽 나주의 거평 부곡으로 유배를 떠난다. 무려 십 년에 걸친 유배와 유랑의 생활로 정치적 생명이 끊긴 채 잊혀진다. 하지만 그는 서생의 무력함을 자조하는 대신 자신의 역사적 소명을 찾아내어 그에 투신하기 시작한다. 천명이 역성혁명에 있음을 깨달은 그는 백성의 존경을 한 몸에 받던 무장 이성계를 찾아가 고려를 무너뜨릴 제안을 하는데…….

○ 삼봉이라는 호는 단양의 도담삼봉에서 차용한 것이라는 설과 그의 옛집인 개경 부근의 삼각산에서 차명한 것이라는 설이 있는데 본 드라마에서는 그가 꿈꾸는 이상향의 모습을 형상화한 단어로 본다.

정몽주

본관: 영일(迎日) | 자: 달가(達可) | 호: 포은(圃隱) | 시호: 문충(文忠)

"이보게 삼봉, 고려를 바로 세울 그날이 반드시 올 것이네."
신진사대부의 좌장, 비주류 정도전의 든든한 후원자

이색의 수제자이자 신진사대부의 좌장. 한마디로 잘난 사람이다. 고려의 우수한 유전인자를 모두 물려받은 것 같은 사내. 약관의 나이에 스승 이색의 학문을 훌쩍 뛰어넘은 국내파 천재이다. 밝고 담대한 기질에 귀공자의 풍모를 가졌다. 언행은 광명정대하고 얼굴엔 늘 여유로운 미소가 떠나지 않는다. 언제나 자신감에 찬 부드러운 카리스마로 좌중을 압도하면서도 맑고 진솔한 모습으로 사람의 마음을 이끈다. 역지사지가 몸에 배어 상대방을 이해하고 진심으로 대하여 주변에 적도 없다. 자타공인 차차기 고려의 문하시중°감이다.
유림의 전폭적인 지지와 백성들의 존경이 그를 향한다. 콧대 높은 권문세족조차 정몽주만큼은 함부로 대하지 못한다. 이 같은 입지는 정도전의 관직 생활에도 큰 버팀목이 되어주었다. 정도전의 일이라면 발 벗고 나서는 그를 주변 사람들은 좀체 이해하지 못했다. 그러나 정몽주는 정도전이야말로 쇠락해 가는 고려를 위해 큰일을 할 재목이라고 믿었다. 그가 역성혁명이라는 엄청난 구상을 다듬어 가는 줄은 꿈에도 모르고…….

° 고려시대 종1품 수상직.

이성계

본관: 전주(全州) | 자: 중결(仲潔) | 호: 송헌(松軒)

"정치가 두레운 거이 아이우다. 정치를 하는 내가 두레운 거우다."
한평생 고려인으로서의 정체성을 고민했던 서글픈 경계인

최정예 사병집단인 가별초를 거느린 고려의 맹장이자, 변방 동북면의 군벌. 온화한 성품으로 사람의 마음을 움직일 줄 아는 장수. 북방 민족 특유의 거칠면서도 정감 어린 투박함이 그의 이미지다. 장수의 풍모에 어울리지 않는 수줍음을 가진 내성적인 사람이다. 좀체 내심을 드러내지 않는다. 음흉해서가 아니라 신중해서다. 여간해선 표정의 변화가 없다. 특히, 소리 내어 웃지 않는다.
그는 전장보다 조정이 무서웠다. 눈에 보이지 않는 적을 향해 눈에 보이지 않는 칼을 휘둘러대는 조정의 전투가, 그들의 현란한 세 치 혀가, 그들의 논리와 이념이 이성계로서는 무섭고 난해했다. 언젠간 자신도 조정의 세 치 혀끝에서 죽어나갈 운명임을 직감한다. 그렇게 죽을 자리를 찾아가던 그의 앞에 홀연히 나타난 사내, 정도전이었다. 자신의 마음을 꿰뚫어 보기라도 하듯 형형한 눈빛으로 고려의 현실을 개탄하고 맹자의 역성을 논하는 정도전. 이성계는 자리를 물리치지만, 정도전은 여유롭게 웃으며 한 권의 책을 놓고 떠난다. 한 장 한 장 책장을 넘기는 이성계는 자신의 피가 뜨거워짐을 느낀다. 이때부터 그의 방황이 시작된다.

정도전의 요구대로 혁명의 얼굴이 될 것인가?
정몽주가 바라는 고려의 수호신이 될 것인가?

이방원

본관: 전주(全州) | 자: 유덕(遺德)

"공론을 통한 평화적 왕조교체? 삼봉, 그건 몽상입니다."
공맹의 도(道)보다 칼의 힘을 더 숭상했던 유학자

이성계와 향처 한 씨 슬하의 5남. 훗날 조선의 태종. 한 씨 소생의 막내로 이성계의 남다른 사랑을 받으며 자랐다. 당대 최고 무장의 아들답게 무예는 물론 격구와 말타기 실력이 출중하다. 여우의 간교함과 사자의 포악함을 동시에 가진 인물이다. 과감한 실천력과 카리스마는 부친의 자질을 능가한다. 하지만 부친에게서 딱 한 가지, 덕만은 물려받지 못했다.
아버지의 정치적 동반자가 되고 싶었다. 그래서 조정에 출사도 미룬 채 이성계를 따라 전장을 누볐다. 그즈음 그는 함주 막사로 이성계를 찾아온 정도전을 만나게 된다. 정도전은 문무겸비의 호방한 성품에 무엇보다 야망이 있었다. 그리고 그 야망의 종착지가 왕좌가 아니라는 사실이 무엇보다 마음에 들었다. 정도전이야말로 아버지에게 왕좌를 선사하러 나타난 구세주 같은 인물이 아닌가. 그는 정도전의 의도를 간파하고 이성계와 정도전의 가교 역할을 한다.

이인임

본관: 성주(星州) | 시호: 황무(荒繆)

"난세가 반드시 나쁜 것이오? 난세야말로 진정 기회의 시대이지 않소?"
권문세족을 대표하는 정치 9단의 원조

성산군 이조년의 손자로 고려의 권문세족을 대표하는 인물이다. 가슴 깊이 경도된 사상이 없어서일까? 역발상의 자유로운 사고를 할 줄 아는 인물이다. 음서로 관직에 진출한 그는 사상의 깊이보다는 탁월한 정치 감각과 테크닉으로 재상의 반열에 올랐다. 현실과 사람을 꿰뚫어 보는 심안을 가졌다. 진정한 처세의 달인이자 용인술의 천재다. 통도 크고 손도 크고 배팅도 할 줄 아는 매력적인 인물이다.
욕망을 가진 성리학자만큼 불온한 싹도 없지 싶었다. 함께할 수 없다면 버려야 했다. 그는 정도전을 멀리 나주로 내친 뒤 정치적 생명을 끊어버린다. 그런 그도 처치 곤란한 인물이 있었으니, 바로 이성계였다. 이인임은 고민 끝에 정몽주를 이성계에게 붙인다. 정몽주가 그의 곁에 있는 한, 고려는 안전할 거라고 믿었다. 그런 그의 판단은 정확했다. 그러나 천하의 이인임조차 생각지 못했던 변수가 있었다. 세월이 흐르면서 그의 뇌리에서 점차 잊혀 갔던 사내, 정도전 말이다. 이인임의 우려는 고려의 변경 함주의 막사에서 현실이 되어가고 있었다.

이성계와 정도전의 결합, 고려 최악의 시나리오 말이다.

우왕

자: 모니노(牟尼奴)

왕씨의 아들로 태어나 신씨의 아들로 죽은 사나이
고려 최고의 출생 미스터리, '폐가입진'이 삼켜버린 비운의 왕

고려의 32대 왕. 신돈의 시비인 반야의 소생이다. 신돈의 집에 미행을 갔던 공민왕이 신돈의 첩 반야와 관계하여 낳은 아들. 신돈의 집에서 태어나 여덟 살 때 신돈이 죽자, 유모와 함께 궁으로 들어와 명덕태후의 슬하에서 자랐다. 생모 반야와는 궁에 들어온 이후 다시는 보지 못했고, 왕이 되어서도 행방을 알지 못했다. 대외적으로는 공민왕 말기에 죽은 궁녀 한 씨의 소생으로 되어 있다. 하지만 그가 신돈의 비첩이 낳은 아들이라는 것은 고려 사람이라면 모두 다 아는 사실이다.

고려사 최고의 출생의 비밀을 안고 태어난 그이지만, 임금이 되어서는 성군이 되고자 노력했다. 사람들은 그가 지닌 예상 밖의 영민함에 놀라곤 했다. 수차례에 걸쳐 이인임 일파를 제거하려 했으나 번번이 좌절되었고 그때마다 사람들이 죽어 나갔다. 유모 장 씨의 죽음은 결정타였다. 그는 결국 현실에 무릎을 꿇는다. 이인임과 싸우는 대신 그의 품에서 안락하게 사는 쪽을 택했다. 그렇게 명군의 자질을 타고난 그는 고려 최악의 임금이 되어갔다.

최영

본관: 동주(東州) | 시호: 무민(武愍)

"군사들의 목숨보다 사직의 안위가 우선이오!"
흰 수염을 휘날리며 전장을 누비는 역발산기개세°의 무인

고려 최고의 용장이자 훈구파의 충신. 뼛속까지 군인이다. 평생 왕명에 복종하는 것 이외의 다른 가치를 허용하지 않았다. 시절이 하 수상하여°° 정치라는 것에 몸을 담기는 했으나, 그와는 맞지 않은 옷임을 안다. 정치는 서생이나 이인임 같은 시정잡배가 하는 것이라 여긴다. 조정에 있을 때나 전장에 있을 때나 그의 관심은 오직 고려 사직의 보위뿐이다.
노블레스 오블리주의 전형적 인물이다. 극단적으로 청렴하고 극단적으로 검소하다. 이런 결벽에 가까운 극단성은 때로 난폭함으로 변질되어 전장과 정치에서 과도한 피를 흘리게 만들곤 했다. 지나치게 우직한 데다 정치적 감각 또한 부족하여 결정적인 순간마다 이인임의 손을 들어줌으로써 역사의 수레바퀴를 뒤로 돌리는 실책을 범하기도 한다. 하지만 끝내는 이인임 일파를 쳐내고 이성계와 연합한다.

° 힘은 산을 뽑을 만큼 매우 세고 기개는 세상을 덮을 만큼 웅대함을 이르는 말.
°° 평소보다 몹시 달라 어수선함을 이르는 말.

이색

본관: 한산(韓山) | 자: 영숙(潁叔) | 호: 목은(牧隱)

"똑똑히 들어두거라! 정치는 부수는 것이 아니라 지키는 것이다!"
고려 최고의 유학자이자 신진사대부의 정신적인 지주

한산군. 신진사대부의 정신적 지주이다. 원나라에서도 손꼽히는 유학자였다. 귀국 후 고려에서 최고의 권위를 누렸고, 정파를 초월한 존경을 받았다. 그래서인지 조금은 권위적이고 보수적인 면이 있다. 타고난 천성이 온건하여 정치적으로도 중도 노선을 표방한다.

진보적 학문을 공부하였지만 출신과 성장환경은 고려의 주류 중에 주류. 그래서 자신이 키워낸 제자들과도 이따금 세대 차이, 정서 차이를 드러낸다. 학문으로는 최고가 분명하지만 정치적 단수가 높은 인물은 아니다. 이 점은 스스로도 잘 알고 있다. 자신은 정치보단 학문을 해야 할 사람이라 여긴다. 해서 공민왕 중반 이후로는 정치 현장에서 벗어나 집에서 은거하며 학문과 시작에 정진한다. 우왕대에 여러 번 출사를 종용받지만 번번이 사양하면서 조정과 거리를 둔다.

고려왕실 사람들

정비 안 씨

공민왕의 제4비이다. 왕대비로서 우, 창, 공양 세 명의 왕을 폐위시키는 교서에 서명해야 했으며, 끝내는 고려의 옥새를 이성계 일파에게 넘겨주어야 했던 비운의 여인이다.

창왕

우왕의 아들. 고려의 제33대 왕. 위화도 회군 후, 우왕이 강화로 추방되자 조민수와 이색의 추대로 9살에 왕위에 오른다.

근비 이 씨

우왕의 제1비이다. 시중 이림의 딸이자 창왕의 어머니. 이림과 인척 관계인 이인임의 적극적인 후원을 받으며 우왕의 제1비인 근비로 책봉된다.

보수파 사람들

임견미

이인임의 말이라면 죽는시늉까지 하는 심복 중의 심복이자 극악무도한 간신배. 공민왕 때 우다치° 소속의 모질고 잔인한 군인이었다. 이인임의 비호하에 높은 관직에 올라 제멋대로 권력을 행사한다.

° 고려후기에 몽골의 영향을 받아 설치된 군사조직. 국왕의 주위에서 근시, 숙위하는 업무를 담당.

염흥방

공민왕 때 장원급제한 명문 신진 관료로 이색과는 친구 사이다. 우왕 초기에는 당대 실세인 이인임을 비판하다 유배까지 가는 나름 골수 개혁 세력이었지만, 혹독한 유배 생활 이후 신념보다는 이익과 권력을 좇는 정치 철새가 된다.

조민수

위화도 회군 이후 훈구파의 대두로 급부상하는 무신. 이성계와 함께 회군하여 우왕을 폐하고 창왕을 세우는 데 큰 역할을 한다.

신진사대부 사람들

하륜

권문세족이 되고 싶었던 사대부. 이인임의 정치적 수제자. 이인복의 조카인 이인미의 딸과 결혼 후, 이인복 아우인 이인임의 심복이 된다. 강한 출세욕만큼이나 처세술과 임기응변에도 뛰어나다.

권근

이색의 문하에서 당대 석학들과 교유하면서 불과 열여섯의 나이에 성균시에 합격했다. 신진사대부 중에선 막내뻘. 우왕 대에는 성균관 대사성 · 예의판서를 역임하면서 비교적 순탄한 관직 생활을 한다.

이숭인

호는 도은陶隱으로 이색, 정몽주와 함께 고려삼은으로 분류된다. 이색의 문하에서 정몽주, 정도전 등과 함께 수학하였다. 권문세가 출신이지만 권세를 부리지 않았으며, 조정에 사대부의 목소리를 내는 몇 안 되는 인재.

이첨

공민왕이 성균관에 직접 행차하여 시험을 치르게 한 후 예문 검열°에 임명한 인물이다. 우왕 초 헌납°°으로 승진하자, 전백영과 함께 상소하여 이인임과 지윤의 처형을 건의했다가 하동으로 유배된다.

혁명파 사람들

조준

혁명파의 저격수, 토지와 경제 전문가. 정도전의 분신과 같은 최고의 혁명 동지. 부패한 정치에 염증을 느껴 돌연 조정을 떠났으나, 문란한 토지제도와 권문세족의 수탈로 고통받는 백성들을 위해 미친 사람처럼 토지제도 연구에 몰두한다. 그러던 중 정도전에게 토지제도를 함께 개혁해 나가자는 제안을 받고, 혁명의 대장정에 참여한다.

남은

정도전의 돌격대장. 정도전과 혁명의 시작과 끝을 함께한 진정한 동지. 스무 살의 나이에 문과에 급제하여 문신의 길을 가지만, 선비보다는 장수의 풍모를 지닌 사람이다. 권문세족에게서 백성들을 구할 진짜 큰 싸움을 하자는 정도전의 제안을 받아들인 후 정도전의 경호실장 역할을 자처한다.

윤소종

열여섯에 성균시에 합격하고 공민왕 14년에 장원급제했다. 빈틈없이 논하고 거침없이 비판하는 상소를 올리곤 했으며, 한번 물고 늘어진 상대는 절대 포기하

° 예문관과 춘추관에 두었던 정9품 관직.
°° 간관으로서 국왕에 대한 간쟁(諫諍)과 봉박(封駁)을 담당.

지 않는 성격이다. 정도전이 협력을 요청하자 혁명에 찬동하기로 결심하고 적극적으로 뛰어든다.

이성계의 사람들

경처 강 씨

이성계의 둘째 부인. 고려의 권문세족인 황해도 곡산부 상산부원군 강윤성의 딸로 결단력과 명석함을 겸비한 여인이다. 집안 배경을 등에 업고 이성계의 정치적 보호막이 되어준다. 혁명이란 대업 앞에서 망설이는 남편을 뒤에서 독려한다.

이지란

이성계의 의형제. 호위대장을 자처하는 여진족 귀화인이다. 어눌한 함경도 사투리와 여진족 말이 모국어다. 1371년, 천호로서 부하들을 이끌고 고려에 귀화해 이씨 성과 청해를 본관으로 하사받았다. 이성계와는 숱한 전장에서 동고동락한다.

배극렴

황산대첩 때 왜구를 토벌하기 위해 파견된 9원수 중 하나. 황산대첩 이후 변안열과 함께 도당에 들어간 후 최영, 이성계를 주축으로 하는 무장 출신 계파를 형성한다.

변안열

이성계 휘하에 종군해 황산대첩에 참전한다. 도당에 들어간 후 최영을 주축으로 하는 무장 세력의 일파로 활동한다.

그 외

최 씨

정도전의 처. 재물과는 담을 쌓은 남편을 대신해 가계를 책임지는 생활력 강하고 당찬 여인이다.

득보

정도전의 가내 노비. 정도전을 업어 키운 장본인. 현명하고 꾀가 많다.

용어 정리

DIS(Dissolve)	앞의 장면이 사라지고 있는 동안 새 장면이 페이드 인 되는 것.
E(Effect)	주로 화면 밖에서의 음향이나 대사에 의한 효과를 말함.
F.B(Flashback)	과거의 회상을 나타내는 장면 또는 그 기법.
F.I(Fade In)	화면이 점차 밝아지는 것.
F.O(Fade out)	화면이 점차 어두워지는 것.
INS(Insert)	화면의 특정 동작이나 상황을 강조하기 위해서 삽입한 화면.
Na(Narration)	장면에 나타나지 않으면서 장면의 진행에 따라 그 내용이나 줄거리를 장외에서 해설하는 일. 또는 그런 해설.
O.L(Overlap)	한 화면이 없어지기 전에 다음 화면이 천천히 나타나는 이중화면 접속법.

21회

1 ______ 대궐 침전 안 (밤)

이성계 신 문하찬성사 겸 동북면도원수 이성계, 지금 이 시간 이후부터 최영 대감과 함께 이 나라의 사직과 전하의 안전을 도모하겠사옵니다!

우왕 ...뭐라?

최영 이 장군...

이성계 이후 동북면의 가별초를 동원해서리 이인임, 임견미, 염흥방 족당들을 모조리 쓸어버릴 것이옵니다! 전하, 윤허하여 주시옵소서!!

우왕 (헉!)

이성계 (결연한)

최영 자네... 이건 또 무슨 수작인가?

우왕 이성계, 그대는 저들의 당여가 아니시오?

이성계 소신 오직 이날만을 기다리며 당여의 탈을 쓰고 살았사옵니다. 이제 저들을 처단하여 그간의 치욕을 씻고자 하옵니다!

최영 ...! 이 장군...

이성계 전하... 최영과 소신이 힘을 합친다면 무찌르지 못할 자가 누구이겠사옵니까? 저들을 추포하라 영을 내려주시옵소서~!

우왕 ...

2 ______ 이인임의 침소 안 (밤)

생각에 잠긴 이인임. 그 앞에 염흥방과 임견미가 있다.

염흥방 전하께서 지금 최영과 독대를 하고 있사온데 나인들을 침전 밖으로 물리신 탓에 그 내용을 알 길이 없다 하옵니다.

임견미 내용이야 뻔하지 않겠소이까? 도당에 자리 하나 만들어 달라고 용

포 자락이라도 부여잡는 모양이지요.

이인임 일전에... 전하께서 최영의 사가를 은밀히 찾아가신 적이 있소이다.

염흥방 !

임견미 아니, 전하께서 말이옵니까?

이인임 오늘은 그에 대한 답방일 수도 있습니다. 예사롭게 넘길 일이 아니에요.

임견미·염흥방 !

3 ______ 다시 침전 안 (밤)

우왕, 고심하고 최영과 이성계, 지켜보는...

우왕 ...좋습니다. 저들을 추포하세요.

이성계 전하~ 성은이 망극하옵니다.

우왕 허나... 교지는 내려줄 수 없소이다.

이성계 ...? 전하...

우왕 실패하면... 과인은 부정할 것입니다. 그래도 하시겠소?

이성계 (최영을 보는)

최영 이미 전하의 마음을 받았사온데 어찌 교지에 연연하겠사옵니까? 소신, 기꺼이 나아가 간적을 처단하겠사옵니다!

우왕 (조금 불안한 듯 보는)

4 ______ 다시 이인임의 침소 안 (밤)

이인임 ...

임견미 (불만스러운) 대체 이성계는 어쩌자고 그 늙은이를 입궐시켜 합하를 심려케 만든 것인가?

염흥방 우선 이성계에게 자초지종을 따져 묻는 것이 어떻겠사옵니까?

이인임 ...이성계를 부르시오.

5 ______ 대궐 전각 안 (밤)

최영, 이성계가 마주 앉아 있다. 이방과, 이방원이 문 앞에 서 있다.

최영 자네... 사람 놀래키는 재주 하난 일품이로구만.

이성계 용서해 주시우다.

최영 내가... 저들을 치려 한다는 것은 어찌 알았는가?

이성계 ...

6 ______ F.B(회상) – 이성계의 사랑채 안 (밤)

이성계와 정도전, 마주 앉아 있다.

정도전 최영은 조반이 역도로 몰려 죽는 것을 좌시하지 않을 것입니다. 곧 움직일 것입니다.

이성계 그거이 언제 되겠슴메?

정도전 명분을 확보하기 위해 어명을 받아내려 할 것입니다. 최영이 전하를 만나면... 거사가 임박한 것입니다.

7 ______ 다시 전각 안 (밤)

이성계 동무가 한 명 있는데 점바치보다 더 용한 사람입메다.

최영 동무?

이성계 그렇습메다.

최영 (보다가) 내가 정녕... 자네를 믿어야 하는 것인가?

이성계 믿으시우다.

최영 (보는)

이성계 방과, 이리 오라.

이방과 (나서는)

이성계 칼솜씨가 제법인 아입메다. 거사에 도움이 될 거이니 저테 두고 쓰시우다.

최영 무슨 뜻인가?

이성계 내가 딴마음을 품었다 싶으문 그 즉시 이 아를 베시우다.

일동 !

이성계 (결연한)

최영 파루°의 종소리가 신호일세. 내가 염흥방과 임견미를 맡을 것이니 자넨... 이인임을 도모하게.

이성계 알갔습메다.

최영 건투를 비네. (나가는)

이방과 (따라 나가고)

이방원 (다가서는) 아버님...

이성계 지라이는 어디메 있니?

이방원 방우 형님과 도성으로 들어오고 있습니다.

이성계 놈들이 눈치채문 안 된다.

° 통행금지 해제를 알리는 종소리.

이방원 삼봉 숙부의 계책이니 별 탈 없을 것입니다.

이성계 ...

8 ______ 이성계의 집 마당 안 (밤)

이방우가 지켜보는 가운데 대문으로 갖가지 짐을 이고 들어오는 상단의 일꾼들. 강 씨와 사월, 의아한 얼굴로 나온다.

강 씨 방우야.

이방우 (인사) 어머님.

강 씨 이게 다 어디서 온 물건들이냐?

이방우 그게 실은, (하는데)

이지란 (E) 동북면서 왔슴메!

강 씨 보면, 행수 복장의 이지란, 조영규가 들어온다.

강 씨 지란 서방님?

이지란 (능청스레) 행수, 그간 일 없었수까?

강 씨 어찌 장사꾼 행색을 하고 계신 것입니까?

이지란 (큼) 일단은 무장부터 하고 말씀드리갔소.

강 씨 무장이라니요?

이지란 (일꾼들에게) 야, 야! 다 들어왔니!

일꾼들 (군기 잡힌) 야!

강 씨 !

이지란 준비하라우.

일꾼들, 짐을 풀어헤친다. 그 안에서 칼이며 활, 갑옷 따위가 나온다. 이지란, 조영규의 표정이 비장해진다. 사월, '마님...' 하며 강 씨를 보면 안색이 하얗게 변하는 강 씨. 대문이 열리고 이성계와 이방원, 들어온다.

이지란 성니메!

일꾼들 (부동자세)

이성계 다들 멀리서 온다고 욕봤다.

강 씨 (나서는) 대감... 대체 이게 어찌 된 일입니까?

이성계 거사가 끝나면 다 설명하겠소.

강 씨 ...! 지금... 거사라 하셨습니까?

이성계 지란아.

이지란 야.

이성계 파루가 울리문 시작한다. (들어가는)

이지란 (힘차게) 야!

강 씨 (망연한)

9 ______ 다시 이인임의 침소 안 (밤)

이인임, 염흥방, 임견미가 앉아 있다. 박가, 부복해 있다.

염흥방 아니, 이성계가 대궐에 없다니!

박가 숙위병을 풀어 찾아보았는데도 종적이 묘연하였습니다.

임견미 이자가 큰일날 사람이 아닌가? 숙위를 맡겨놨더니 대궐을 비워!

이인임 임 대감.

임견미 예, 합하.

이인임 즉시 입궐하여 전하를 알현하고 오시오.

임견미 (보는)

이인임 최영과 무슨 대화를 나눈 것인지 여쭙고 오시오. 용안의 안색부터 표정 하나까지 놓쳐서는 아니 될 것이오.

임견미 알겠사옵니다. (일어나 나가는)

염흥방 이거 어째 뒷맛이 개운치가 않사옵니다.

이인임 ...

임견미 (E) 전하가 아니 계시다니!

10 _____ 대궐 침전 앞 (밤)

병사들을 대동한 임견미, 서 있다. 강 내관, 난처하다.

강 내관 좀 전에 사냥을 나가셨습니다.

임견미 이 야밤에 어디루!

강 내관 그게, 그것은 소인도 잘, (하는데)

임견미 대전 내관이라는 자가 전하의 행방조차 모르다니! 이거 물고를 내도 시원찮을 놈이 아닌가!

강 내관 (떨며 변명하듯) 아니, 그게... 최영과 이성계가 다녀간 뒤로 심기가 편치 않으신 듯하여...

임견미 (굳은)

강 내관 차마 여쭙지를 못하였사옵니다.

임견미 방금 뭐라 하였느냐?

강 내관 예?

임견미 이성계가 최영과 함께 전하를 뵈었다구?

강 내관 예. 아까 최영이 전하와 독대하는 자리에 이성계가 들었었사옵니다.

임견미 뭐라? (심각해지는)

11 _____ 거리 (밤)

임견미, 평교자를 타고 간다.

임견미 이성계, 이 촌뜨기가 무슨 꿍꿍이가 있는 것이렸다. (가마꾼들에게) 왜 이리 더딘 것이야!! 서두르라 하지 않느냐!!

임견미를 태운 평교자가 속력을 낸다.

12 _____ 이성계의 집 안방 안 (밤)

이성계와 강 씨, 앉아 있다.

강 씨 이런 엄청난 일을 어찌 소첩에게만 함구하셨던 것입니까? 화령 형님의 아들들은 모두 다 알고 있는데 어찌하여 소첩만 몰랐던 것입니까?

이성계 일부러 숨긴 거 아니오.

강 씨 한 번쯤은 소첩에게도 상의하실 수 있는 일이셨습니다! 광평군은 막내딸의 시백부 어른이란 말입니다!

이성계 (옅은 한숨)

강 씨 딸아일 시집 보낼 때부터... 이럴 생각이셨던 것입니까?

이성계 ...그렇슴메.

강 씨 (허! 하는) 대감...

이성계　(일어나는) 미안하우다. (나가는)

강 씨　(눈물 그렁해지는)

13 _____ 동 대청 + 마당 안 (밤)

이성계, 나와 선다. 마음을 다잡는데...

정도전　(E) 흔들리시는 것입니까?

이성계, 돌아보면 정도전이 서 있다.

이성계　(내려서는) 삼봉 선생...

정도전　대의를 따르는 공인이기에 앞서 한 사람의 아버지... 금지옥엽 막내 따님의 얼굴이 어찌 눈에 밟히지 않겠습니까? 흔들리시는 것... 당연합니다.

이성계　참는 것도 당연하지 않겠습메?

정도전　...그렇습니다.

이성계　이인임이 잡으러... 같이 가시겠수까?

정도전　(보는)

이성계　선생도 그자한테 쌓인 게 많지비... 저테서 지켜보시우다.

정도전　아직은 장군의 사람으로 모습을 드러낼 때가 아닌 것 같습니다. 소생의 할 일은 끝났으니 이만 물러가겠습니다.

이성계　알갔소.

정도전　건투를 빌겠습니다.

이성계　(믿음직스럽게 보는)

14 _____ 최영의 사랑채 안 (밤)

최영, 변안열, 배극렴 등 장수들과 숙의 중이다. 이방과, 말석에 있다.

최영 파루가 울리는 즉시 이 사람은 주력을 이끌고 관부로 가 순군부°와 순위부°°를 무력화시킬 것이오.

변안열 대감이 관부를 장악하는 동안 우리는 임견미, 염흥방의 족당들을 추포해야 하오.

배극렴 (명단을 꺼내 펼치며) 추포할 권신들의 명단을 불러주겠소이다. 영삼사사 임견미, 삼사좌사 겸 순군부상만호 염흥방...

이방과를 비롯한 장수들의 눈이 번득이는 모습 위로 배극렴이 명단을 읽어나간다.

배극렴 도길부, 왕복해, 이성림, 염정수, 이존성, 임치... 마지막으로...

좌중 (주목하면)

배극렴 전 문하시중... 광평부원군 이인임.

일동 (결연해지는)

15 _____ 이인임의 사랑채 안 (밤)

무장한 박가가 배석해 있다. 이인임, 심각한 표정으로 앉아 있다. 임견미, 염흥방, 앉아 있다.

° 고려시대 최고경찰기관.

°° 변란과 도적 막는 일을 맡아보던 관청.

임견미 이성계와 최영이 뭔가 작당을 한 것이 틀림없사옵니다. 합하, 속히 대책을 세워야 하옵니다!

이인임 임 대감.

임견미 예, 합하!

이인임 사병들을 끌고 가 최영의 사가를 치세요.

임견미 분부 받들겠나이다. (나가는)

이인임 염 대감은 순군부의 병사들을 풀어 도성 안에 있는 최영의 당여들을 모조리 잡아들이시오. 지금 당장.

염흥방 알겠사옵니다! (나가는)

이인임 칼을 가져오너라.

박가 (보검을 바치는)

이인임 (칼을 뽑는, 살기가 어리는)

16 _____ INS - 망루 안 (새벽)

여명이 터온다. 커다란 쇠북이 세워져 있다. 고수, 올라와 채를 집어 든다.

17 _____ 순군부 마당 안 (낮)

낭장과 관원을 대동한 염흥방, 병사들 앞에 서 있다.

염흥방 어찌하여 병사들이 이것밖에 없는 것이야! (낭장들을 돌아보는) 한 식경의 시간을 더 줄 것이다. 한 명도 빠짐없이 집결시켜라!

낭장들 예! (흩어지는)

염홍방 (관원들에게) 너희는 오늘 내로 조반에게서 역모의 자복을 받아내거라. 알겠느냐!

관원들 예!

그때, 어디선가 종소리 '둥~~!'

염홍방 (흠칫 놀라) 무슨 소리냐!

18 _____ INS - 다시 망루 안 (낮)

고수, 있는 힘껏 쇠북을 친다.

19 _____ 다시 순군부 마당 안 (낮)

관원1 파루를 치는 소립니다.

염홍방 (안도하듯) 벌써 시각이 그리되었더냐... (피식) 내가 긴장을 하긴 했나보구만... 고작 파루 소리에 놀라다니... (하는데)

'와~' 하는 함성이 들려온다. 염홍방과 관원들 보면, 대문과 담으로 최영의 병사들이 몰려들어 온다. 염홍방, 헉! 하는데 배극렴과 변안열, 들어온다.

변안열 간적 염홍방은 오라를 받아라!

염홍방 저, 저놈이!

배극렴 저항하는 자는 참할 것이다, 모두 무기를 버려라.

염홍방 뭣들 하는 것이냐! 역도들이다, 쳐라!

변안열 쳐라!

'우와~!!' 격전이 벌어진다. 염홍방, 사색이 되어 어쩔 줄 모른다.

20 _____ 거리 (낮)

갑옷을 입은 임견미, 부장들을 대동하고 달려간다.

임견미 시간이 없다! 서둘러라! (하는데)

부장 (어딘가 보고) 대감!!

임견미, 흠칫 보면 일각에서 병사들이 쏟아져 나온다. 임견미, 헉! 해서 보면 장검을 뽑아 든 최영과 이방과가 나타난다. 임견미의 병사들, 주춤한다.

임견미 빌어먹을... 우리가 한발 늦었구나!

최영 간적 임견미는 순순히 앞으로 나와 오라를 받으라.

임견미 (흥!) 늙은이가 못 하는 소리가 없구나... (칼을 뽑아 들고) 공격하라!

'와~' 양측의 군사들 충돌한다. 최영, 가차 없이 적들을 베며 앞으로 나아간다. 임견미, '죽여라~!' 독려한다. 양측 모두 필사적인 전투.

21 _____ 몽타주 (낮)

1) 개경 정도전의 집 마당 안 - 득보, 비질하고 최 씨, 물동이를 이고 들어오다 보면 일각에서 뒷짐을 진 채 깊은 생각에 잠겨 있는 정도전. 최 씨, 의아한 듯 보면... 정도전, 표정이 무겁다.

2) 이인임의 사랑채 안 - 비장한 표정으로 차를 마시는 이인임.

3) 이성계의 집 앞 - (슬로우) 대문이 열리면 가별초를 이끌고 뛰쳐나오는 이성계, 이지란, 이방원, 조영규, 이방우.

22 _____ 순군부 마당 안 (낮)

무릎 꿇려진 순군부의 병사들. 배극렴 앞에 패대기쳐지는 염흥방.

배극렴 쥐새끼 같은 놈...

염흥방 (씁쓸한 듯 피식)

조반 (E) 네 이놈~!

염흥방 보면, 변안열의 부축을 받고 서 있던 조반이 비틀대며 달려와 멱살을 움켜쥔다.

조반 하늘이 무심치 않으셨느니라! 그래, 천벌을 받은 기분이 어떠냐! 어!

염흥방 (피식) 빌어먹을...

23 _____ 거리 (낮)

이방과와 병사들에게 포위된 임견미, 칼을 들고 대치하고 있다. 병사들, 다가서면 임견미, 칼을 위협하듯 휘두른다.

임견미 (악 받친) 가까이 오지 마라! 다가서는 놈은... 살려두지 않을 것이야~!

이방과 그대의 수하들은 모두 항복하였소이다! 어서 칼을 버리시오!

임견미 닥쳐라! 감히 누구에게 명령을 하는 것이냐... 나는 고려의 집정대신이니라!

이방과, '으아!' 칼을 휘두르며 돌진한다. 임견미와 이방과, 몇 합을 겨루다 떨어진다. 임견미, 거칠게 숨을 몰아쉰다. 병사들을 헤치고 최영이 나타난다. 임견미, 긴장하여 칼을 겨눈다.

최영 순순히 포박을 받게.

임견미 허세 떨지 마라... 합하께서 말리지만 않았어도 그대는 이미 오래전에 죽은 목숨이었느니라...

최영 재상이라 예우를 갖추려 하였거늘... 하는 수 없지. (칼을 뽑는)

임견미, '으아~~' 덤비고 채 몇 합 되지 않아 최영의 가격에 털썩 무릎을 꿇는다. 최영, 보면...

임견미 (낄낄대는) 광평군이 내 말을 들었어야 하였거늘... 광평군이 나를 그르쳤구나... 광평군이 나를 그르쳤어! (파안대소하는)

최영 죄인을 압송하라!

병사들, 임견미의 양팔을 제압하고... 최영, 바라보는...

24 _____ 이인임의 사랑채 안 (낮)

이인임과 하륜, 앉아 있다. 이인임, 초조한 기색이 엿보인다.

이인임 어찌하여 기별이 없는 것인가... 혹... 한발 늦은 것인가? (하는데)

박가, '합하!' 하며 뛰어 들어온다. 일동, 보면.

박가 이성계의 군사들이 이리로 오고 있습니다!
이인임 ...! 뭐라?
하륜 이성계의 군사들이라니! 도성 안에 그자의 군사가 있었단 말인가!
박가 속히 피하셔야 하옵니다!
하륜 처백부 어른!
이인임 이성계... 이놈이...

25 _____ 이인임의 집 마당 안 (낮)

대문이 쓰러지고 이성계의 군사들이 뛰어 들어온다. 이인임의 사병들, 뒤로 우르르 밀려난다. 담장 위로 가별초들이 활을 겨누고 있다. 이성계, 이지란, 이방우, 이방원, 조영규가 들어온다.

이성계 이인임이한테 빚을 받으러 왔다. 같은 고려 사람끼리 피를 보고 싶지 않으니 길을 비키라.

사병들 (주춤하는)

이성계 모두 비키라 하지 않네!

사병들 (움찔)

이지란 쌍간나새끼들... (겁주듯 한 발짝 앞으로 나서면)

사병들 (자동적으로 한 발짝 물러나고)

이성계 두 번 말 하디 않는다... 칼 버리라.

사병들, 하나둘씩 칼을 버린다. 조영규 '무릎 꿇어!' 정도 외치며 병사들과 사병들을 제압한다. 이성계, 뛰어 들어간다.

26 _____ 동 사랑채 안 (낮)

이성계, 뛰어 들어온다. 하륜, 흠칫하고 박가, 칼을 뽑아 든다.
이지란과 이방원, 맞서듯 칼을 겨눈다.

이인임 부질없는 짓이다.

박가 합하...

이인임 칼을 버려라.

박가, 칼을 버리면 이방원, 박가를 꿇어앉힌다.
이성계, 이인임에게 다가선다. 이인임, 천천히 일어서는...

이인임 사둔이라 해서 믿었더니... 이거 뒤통수를 제대로 맞았습니다그려.

이성계 어케 이카십메까? 사람 믿는 사람 아이잖습메.

이인임 (피식)

이성계 다 그 짝한테 배운 것이우다... 협잡 말이오.

이인임　허면... 청출어람인 것이로구만... (허허 웃는)

이성계　순군부로 갑세다.

이인임　(냉랭해지는) 순군부? ... 감히 내게 순군부로 가자 하였는가?

이성계　순순히 따르시우다.

이인임　변방의 천한 무지랭이 따위가 고려의 최고 귀족인 나에게 명령을 해!

이성계　(한 손으로 멱살 잡는)

이인임　!

이성계　내... 가자 하지 않습.

이인임　(맞서듯 멱살을 잡으며) 이성계~ 네 이노옴~~!!

이성계　(덤덤히 보는)

이인임　(앙다문 입에서 컥! 소리가 나고)

일동　!

이인임　(욱! 하며 선혈을 토해내는)

하륜　처백부 어른!! (다가서면)

이인임　네 이놈... (의식을 잃고 쓰러지는)

이성계　!

하륜　처백부 어른! 정신을 차리십쇼!

이지란　성니메...

하륜　의원을 불러주시오! 어서...! (이인임을 흔들며) 처백부 어른!!

이성계　의원을 부르라...

이지란　야. (휙 나가는)

하륜　(울먹이는) 처백부 어른~!!

실신한 이인임을 묵묵히 바라보는 이성계의 얼굴에서 F.O

27 _____ 요동 - 일실 안 (낮)

정몽주, 초조한 얼굴로 창밖을 바라보고 있다. 관원1, 들어온다.

관원1 대감!
정몽주 어찌 되었는가? 입국 허가가 났는가?
관원1 입국이 불허되었습니다.
정몽주 ...! 이유가 뭐라던가?
관원1 이유는 모르옵구 고려로 돌아가 황제의 명을 기다리라고만 했습니다.
정몽주 (생각하다가) 가세... 내가 직접 요동도사를 만나볼 것이네. (나가는)

28 _____ 요동 - 벌판 (낮)

정몽주, 굳은 표정으로 사신단을 이끌고 온다. 저만치 명나라 병사들이 목책을 치고 있다.

정몽주 명나라의 병사들이 어찌 이곳에 목책을 치고 있는 것인가? 여긴 엄연히 우리 고려의 강역이거늘...
파발 (E) 대감!!

정몽주, 보면 파발, 달려와 말을 멈춘다.

파발 정몽주 대감이십니까!
정몽주 그렇네만 무슨 일인가?
파발 즉시 말머리를 돌려 도성으로 돌아오라는 명이 떨어졌습니다!
정몽주 말머리를 돌리라니?

파발 도성에서 정변이 터졌다 하옵니다!

정몽주 뭐라... 정변?

29 _____ 해설 몽타주

1) 20회 35씬의 - 염흥방이 지켜보는 가운데 조반을 비롯한 조반의 가솔들이 줄줄이 엮이어 끌려 들어가는 모습.
2) 21회 3씬의 - 최영과 이성계에게 추포를 허락하는 우왕의 모습.
3) 순군부 마당 안(낮) - 변안열 앞에 줄줄이 꿇어앉혀져 있는 임견미, 염흥방, 그의 당여들의 모습. 심각하게 바라보는 권근, 이숭인, 이첨.
4) 이인임의 침소 안(낮) - 숨을 거칠게 몰아쉬며 의식이 혼미한 이인임과 그 모습을 안타깝게 지켜보는 하륜.

해설(Na) 서기 1387년 12월과 이듬해 1월에 걸쳐 발생한 조반의 옥사 사건은 권신 염흥방의 탐욕이 빚어낸 전형적인 권력형 비리 사건이었다. 권신들의 부패를 견디다 못한 최영은 이성계와 연합하여 임견미, 염흥방 등 권신들을 제압하는 데 성공한다. 그러나 사태의 수습을 놓고 이견이 빚어지는데...

30 _____ 대궐 자혜전 앞 (낮)

최영, 당당히 걸어온다. 나인과 내관, 숙위병들, 길을 비키며 인사한다. 최영, 들어간다.

정비 (E) 인정을 베푸셔야 합니다.

31 _____ 자혜전 처소 안 (낮)

정비(대비)와 근비, 최영, 앉아 있다.

최영 대비마마... 인정이라니 그 어인 말씀이시온지...

정비 임견미와 염흥방을 중벌에 처하는 것은 지당한 일이나 그의 족당 전부와 가솔들까지 참한다는 것은 너무 가혹한 처사가 아니겠습니까?

최영 십수 년 동안 나라를 병들게 하고 백성의 뼛골을 빨아먹었던 무리들이옵니다. 이런 썩어빠진 무리들은 그 씨를 말려버려야 고려의 미래가 바로 설 것이옵니다.

정비 고려는 부처님의 가르침을 따르는 나랍니다. 자비를 베푸셔야 합니다.

최영 아뢰옵기 황공하오나 마마... 소신, 그들에겐 일말의 자비심도 베풀 수 없사오니 통촉하여 주시옵소서...

정비 대감...

근비 허면... 광평군은 어찌하실 것입니까?

최영 ...

근비 지지리 못난 당여들의 죄일 뿐 광평군은 죄가 없습니다. 살려주셔야 합니다.

최영 ...

이색 (E) 너무 과한 형벌은 민심 이반을 부릅니다.

32 _____ 이성계의 집무실(전 이인임의 집무실) 안 (낮)

이성계와 이색, 앉아 있다.

이색 죄의 경중에 따라 형벌 역시 가감하는 것이 이치이온데... 어찌 중

형만을 내리려 하시는 것입니까?

이성계 소생 역시 답답하긴 마찬가집니다. 최영 대감에게 몇 번을 얘기했는데... (헛헛한 웃음) 그분 고집이 황소고집 아닙니까? 다시 한번 말씀을 드려보겠수다.

이색 형벌의 경중만큼이나 중요한 것이 형평입니다.

이성계 (보는)

이색 광평군이 비록 병이 중하다 하나 지은 죄가 명백하거늘... 아무런 치죄도 하지 않는다면 어찌 국법의 권위가 서겠습니까?

이성계 이인임이를 처벌하지 않는다니요?

이색 처음 듣는 얘기십니까? (조금 당황하여) 제자들이 순군부의 관원들 사이에 떠도는 얘기를 들었다 하기에... 소생이 헛소문을 들은 모양입니다. 괘념치 마십시오.

이성계 ...

33 _____ 빈청 최영의 집무실 안 (낮)

최영, 앉아 있다. 이성계, 굳은 표정으로 들어온다.

최영 어서 오게, 이 장군.

이성계 이인임이를 처벌하지 않갔다는 소문이 있다는데 들으셨습메까?

최영 ...일단 앉으시게.

이성계 사실이우까!

최영 어허... 앉으라지 않는가...

이성계 (노기를 참고 앉는)

최영 광평군은 그냥 놔두세.

이성계 어찌 이카십메까! 죄가 가벼운 자들과 식솔들의 목숨을 살려주자

기캤을 때 펄펄 뛰며 반대하셨지 않습메까! 헌데 어째서 이인임이 만 살려주자 하시는 겁메까!

최영 미우나 고우나 전하의 양부가 아니신가.

이성계 간적들의 우두머립메다! 조반을 역도로 몰라고 지시한 것도 이인임이라는 자복을 받아냈지 않습메까!

최영 자네의 원한은 내 모르는 바 아니네만... 사사로이는 인척이 되는 사람 아닌가? 못 이기는 척하고 내 뜻에 따라주게.

이성계 인척이고 뭐고 이인임이를 살려주문 백성들이 뭐라 하겠습메까!

최영 광평군의 허물이 많은 것은 사실일세. 이 사람 또한 광평군에게 당한 것이 한두 번이 아니고, 허나... 지난 십사 년간 고려를 위해 헌신한 공로 또한 무시할 수는 없네.

이성계 (믿기지 않는) 지금 그거이 진심으로 하는 말씀이십메까?

최영 진심일세... 어차피 중병에 걸린 사람... 살아본들 얼마나 더 살겠는가? 내 그 사람에게 마지막 관용을 베풀어주고 싶네.

이성계 송구합니다만 기케는 못 하갔습메다. 죄송하우다. (훌쩍 일어나 나가는)

최영 거... 사람 참...

34 ______ 남양부 관아 외경 (낮)

정도전 (E) 늙은 호랑이가 일을 그르치려 하는구나.

35 ______ 동 관아 대청 안 (낮)

정도전과 이방원, 다과상 정도 마주하고 앉아 있다.

정도전 어쩌자고 이인임을 살리려드는 것일꼬.

이방원 십사 년간 동고동락한 정을 끊지 못하는 것이지요. 공과 사는 분명한 분이라 여겼는데 실망입니다.

정도전 사사로운 정 이전에 얄팍한 승리에 취한 것이다.

이방원 (보는)

정도전 기억해 두거라. 싸움에서 가장 긴장해야 하는 순간은... 이겼다 싶을 때니라. 해서... 지금이 위기다.

이방원 위기라니요? 이인임은 이미 회생 불능이 됐지 않습니까?

정도전 꾀병일지도 모르잖느냐?

이방원 (픽 웃는) 소생이 보는 앞에서 분명 각혈을 하였습니다.

정도전 목이 달아나게 생긴 판에 혓바닥인들 못 깨물겠느냐?

이방원 (보는)

정도전 (싱긋 웃는) 나라면 그리했을 거란 말이니라.

이방원 (허! 웃고 마는)

36 _____ 최영의 집 사랑채 안 (밤)

최영, 정도전과 앉아 있다.

최영 나를 찾아온 용건이 무엇인가?

정도전 도움을 드렸는데 답례가 없어 왔습니다.

최영 조정에 요직이나 재물을 원한다면 돌아가게. 나는 그리 사는 사람이 아닐세.

정도전 소생이 벼슬이나 재물을 원했다면 대감을 도왔겠습니까? 옥에 갇힌 임견미나 염흥방을 도왔겠지요.

최영 (보는)

정도전 소생이 원한 것은 이인임의 처벌이었습니다. 헌데 어찌 이인임을 살려주려 하십니까?

최영 어차피 가만 놔둬도 죽을 사람일세. 원하는 게 그것이라면 이미 이뤄진 것이나 다름없으니 그만 돌아가게.

정도전 한 가지 간단한 청이 있사온데... 들어주십시오.

최영 말해보게.

정도전 대감의 말씀이 맞는지 확인을 해보고 싶습니다.

최영 (보는)

37 _____ 이인임의 침소 안 (밤)

눈을 감고 누운 이인임, 하륜 곁에 있다. 최영, 정도전 앉아 있다.

최영 환우는 차도가 좀 있는 것인가?

하륜 의원의 말이 고비는 넘겼다 하나 여전히 의식이 돌아오지 않고 있사옵니다.

최영 (복잡한 심경으로 바라보는)

정도전, 주변을 유심히 살핀다. 약 쟁반, 수저가 올려진 미음 따위, 욕창을 제거하는 헝겊, 정갈한 속옷들... 영락없는 중환자의 방 분위기다. 정도전의 시야에 이인임의 침상 구석에 숨기듯 놓인 가죽신이 들어온다. 정도전의 미간이 꿈틀댄다. 가죽신 가장자리에 흙이 묻어 있다. 정도전, 이인임을 바라본다. 죽은 듯이 누운 이인임.

38 _____ 이인임의 집 앞 (밤)

경계 삼엄하다. 최영, 저만치 먼저 걸어가고 지켜보는 하륜, 정도전.

하륜 최영 대감의 사람이 되신 것입니까?

정도전 노력하는 중입니다. 허면 이만...

하륜 살펴 가십시오. (인사하고 들어가는)

정도전, 걸어가다 멈칫 앞을 보면 강 내관의 인솔하에 어가 하나와 왕창이 탄 가마가 다가온다. 곁으로 피해 예를 표하면 이인임의 집 앞에 멈춘다. 정도전, 보면 어가에서 내리는 우왕. 병사들, 일제히 허리를 숙인다. 우왕, 조금은 주저하는 시선으로 바라보다가 왕창의 손을 잡고 들어간다. 정도전, 바라본다.

왕창 (E) 할아버지~

39 _____ 동 침소 안 (밤)

미동도 않고 누운 이인임의 머리맡에서 우는 왕창. 우왕, 착잡하게 보고... 강 내관과 하륜, 부복해 있다.

왕창 할아버지... 어서 일어나세요. 창이가 왔는데 어찌 누워만 계시옵니까! 할아버지... (흐느끼는)

우왕 (조금 짜증스러운) 모두 나가 있거라...

강 내관, '마마...' 하며 왕창을 데리고 나간다. 하륜도 자리를 물린다.

우왕, 이인임을 바라본다. 심경이 복잡하다.

우왕 (짜증이 섞인) 소자도 살려고 한 짓입니다.

이인임 ...

우왕 여지껏 아버지만을 믿고 살았는데... 병석에 누워버리시니 소자가 불안하여 살 수가 있어야지요. 임견미와 염흥방은 미덥지도 않고, (흥!) 소자를 지켜주긴커녕 잡아먹고도 남을 위인들이더란 말입니다.

이인임 ...

우왕 해서... 이리한 것입니다... 소자를 너무 원망하지 마십시오...

우왕, 조금 먹먹해진다. 부정하듯 숨을 '훅!' 내쉬고 일어나 나가는데...

이인임 (E) 바보 같은 짓이었습니다.

우왕, 헉! 하고 돌아보면 이인임, 형형한 안광을 발하며 앉아 있다.

우왕 (기함하여 주저앉는) 아버지...

이인임 여우가 무서워 호랑이를 들이셨습니다. 하나도 아니고 둘씩이나...

우왕 !

이인임 손수 무덤을 파셨으니 전하께선 곧 관속에 눕게 되실 것이에요.

우왕 소자를 겁박하지 마십시오... 소자가 왜 죽는단 말입니까?

이인임 나라가 무장들의 수중에 들어가 버렸지 않습니까? 과거, 무장들이 집권했던 시대에 군왕들의 운명이 어찌 되었는지 정녕 모르시옵니까?

우왕 !

이인임, 서서히 몸을 일으킨다. 가죽신을 신고 뚜벅뚜벅 주저앉은 우왕에게 다가가서 굽어본다. 멀쩡한 모습이다.

우왕 아버지...

이인임 (한쪽 무릎 꿇어앉는) 최영은 난폭하고, 이성계는 의뭉스럽습니다. 전하께서 그들을 감당할 수 있겠사옵니까? 옥체가 발기발기 찢길 날이 머지않았사옵니다.

우왕 (헉!)

이인임 (보는)

우왕 (기듯이 다가가) 허면... 소자는 이제 어찌해야 하는 것입니까?

이인임 누차 말씀드렸사옵니다.

우왕 예?

이인임 이 사람이 전하를 지켜드릴 것입니다. 이 사람만 믿으세요.

우왕 아버지...

이인임 전하께서 하실 일이 있습니다.

우왕 (보는)

이인임 (싸한 미소)

40 _____ 다시 이인임의 집 앞 (밤)

왕창과 강 내관, 하륜 등 서 있는데 우왕이 상기된 얼굴로 후다닥 나온다. 일동, 인사하면...

우왕 어서 가자. (어가에 들어가려다 말고 집안을 바라보고는, 마음을 다잡듯) 가자. (타는)

정도전, 일각에서 걸어 나와 본다. 저만치 사라지는 어가 행렬.

41 _____ 사복시 공터 (밤)

가마꾼들이 어가와 가마를 들고 와 내려놓고 나간다. 강 내관 곁에 남은이 서 있다.

강 내관 가마꾼이란 놈들이 어찌 저리 빌빌거릴꼬...

남은 소나 사람이나 멕여야 힘을 쓸 것 아니오? 저 사람들 녹봉 구경한 지 오래됐습니다.

강 내관 (큼) 전하께서 언제 어디로 거둥할지 모르니... 가마든, 말이든 기별을 하면 한 식경 안에는 대령해야 할 것이외다.

남은 알겠소.

강 내관 (가는)

남은 (투덜대는) 빌어먹을... 아, 퇴청은 언제 하란 말이여!

정도전 (E) 그놈 참 들을수록 언사가 불경하구나.

남은, 흠칫 보면 정도전, 가마와 연을 만지작거리며 서 있다.

정도전 이걸 타면 기분이 삼삼하겠구만그래.

남은 (주변 흘끔 보고 다가서는) 역적이라고 발고하기 전에 썩 물러가시우.

정도전 여태 발고를 안 한 것을 보면 자네도 마음이 동하는 것이 아니겠는가?

남은 (흥!) 미쳐도 좀 곱게 미치시우. 쥐뿔도 없는 팔불출 양반이 무슨 수로 고려를, (큼) 거시기를 한다는 거요?

정도전 그것은 차차 알게 될 터이고... 내 오늘은 부탁이 있어 왔네.

남은 ?

정도전 전하께서 은밀히 광평군의 사가에 거둥을 하시는지 좀 살펴주게.

남은 뭐요, 은밀히? 이인임이 사경을 헤매고 있는데 거기서 계집질이라도 한답니까?

정도전 아무리 여색을 좋아하는 전하시기루 그럴 리야 있겠는가? 여인은 없을 터이니 만약에 다시 가게 된다면 분명... 말벗이 있단 뜻이겠지.

남은 말벗?

정도전 부탁 좀 하세. (싱긋)

남은 (보는)

42 _____ 도당 안 (밤)

최영, 이성계, 배극렴, 변안열 등 재상들이 앉아 있다. 군데군데 빈 자리가 보인다.

최영 이제 그만 사건을 마무리 짓자는데 어찌 반대를 하는 것인가?

이성계 거기에 반대하는 게 아니지 않습니까? 이인임을 처벌하지 않는 것을 반대하는 것입니다.

배극렴 (부드럽게) 처벌을 하면 무슨 죄를 물을 것입니까?

이성계 조반을 역도로 몰라 지시한 사람이 이인임이라고 염흥방과 임견미가 자복을 했습니다. 그것만 가지고도 이인임이는 교수형감입니다.

변안열 당사자가 사경을 헤매고 있는데 한쪽 주장만 듣고 처벌할 순 없는 노릇이지 않소이까?

이성계 당사자가 깨어날 때까지 기다리면 되지 않습니까?

변안열 그때까지 사건을 질질 끌자는 말입니까?

배극렴 (말리듯) 하루빨리 어수선한 시국을 수습해야 하지 않겠습니까? 그러려면 사건을 속히 마무리 지어야 합니다.

이성계 이인임이만 처벌하면 즉시 찬동한다지 않습니까.

최영 대체 어찌 이리 고집을 부리시는가? 이건 화풀이에 불과한 짓일세!

이성계 지금... 화풀이라 했습메?

최영 (보는)

이성계 화풀이 맞수다.

최영 어허, (하는데)

이성계 근데 내가 아이오. 내 눈앞에서 이인임이 피 토하고 쓰러지는 꼬락시를 봤으이 십 년 묵은 체증 반절은 내려갔수다. 내... 백성들 화풀이 시키줄라고 이카는 겁메다.

일동 !

이성계 이인임이 그 간나 때문에 나라가 개판이 되어서리, 이리 치이고 저리 밟히고 다치고 뒈진 백성들 말이우다! 그 사람들... 화풀이 좀 시켜주문 안 되는 겁메까?

배극렴 장군...

이성계 처벌해 주시우다.

최영 정녕... 이리 나올 것인가?

이성계와 최영의 시선이 부딪친다. 일동, 긴장하는데... 강 내관, '대감' 하며 들어와 최영에게 귀엣말을 건넨다. '전하께서 편전에... 어쩌구'

최영 알겠네. (끙! 하고) 전하께서 모두 편전으로 들라 하니 이 일은 추후 재론하겠소. (일어나 나가는)

재상들 (나가고)

이성계 (일어나 나가는)

43 _____ 대궐 편전 안 (밤)

우왕 앞에 최영, 이성계, 배극렴, 변안열 등 재상들이 앉아 있다.

우왕 도당에서 사태의 수습 방안을 놓고 이견이 있다고 들었습니다.

최영 조만간 원만히 처리될 것이오니 너무 심려치 마시옵소서.

우왕 아니에요.

일동 (보는)

우왕 (작심한 듯) 지금 도당의 절반이 공석이고, 순군부와 전법사에 죄인들이 차고 넘치니 나라 꼴이 이래서는 아니 되는 것입니다. 속히 사건을 마무리 짓고 새로운 인물들을 요직에 등용토록 하세요.

이성계 아뢰옵기 황공하오나 전하, (하는데)

우왕 과인의 말부터 들으시오.

이성계 (보는)

우왕 임견미와 염흥방 등 죄인들에 대한 형을 집행하고 사태를 모두 마무리 지으세요.

이성계 하오나 전하, 광평군에 대한 처벌이 아직 확정되지 않았사옵니다!

우왕 과인도 알고 있습니다. 광평군이 조반 사건을 조작하라 지시를 한 정황이 있다구요?

이성계 그렇사옵니다.

우왕 광평군에 대해서는 과인이 따로 교지를 내릴 것입니다.

최영 어인 교지를 말씀하시는 것입니까?

우왕 광평군은 과인의 아버지... 과인이 어찌 아버지를 벌할 수 있겠소이까?

이성계 전하...

우왕 그간 광평군이 지은 죄나 지었다고 의심되는 모든 죄를 사면할 것이니 경들은 과인의 뜻을 받드시오.

이성계 !

우왕 (조금 불안한 듯한 모습 위로)

44 _____ F.B - (39씬에서 이어지는) 이인임의 침소 안 (밤)

이인임 모든 혐의로부터 자유롭게 만들어 주시옵소서. 그런 연후에 나 이인임이 도당에 나아가 전권을 장악할 것입니다.

45 _____ 현재 - 다시 편전 안 (밤)

우왕 ...

이성계 (당혹스러운)

정도전 (E) 전하께서 이인임을 면책하라 하셨다구?

46 _____ 정도전의 집 안방 안 (밤)

정도전, 이방원과 마주 앉아 있다.

이방원 그렇습니다. 삼봉 숙부.

정도전 (심각해지는, E) 이인임의 반격이 시작된 것이다...

47 _____ 이인임의 침소 안 + 정도전의 집 안 교차 (밤)

홀로 앉은 이인임, 키들대며 웃는다. 괴기스러움마저 느껴진다. 이인임과 정도전의 얼굴에서 엔딩.

22회

1 ______ 이인임의 집 앞 (밤)

하륜, 걸어와서 들어간다.

하륜 (E) 하륜이옵니다.

2 ______ 동 침소 안 (밤)

하륜, 앉아 있고 이인임, 천천히 몸을 일으킨다.

이인임 어찌 되었는가?

하륜 전하께서 편전에 중신들을 모아놓고 상원절°에 처백부 어른에 대한 사면의 교지를 반포하겠다고 못을 박으셨사옵니다.

이인임 중신들의 반응은?

하륜 조금 놀라기는 하였지만 이성계를 빼고는 다들 찬동하는 눈치였다 하옵니다. 최영 대감이 원래부터 처벌에 소극적이지 않았습니까?

이인임 (씁쓸한 듯 피식) 결국 상원절까지는 이 미친 짓을 계속해야 되겠구만...

하륜 병세는 좀 어떠십니까?

이인임 거뜬해졌네. 사면만 받으면 다시 일어서야지.

하륜 아무튼... 대단한 의지십니다.

이인임 (피식) 기억해두게... 포기하지 않는 한 패한 것이 아닐세.

하륜 ...

° 정월 대보름.

3 ______ 순군옥 복도 (밤)

이성계, 이방과와 걸어온다.

4 ______ 동 옥방 안 + 앞 (밤)

염흥방과 임견미, 형편없는 몰골로 앉아 있다. 이성계, 다가와 선다.

임견미 간에 붙었다 쓸개에 붙었다 하는 배신자 양반께서 예는 어찌 걸음을 하셨을꼬?

이방과 네 이놈! 말을 삼가지 못하겠느냐!

임견미 (피식)

이성계 전하께서 이인임이를 사면시키겠다 하오.

임견미 (잠시 놀라는 듯하다가 이내 피식) 역시 빠져나갈 놈은 어떻게든 빠져나가는구만그래...

염흥방 대마불사라 하지 않더이까... 우린 결국 좀도둑이었나 봅니다, 사돈...

이성계 이인임의 사면이 정해지면 대감들의 처형이 더 앞당겨질 것이오.

염흥방 (굳어지는)

임견미 (킬킬대는) 빌어먹을...

이성계 아직도 토설을 아이한 이인임이의 죄가 있다문 지금이라도 말해주시우다. 내 저승 가는 길동무로 맹글어 드리갔소.

염흥방 (피식) 순진한 사람 같으니... 이보시오, 이 장군.

이성계 (보는)

염흥방 광평군이 어찌하여 사면을 받는지 정녕 모르시겠소?

이성계 어째섭메까?

염흥방 죄가 없어서가 아니라... 지은 죄가 너무 많아섭니다.

이성계 (보는)

염흥방 세상이 원래 그런 거예요. (씁쓸한 듯 피식) 큰 도둑은 처벌받지 않습니다.

이성계 ...

5 _______ 이성계의 집 안방 안 (밤)

강 씨, 기분 좋은 표정으로 이성계를 맞이한다.

강 씨 어서 오시어요, 대감.

이성계 (앉는)

강 씨 전하께서 광평군을 사면할 것이란 얘길 들었나이다. 이제 사돈댁에도 면이 서게 되었으니 참으로 다행한 일입니다.

이성계 ...그만 잡시다.

강 씨 ...? 달갑지 않은 것입니까?

이성계 ...

강 씨 혹... 광평군의 사면에 반대하시는 것입니까?

이성계 그럴 생각이오.

강 씨 사둔이십니다!

이성계 죄를 지으면 벌을 받는 것은 당연한 일이잖소!

강 씨 (지지 않고) 대감!

이성계 동네 아~들이 서리를 하다 들켜도 회초리를 맞슴메. 왜 그러겠슴? 사람 맹글라 그러는 거 아임메? 긴데 나라를 들어먹은 놈의 죄를 씻어주문... 그 나라 꼬락시가 어찌 되겠슴메!

강 씨 해서... 딸아이 가슴에 비수를 꽂으시려구요?

이성계 (홱 보면)

강 씨 아버지십니다!

이성계 (일어나 나가버리는)

강 씨 (눈물 그렁한)

6 ______ 동 후원 안 (밤)

이성계, 마음을 다스리듯 연못 앞에 서서 밤하늘을 바라보고 있다.

이방원 (E) 아버님.

이성계, 돌아보면 이방원과 나란히 선 정도전, 인사한다.

이성계 삼봉 선생...

정도전 방원이한테 얘기 들었습니다. 장군의 입장이 난처해지신 듯하여 왔습니다.

이성계 선생이 보시기에두 이인임이를 처벌하갔다는 거이 지나친 거이우까?

정도전 후한서에 이르기를 신상필벌信賞必罰이라 하였습니다. 공이 있는 사람에겐 반드시 상을 주고 죄가 있는 사람에겐 반드시 벌을 주는 것... 이것이 법치의 기본일 터... 장군의 뜻이 지극히 옳습니다.

이성계 (씁쓸한 듯 피식) 헌데 최영 대감께선 그리 생각하시지 않습꾸마. 이인임이를 처벌하자 말만 꺼내문 역정부터 내시우다.

정도전 최영 대감과는 하셔야 할 일이 많습니다. 가급적 척을 지지 마십시오.

이성계 그라문 내가 물러서란 말씀이십메까?

정도전 장군께선 한발 물러나시고 원군을 불러들여 앞장을 세우십시오.

이성계 (보는)

이방원 원군이라니요?

정도전 이인임에 비판적인 사대부들 말입니다. 그들이 움직이면 바닥에 잠자고 있던 반대 공론이 일어날 것입니다. 그런 연후에 다시 최영 대감을 설득하여야 합니다.

이방원 허나 사대부들이 아버님의 뜻대로 움직여 주겠습니까?

정도전 분명 그럴 것이다. (이성계에게) 속히 타진을 해보십시오. 손짓만 하셔도 기다렸다는 듯 움직일 것입니다. (미소)

7 ______ 이색의 집 외경 (밤)

8 ______ 동 안방 안 (밤)

이색, 이숭인, 권근, 이첨이 앉아 있다.

이숭인 이대로 가다간 온 나라가 무장들 판이 될 것입니다. 사대부들이 이리 무기력하게 있어서는 아니 될 것입니다.

권근 이성계 장군을 이용해야 합니다. 최영과 달리 사대부들에게 우호적인 사람입니다.

이첨 광평군의 사면 문제로 도당에서 고립되어 있는 지금, 우리가 돕는다면 연대의 단초가 마련될 것입니다.

이색 너희들의 의견이 모두 옳다... 내 조만간, (하는데)

하인 (E) 대감마님! 이성계 장군의 아드님께서 오셨습니다요.

일동 !

이색 들어오시라 해라.

이방원, 들어온다. 이색, 보는...

시간 경과》

이색, 이성계가 보낸 서찰을 읽고 있다. 이방원, 앞에 앉아 있다. 이색, 생각이 깊어진다. 이방원, 주시한다.

9 ______ 대궐 외경 (낮)

우왕 (E) 사면을 거두라 하셨습니까?

10 ______ 동 침전 안 (낮)

우왕, 근비 앞에 이색, 이숭인이 앉아 있다.

이색 그렇사옵니다. 그러셔야 하옵니다, 전하.

근비 이보세요. 한산군!

이색 (동요 없이 우왕만을 보며) 광평부원군 이인임의 허물은 온 나라의 백성들이 다 아는 사실이옵니다. 일벌백계로 다스려야 할 죄인에게 사면의 은전을 베푸심은 부당한 처사시옵니다.

근비 전하의 양부에게 죄인이라니요! 아무리 전하의 사부셨던 분이라 해두 이건 너무 심한 언사가 아닙니까!

이색 전하... 부디 성심을 되찾으셔야 하옵니다.

우왕 (피식) 설령 광평군이 죄인이라 칩시다. 허나 자식이 아비의 죄를 사해주는 것이 잘못된 것입니까?

이숭인 전하... 법가에서 이르기를 공과 사를 구분하고 사사로운 은혜를 버리는 것이야말로 총명한 임금의 도이며, 정치의 요체라 하였사옵니다.

우왕 (흥!) 해서 과인더러 아비를 벌하는 불효자식이 되라는 것인가?

이색 전하...

우왕 (보는)

이색 여기 있는 예문관제학 이숭인은 사사로이는 광평군과 인척지간이오나 조정에 출사한 이후 지금까지 혈연에 얽매여 소임을 방기한 적이 없는 사람이옵니다. 일개 벼슬아치의 처신이 이럴진대 한 나라의 군왕이신 전하께서 어찌 사사로운 인연을 앞세울 수 있겠사옵니까?

우왕 그만하세요! 듣기 싫습니다!

이색 광평군에 대한 사면은 순간이나 이로 인해 훼손되는 법치의 기틀은 수대를 갈 것이옵니다. 사직의 미래를 생각하신다면 사면은 거두어 주셔야 하옵니다.

우왕 글쎄 듣기 싫다지 않습니까! 썩 물러가세요!

이색 다시 찾아뵙겠사옵니다. (일어나 예를 표하고 이숭인과 나가는)

근비 전하... 약해지시면 아니 되옵니다.

우왕 빌어먹을... 이성계만 찍어 누르면 될 줄 알았더니만... 어찌 사대부들이 이성계의 편을 들고 나선단 말인가?

변안열 (E) 글쎄 나가라지 않는가!!

11 _____ 빈청 최영의 집무실 안 (낮)

변안열, 노기를 띤 채 서 있다. 권근과 이첨 등 사대부들이 몰려와 있다. 마뜩잖은 표정의 최영, 배극렴.

변안열 감히 여기가 어디라고 난입을 하는 것이야!

권근 난입이 아니라 면담을 하러 온 것입니다!

배극렴 할 얘기가 있으면 첩문을 올리면 될 것이 아닌가! 썩 물러들 가시게!

이성계 (E) 편한 말 놔두고 굳이 글로 쓸 필요가 뭡니까?

일동, 보면 이성계 들어와 앉는다.

이성계 젊은 신료들이 찾아왔는데 도당의 어른들이 들어야지요. 말씀해 보십시오.

권근 도당에서 중론을 모아 광평군의 사면을 막아주십시오.

최영 어허! 사면은 전하의 권능일세! 도당에서 어찌 전하를 속박할 수가 있단 말인가!

이첨 권능이라 하여 부당한 처사까지 용인할 수는 없는 것입니다! 신하 된 자로서 군왕의 행동에 대한 간언은 선택이 아니라 의무임을 어찌 모르십니까!

변안열 이 사람들이 정말! 지금 재상들에게 훈계를 하려는 것이야!

최영 고정하시오, 변 대감.

변안열 (끙! 하고)

최영 자네들의 뜻은 잘 알겠네만... 도당에서 그런 중론을 모을 수는 없으니 돌아들 가시게.

이첨 어찌하여 중론을 모을 수 없다는 것입니까?

최영 여러 사정을 놓고 볼 때 광평군의 사면이 그리 부당한 처사라고만 보긴 어렵기 때문일세.

권근 사면이 부당하지 않다니요! 그리 말씀하시는 근거가 무엇입니까!

최영 그걸 내가 자네들에게 일일이 설명해야 하는 것인가?

이첨 근거가 있을 리 없지요! 오랫동안 국정을 논한 사이라 하여 광평군의 역성을 드시는 것이지 않습니까!

최영 뭐라!

배극렴 말씀을 삼가시게! 역성이라니!

변안열 할 말 다 했으면 이제 그만 물러들 가게!

권근 물러는 가지요... 물러가긴 하겠으나 도당의 중신들이 맡은 바 소임을 다할 때까지 도당 앞을 떠나지 않을 것입니다.

최영 뭐라?

권근 (이첨에게) 가시지요. (나가는)

이첨 등 나가면 최영, 어이없는 듯 본다. 이성계, 묵묵히 바라본다.

12 ______ 대궐 앞 거리 (낮)

관복 차림의 남은, 굳은 표정으로 걸어온다.

정도전 (E) 어딜 그리 급하게 가시는가?

남은, 멈칫 보면 정도전, 주변을 흘끔대며 다가선다.

정도전 사대부들이 도당 앞을 점거했다던데 거기 가시는 것인가?

남은 말똥 치우고 임금님 가마나 수선하고 삽니다만 나도 사대부 아니우.

정도전 기운만 믿고 너무 성미껏 하지는 말게.

남은 선배가 되셔가지고 참으로 훌륭한 충고십니다.

정도전 나중에 큰일 할 사람인데 사소한 일에 생채기가 날까 싶어 이러는 것일세.

남은 관두슈. 앓느니 죽겠수.

정도전 그나저나 일전에 내가 부탁했던 것은 어찌 되었는가? 어가가 광평군의 집에 거둥하는지 살펴보라 했던 것 말일세.

남은 광평군이구 뭐구, 그날 놔둔 고 자리에서 이슬만 맞고 있습니다.

정도전 ...그게 정말인가?

남은 예.

정도전 (심각해지는) 내 생각이 틀렸던 것인가?

남은 ?

정도전 (이내 미소) 알았네. 또 보세.

돌아서던 정도전, 급히 오던 누군가와 가볍게 부딪힌다. 흠칫 보면 윤소종이다.

정도전 아이구, 이거 죄송하게 됐소이다... (하다가 보면) 자네, 소종이 아닌가?

윤소종 (냉랭하게 보는)

정도전 이게 얼마 만인가? 안 그래도 조정에 복귀했단 얘기가 들리길래 내 한번 짬을 내어 찾아, (하는데)

윤소종 (목례 후 휙 가버리는)

정도전 ...! 사람, 야인으로 몇 년 살고 나더니 성미가 더 팍팍해졌구만, 그래.

남은 (피식 웃는) 저 양반이라고 부사 영감 소식을 못 들었겠소? 나나 되니까 영감하고 노닥거려 주는 거유. (휙 가는)

정도전 또 보세, 남은.

정도전, 걸어가는 윤소종을 꽂힌 듯 바라본다.

13 _____ 도당 앞 (낮)

경계병들 앞에 권근, 이첨, 이숭인, 남은 등 사대부들, 연좌해 있다. 최영, 관원들을 이끌고 노기 어린 표정으로 나온다.

최영 마지막으로 말해두겠네. 자네들의 요구는 받아들일 수 없으니 속히 점거를 풀고 흩어지시게.

일동 (침묵으로 버티는)

최영 어허! 내 분명 물러가라 하였으이!

남은 물러가라고만 마시고 납득할 만한 이유부터 말씀을 해주세요!

최영 !

남은 전하께서야 광평군을 아버지라 여기시니 그렇다 쳐도 대감께서 광평군 같은 죄인을 싸고도는 이유가 뭡니까, 대체!

최영 죄인 이전에 나라에 공을 세운 사람일세!

남은 뭐라구요?

최영 어찌 광평군의 죄만 보고 공은 외면하는 것인가? 지난 십사 년간 집정대신으로서 고려를 위해 헌신한 자일세. 그간의 공로라면 능히 허물을 덮고도 남음이 있지 않겠는가!

남은 (기막힌 듯 허! 하는데)

윤소종 (E) 궤변이 심하십니다.

최영, 발끈해서 보면 윤소종, 다가와 인사한다.

윤소종 (꼿꼿한) 성균사예 윤소종이라 합니다.

최영 자네 지금 궤변이라 하였는가?

윤소종 과오를 공으로 덮는다시니 어이가 없어 드린 말씀입니다. 헝겊이 아무리 두껍다 한들 송곳을 덮을 수 있겠습니까?

최영 뭐라?

윤소종 궁금합니다. 대체 대감께서 말씀하시는 이인임의 공로가 무엇입니까? 티끌만 한 공이라도 있다면 소인, 무례에 대한 책임을 지고... 사직하겠습니다.

최영 !

정도전, 일각에서 나타나 지켜본다.

윤소종 이인임은 사직의 안위보단 자신의 부귀영화만을 탐닉하였습니다. 벼슬을 팔고 뇌물로 옥사를 해결하니 관료들은 직무를 등한시하고 권문세가에 줄 대는 데만 혈안이 되었습니다! 대국과의 외교에 실패하였고, 외적을 막지 못했고, 백성을 먹이지 못했습니다! (준엄하게) 헌데 어찌하여 대감께서는 공로 운운하며 터무니없는 망발을 늘어놓는 것이오이까!!

최영, 울컥하여 곁에 있는 병졸의 칼잡이를 움켜쥔다. 일동, 긴장해서 바라보는데 윤소종만은 침착하다. 노려보던 최영, 칼잡이에서 손을 떼더니 휙 들어가 버린다. 일동, 조금 벙한 표정으로 윤소종을 보면... 윤소종, 사라진다. 흥미롭다는 표정으로 바라보는 정도전.

14 _____ 빈청 최영의 집무실 안 (밤)

최영, 변안열, 배극렴이 앉아 있다. 최영, 생각에 잠겨 있다.

배극렴 윤소종이라고 나이 스물에 과거에 장원급제한 수재이온데 성미가 모가 나고 직설적이어서 탄핵을 당해 오랫동안 야인생활을 했던 자라 합니다.

변안열 대감께 불경을 저질렀으니 혼쭐을 내줘야 하지 않겠습니까, (하는데)

강 내관이 '대감!' 하고 들어온다. 최영, 보면...

강 내관 전하께서 긴히 찾으십니다.

최영 (일어나는)

15 _____ 침전 안 (밤)

최영과 우왕, 앉아 있다.

우왕 (탐탁잖은) 사대부들이 더 기가 살아 날뛰기 전에 버릇을 고쳐놔야 하지 않겠습니까?

최영 버릇을 고치다니요?

우왕 항명죄, 불경죄, 괘씸죄, 무고죄, 무슨 죄든 갖다 붙여서 물고를 내주세요. 듣자 하니 성균사예라는 놈에게 망신을 당하셨다던데 이참에 본때를 보여주셔야 사면을 반대하는 목소리가 쏙 들어갈 것입니다.

최영 전하...

우왕 말씀하세요.

최영 광평군에 대한 사면을 재고하심이 어떻겠사옵니까?

우왕 ...! 대감.

최영 소신이 곰곰이 생각해 본즉슨... 사대부들의 주장에도 타당한 점이 있는 듯하옵니다.

우왕 대감까지 어찌 이러시는 것입니까! 이제 와서 명을 물릴 수는 없습니다.

최영 전하...

우왕 대감이 도당에서 막아주세요. 그리하셔야 합니다!

최영 (난감한)

우왕 (불안한 듯 보는)

16 _____ 이인임의 집 앞 (밤)

강 내관, 무사 몇 명과 서 있다. 어가가 일각에 놓여 있다.

17 _____ 동 침소 안 (밤)

불안한 표정의 우왕, 이인임과 대면해 있다.

이인임 (마뜩잖은) 사면 교지가 반포되기 전엔 걸음을 하지 말라 하지 않았습니까?

우왕 하오나 사정이 급박하여 어쩔 도리가 없었습니다.

이인임 윤소종의 이야기라면 이미 하륜을 통해 들었습니다.

우왕 그게 아니라 최영이 흔들리는 것 같습니다.

이인임 !

우왕 어찌하면 좋겠습니까?

이인임 (마뜩잖은) 어찌해야 되겠습니까?

우왕 예?

이인임 최영이 흔들리면 꼼짝 못 하게 부여잡고, 사대부들이 반대하면 병졸을 동원해서라도 입을 막고 거꾸러 뜨려야지요! 군왕이 가진 힘을 모두 동원해서 잡고, 부숴서라도 관철을 시켜야지요!

우왕 아버지..

이인임 고작 그 정도 일로 쪼르르 달려와서 이 사람의 생각을 묻는대서야 어찌 한 나라의 군왕이라 할 것이며... 이 사람이 어찌 후일을 도모할 수 있겠습니까?

우왕 허나... 바깥의 사정이 아버님 생각처럼 그리 녹록하지만은 않습니다. 이성계가 버티고 있는 데다 사대부들이 독이 바짝 올랐단 말입니다.

이인임 (후~ 한숨 내쉬는)

우왕 어찌해야 합니까?

이인임 ...

우왕 아버지...

이인임 썩 내키지는 않지만... 그 방도를 쓰는 수밖에요.

우왕 무슨 방돕니까?

이인임 논리에서 밀렸으니 인정에 호소해야지요... 동정론 말입니다.

우왕 (보는)

18 _____ 도당 안 (낮)

이성계, 최영, 변안열, 배극렴 등 재상들이 앉아 있다.

이성계 이제 광평군의 사면과 관련해서 도당의 중론을 모을 때가 되지 않았습니까?

변안열 전하께서 결정하신 사항인데 굳이 도당이 그리할 필요가 있겠소이까?

이성계 사정이 변했지 않습니까? 사대부들은 물론 조정의 공론이 사면에 부정적입니다.

최영 ...

이성계 대감... 그리하시지요.

우왕 (E) 참으로 잔인하십니다!

일동 보면, 손에 헝겊을 말아 쥔 우왕이 강 내관과 들어온다. 일동, 놀라서 기립한다.

최영 전하...

우왕 (분한) 이 장군.

이성계 (보는)

우왕 끝내 광평군을 처벌해야 직성이 풀린단 말이지요!

이성계 전하... 나라 안의 공론이 그렇습니다.

우왕 공론은 무슨 얼어 죽을 놈의 공론!

우왕, 탁자로 다가와 헝겊을 턱 하니 올려놓는다. 일동, 보면 선혈이 가득 묻은 헝겊이다.

배극렴 전하... 이것이 무엇입니까?

우왕 좀 전에 광평군이 토한 피요.

일동 !

우왕 근자에 환우가 더욱 악화되어 하루에도 몇 번씩 죽음의 문턱을 넘나든다 합니다. 이런 사람을 처벌하는 것이 법치이고 정의인 것이오?

일동 ...

이성계 하오나 전하, (하는데)

우왕 듣기 싫소! (최영에게) 대감께서도 그리하시는 것 아닙니다!

최영 전하...

우왕 (획 나가는)

최영 (착잡한)

19 _____ 이인임의 침소 안 (낮)

하륜, 병구완 중이고 이인임, 두 눈을 감은 채 누워 있다. 그 앞에서 지켜보는 최영, 배극렴, 변안열. 조금은 짠한 표정이 배어 나온다.

20 _____ 대궐 자혜전 안 (낮)

정비 앞에 앉은 최영. 그 옆에 근비와 왕창, 눈물을 찍으며 앉아 있다.

정비 왕실에서 광평군의 공과를 이 사람만큼 잘 아는 사람이 또 누가 있겠습니까? 해서 이 사람은 광평군의 사면에 반대하는 분들의 심정을 십분 이해합니다. 허나 이미 광평군은 세월이 단죄를 한 듯싶습니다.

왕창 (울먹이는) 할아버지...

정비 허니 이제 그만 광평군의 죄를 사변해 주십시다.

최영 마마...

정비 피 한 방울 섞이지 않았다 하나 엄연히 주상의 양부... 왕자에게는 할아버지가 되는 분입니다. 그런 광평군이 죄인의 오명을 쓰고 죽는다면 왕실과 나라에도 누가 되는 일이 아니겠습니까?

근비 대감... 광평군이 고려의 국부로서 명예로운 죽음을 맞을 수 있도록 도와주시오. 부탁드립니다.

최영 ...

21 _____ 대궐 안 일각 (낮)

최영, 걸어와 멈춘다. 생각에 잠기는...

22 _____ 이성계의 집무실 안 (밤)

이성계, 이지란, 이방원, 앉아 있다.

이방원 분위기가 묘하게 흘러가고 있습니다. 도당의 재상들은 물론 일부 사대부들까지 이인임을 사면하자는 의견에 동조하고 있습니다.

이지란 죄는 미워해도 사램은 미워하지 말라 하지 않았니?

이방원 어찌 됐건 이인임은 곧 죽을 목숨... 이제는 사면을 굳이 반대할 이유가 없지 않겠습니까?

이성계 죽어도 죄인으로 죽어야지, 사면이니 뭐니 대접 받아가면서리 죽게 할 순 없다.

이방원 허나 지금처럼 동정론이 불고 있는 상황에서 처벌을 고집하시다간 자칫 박정한 사람으로 몰리실 수 있습니다.

이성계 기딴 평판 따우가 무세워서리 할 말 아이 하문 이 짓 때려치워야디... (일어나는)

이지란 어디메를 가오?

이성계 최영 대감을 만나봐야가서.

그때 이방과, 급히 들어온다.

이방과 아버님...

이성계 순군부에 아이 있고 이긴 어쩐 일이네?

이방과 국청을 파하라는 명이 떨어졌습니다.

이성계 무시기?

이지란 아이... 사건도 아이 끝났는데 국청을 파하다이?

이방과 모든 국문을 종료하고 내일 죄인들에 대한 형을 집행하라고 명이 떨어졌습니다.

이성계 누가 기딴 명을 내렸단 말이네?

이방과 최영 대감이십니다.

이성계 !

23 _____ 최영의 집 마당 안 (밤)

이성계와 이방원, 급히 들어온다. 이성계, 사랑채로 들어간다.

24 _____ 동 사랑채 안 (밤)

이성계와 최영, 마주 앉아 있다.

이성계 내일 죄인들의 형을 집행한다는 거이 사실입메까?

최영 그렇네.

이성계 이인임이의 상태를 봐가문서리 결정하기로 했었잖습!

최영 내일 형 집행을 끝으로 사건을 모두 종결지을 것일세.

이성계 종결을 지문, 이인임이는 어캐 처벌을 할라는 거이우까?

최영 자네도 사정 뻔히 알지 않는가?

이성계 사면에 찬성하실라는 겁메까?

최영 그렇네. 사면 역시 당초 예정보다 앞당겨질 것일세.

이성계 어캐... 소생한테 한마디 언질도 아이 주구 이카실 수 있습메까?

최영 자네 입장을 생각해서 그런 것이네. 자네가 반대하면 다툼만 커질 것이고, 찬성하면 결과적으로 말을 바꾸는 셈이 되지 않는가? 자네를 말 바꾸는 사람으로 만들고 싶지 않았으이.

이성계 ...

최영 한 번만 양보하시게. 곧 죽을 사람 따위 잊어버리고 우리 서로 합심하여 도당과 조정을 바로 세워보도록 하세.

이성계 땅바닥에 시구렁창을 깔고 앉아서리 그 집이 바로 서겠습메까!

최영 이 장군!

이성계 내 이인임이가 사면받는 꼬락시를 볼라고 거사를 한 거이 아입메다. 형 집행을 중단시켜 주시우다.

최영 이미 하명을 했고, 전하께서 재가하신 사안일세! 그리는 못 하네.

이성계 중단시켜 줍습꾸마!

최영 못 한다 하지 않는가!

이성계 (보는)

최영 (보는)

이성계 좋수우다. (일어나) 소생... 찬성사직 내려놓고 동북면으로 가갔소.

최영 이 장군!

이성계 (휙 나가는)

최영 (침통한)

25 _____ 이인임의 집 침소 안 (밤)

이인임과 하륜, 앉아 있다.

하륜 내일부터 밀직사에서 처백부 어른에 대한 사면 교지를 작성할 것이라 합니다. 상원절까지 기다리지 않고 약식으로 조보를 통해 반포할 듯싶습니다.

이인임 역시 동정론만큼 확실한 것이 없구만.

하륜 이번 일로 최영과 이성계가 반목을 할 것이니 금상첨화입니다.

이인임 예상했던 일일세.

하륜 (보는)

이인임 산은 하난데 호랑이 두 마리가 살 수 있겠는가? 분명 이성계가 떨려날 터이니 이 사람이 도당으로 돌아가는 것도 시간문제일세.

하륜 최영이 처백부 어른을 받아들이겠습니까?

이인임 최영은 무장들의 힘만으로는 나라를 운영할 수 없음을 잘 아는 자일세. 그렇다고 사대부들의 손을 빌리지도 않을 터... 내키지는 않겠지만 내치지도 않을 것이네. (미소)

하륜 ...

26 _____ 정도전의 집 외경 (밤)

정도전 (E) 사직이라니!

27 _____ 동 안방 안 (밤)

정도전, 이방원과 앉아 있다.

이방원 아버님께서 최영 대감과 하는 얘길 들었습니다. 찬성사를 사직하고 동북면으로 돌아갈 거라 하셨습니다.

정도전 (심각한) 어찌 만든 기회인데 제 발로 걷어찬단 말인가...

이방원 아버님은 말을 주워 담을 분이 아니시니 최영 대감이 생각을 바꾸지 않으시면 내일 당장에라도 결행하실 것입니다.

정도전 최영이 그리하겠느냐?

이방원 그분 역시... 감정이 많이 상하신 듯했습니다.

정도전 (생각하는데)

최 씨 (E) 서방님.

정도전 무슨 일입니까?

최 씨 (E) 사복시정 남은이라는 분이 오셨습니다.

정도전 !

28 _____ 동 마당 안 (밤)

최 씨와 득보 앞에 선 남은이 쭈뼛한 표정으로 정도전을 바라보고 있다. 뒤편에 조영규, 서 있다.

정도전 어서 오게, 남은.

남은 (큼, 이방원을 흘끔 보면)

이방원 (정도전에게) 소생은 이만 물러가겠습니다.

정도전 살펴 가거라.

이방원, 최 씨에게 인사하고 조영규와 나간다.

정도전 (남은에게) 어서 들어가세.

남은 (정도전과 들어가는)

최 씨 (중얼대듯) 어째 안면이 있다 했더니...

득보 아시는 분입니까요?

최 씨 예전에 서방님과 성균관에 같이 있었던 분입니다.

득보 성균관요? 풍채는 영락없는 장군인뎁쇼?

최 씨 (보는)

29 _____ 다시 안방 안 (밤)

정도전과 남은, 마주 앉는다.

남은 방금 나간 자는 누구요? 눈빛이 예사롭지 않던데...

정도전 눈빛뿐 아니라 성미도 예사롭지 않은 놈이지... 괴물 잡을 사냥개의 아들인데 제법 똘똘한 녀석이라네.

남은 대체 그 사냥개가 누구요?

정도전 알고 싶으면 나와 의형제를 맺고 대업에 동참하시게.

남은 (허! 하는)

정도전 시치미 떼지 말게. 이리 집까지 찾아올 정도면 자네도 역적이 되기로 마음을 굳힌 게 아니신가?

남은 쓸데없는 소리 마시우. 일전에 순군옥에서 풀어준 거 빚 갚으러 왔을 뿐이요.

정도전 (농담처럼) 빚을 갚으러 왔다면서 어찌 양손이 허전한 것인가? 황금은 몰라도 은병 궤짝 정도는 챙겨왔어야지.

남은 어젯밤에 전하의 어가가 나갔다 왔소.

정도전 (보는)

남은 가마꾼들 얘기가 이인임이의 집에 다녀왔답니다.

정도전 얼마나 머물렀다던가?

남은　　한 두어 식경은 들어가 있었다는데... 대체 누구를 만난 거겠소?
정도전　　누구긴 누구겠는가? 이인임이지.
남은　　...? 이인임이 다 죽어가는 게 아니란 말요?
정도전　　그렇네.
남은　　!
정도전　　(무언가 골똘히 생각하는)

30 _____ 거리 (낮)

말을 탄 정몽주, 사신단을 이끌고 들어온다. 생각에 잠겼다.

F.B》21회 28씬의
명나라 병사들이 목책을 치던 모습.

현재》
정몽주, 이상하다는 듯 옅은 한숨 내쉬는데...

이지란　　(E) 포은 선생!

정몽주, 고개 돌려 보면 이성계와 이지란, 서 있다.

정몽주　　(얼른 말에서 내려 다가가 인사하는) 장군.
이성계　　(인사하고)
정몽주　　여긴 어찌 나와 계십니까?
이지란　　성님이 포은 선생 들어온단 얘기 듣고 아침부터 나와 기다리고 있지 않았갔소?

정몽주 (허! 고마운 듯 보는)

이성계 그래, 얼마나 고생이 많으셨소?

이지란 고생은 무시기, 명나라 문지방도 못 넘어보고 돌아왔다 하지 않슴메.

정몽주 (미소) 최영 대감과 함께 이인임 일파를 제거했다 들었습니다.

이성계 이인임이는 헛물만 키고 곁다리들만 도려냈슴메.

정몽주 이인임도 사경을 헤맨다 하니 천벌을 받은 것입니다. 이제 비로소 고려에 서광이 비치는 모양입니다. 정말 장한 일을 하셨습니다, 장군.

이성계 ...고맙소.

이지란 (하늘 흘끔 보고) 성니메... 그 노메들 뒤질 때가 된 거 같소...

정몽주 ?

이성계 ...

31 ______ 처형장 안 (낮)

고수, 북을 울린다. 염흥방, 임견미를 비롯한 죄인 여러 명이 꿇어앉아 있고 그 앞에 최영, 이방과를 위시한 관원들과 형리들이 있다. 지켜보는 백성들 사이로 이지란, 하륜, 이숭인, 권근, 이방우 등의 모습이 보인다. 몸이 가늘게 떨리는 염흥방의 앞에 다가서는 정몽주, 착잡한 표정으로 한쪽 무릎을 꿇어앉는다. 염흥방, 보는...

정몽주 (착잡한) 사형...

염흥방 (피식) 명나라에 갔다 하여 자네만은 이 꼴을 아니 보겠다 싶었는데... 이거 영 체면이 말이 아니구만그래.

정몽주 이승에서의 은원은 모두 잊고 부디 마음 편히 가십시오...

염흥방 (자조적으로) 그래야 하는데... 두고 가는 땅, 두고 가는 재물이 눈에 밟히는구만... 이래서야 눈이라도 제대로 감을 수 있을지, 원...

정몽주 공수래공수겁니다. 지금 사형에게 필요한 것은 단 한 가지, 속죄입니다.

염흥방 (보는)

정몽주 (보는)

염흥방 이보게, 포은...

정몽주 예, 사형.

염흥방 저승에서 상충이를 만나면 안부 전해줌세.

정몽주 ...잘 가십시오.

그 옆에서 두려움을 억누르고 앉아 있는 임견미.

임견미 (최영을 흘끔거리다) 이보시오... 최영 대감.

최영 남길 말이 있으면 하시오.

임견미 ...지금이라도... 이놈의 목숨을 좀 살려주시면 아니 되겠소이까?

최영 (기막힌 듯) 뭐라?

임견미 미운 정도 정이라 하였거늘... 함께한 세월을 생각해서라도 선처를 좀 해주시오, 대감...

최영 어허! 고려의 집정대신까지 하였다는 자가 어찌 이리 추태를 부리는 것인가! 그대는 수치심도 없는 것인가!

임견미 (버럭) 억울해서 이러지 않소이까! 이인임이가 만악의 근원이거늘 어째서 월척을 놔두고 애꿎은 피라미들만 포를 뜨시는 게요!

최영 닥치지 못할까! 능지처참을 당해봐야 죄를 뉘우칠 셈이더냐!

임견미 (분한 듯 칫!) 빌어먹을...

최영 ...순순히 죗값을 받아들이시오. 내 극락왕생을 빌어드리겠소이다.

임견미 (피식) 극락? (키들대는) 아이구 나더러 극락왕생을 하시라구요... (정색) 이보시오, 최영 대감.

최영 (보는)

임견미 극락이 지아무리 좋아봤자 여기서 누린 호사만 하겠소이까? 여기

고려가... 나한텐 극락이외다... 극락 중의 극락이란 말이외다~!

최영 ...형리들은 형을 집행하라!

고수, 북을 울리고, 처형이 진행된다. 한 사람씩 칼을 맞고 쓰러진다. 체념한 듯 자조의 미소를 띠고 눈을 감은 염흥방의 뒤로 칼이 솟구치고 마침내 염흥방, 피를 토하고 쓰러진다. 임견미 뒤로 다가서는 형리.

임견미 (굳는) 여기가 극락이거늘... (버럭) 대체 나더러 여길 놔두고 어디로 가라는 게야!!

형리, 칼 내려치고 피를 토하는 임견미. 바라보는 최영, 정몽주, 하륜, 이지란. 처참히 쓰러진 임견미와 염흥방의 모습 위로.

해설(Na) 탐욕과 부패에 찌든 간신배들의 말로는 처참했다. 우왕 14년인 서기 1388년 1월, 최영은 임견미와 염흥방을 비롯한 수십 명의 권신을 처형하고, 그들의 전 재산을 몰수했다. 처자식은 물론 전국에 흩어진 가신들까지 찾아내어 모두 죽이니 그 수가 무려 일천여 명에 달했다.

32 _____ 빈청 최영의 집무실 안 (낮)

최영, 정몽주와 마주 앉아 있다.

최영 명나라가 또다시 입국을 거부하였다니... 이거야 원...

정몽주 요동의 정세도 심상치가 않았습니다. 압록강 이북의 우리 강역에 명나라 병사들이 목책을 치고 있는 것을 보았습니다.

최영 그자들이 어찌 남의 나라 땅에다가 그런 짓을 한단 말인가!

정몽주 속히 명나라의 의중을 파악해 보아야 할 것 같습니다.

최영 알겠네. 내 도당이 정비되는 대로 그리할 것이네.

정몽주 하옵구... 이성계 장군의 사직 상소를 어찌 처결하실 작정이십니까?

최영 ...반려하고 싶은 마음이야 굴뚝 같네만 본인이 저리 고집을 부리니 낸들 어찌하겠는가?

정몽주 거사를 함께 했던 분입니다. 사면을 며칠만 늦추고 이 장군을 설득하는 것이 도의에 맞을 것입니다.

최영 (생각하는)

33 _____ 이인임의 사랑채 안 (밤)

하륜과 이인임, 앉아 있다.

하륜 이성계가 사직 상소를 낸 것이 사실이었습니다.

이인임 (피식) ...사면은 아직인가?

하륜 원래는 내일 반포할 예정이었사온데 며칠 미뤄질 듯하옵니다.

이인임 어째서?

하륜 최영이 전하께 주청을 했답니다.

이인임 최영이?

하륜 이성계를 설득할 시간을 벌려는 것 같습니다.

이인임 (쾅! 바닥 정도 내려치는)

하륜 처백부 어른...

이인임 내... 도당으로 돌아가면... 이 수모와 치욕을 몇 배로 되갚아줄 것이야...

그때 박가, 들어온다.

박가 합하. 정도전이 문병을 왔습니다.
이인임 삼봉이?
박가 어찌할까요?
이인임 ...돌려보내게.
하륜 일전에 최영과 함께 문병을 왔던 것을 잊으셨습니까? 삼봉은 최영의 사람입니다. 최영의 의중도 떠볼 겸 들이시지요.
이인임 ...

34 _____ 동 침소 안 (밤)

누워 있는 이인임. 하륜과 정도전, 바라본다.

35 _____ 다시 사랑채 안 (밤)

정도전과 하륜, 마주 앉아 있다.

하륜 처백부 어른과 살가운 사이는 아니시니 이리 걸음하신 다른 연유가 있을 듯싶습니다만...
정도전 (픽 웃고) 호정 대감의 눈치는 못 당하겠습니다그려. 실은 최영 대감께서 걱정이 이만저만 많으신 게 아니신지라...
하륜 무슨 걱정 말입니까?
정도전 이성계가 광평군을 도모할 거라는 얘길 들으셨나 봅니다.
하륜 ...! 도모라니... 죽인다는 것입니까?

정도전 해서 소생더러 호정 대감에게 경계에 각별히 신경을 쓰라 당부하고 오라 하였습니다.

하륜 설마하니 이성계가 그렇게까지 하겠습니까?

정도전 사면에 반대하여 사직까지 하는 사람입니다. 그보다 더한 일인들 못 하겠습니까?

하륜 ...

정도전 해서 최영 대감께서 이성계를 자극하지 않기 위해 교지의 반포를 며칠 미루게 한 뒤 설득을 하고 있는 중입니다.

하륜 송구하오나 소생이 최영 대감을 만나 확인을 해봐야겠습니다.

정도전 지당하십니다.

하륜, 나가면 정도전, 옅은 미소 지으며 따라 나간다.

36 _____ 동 침소 안 (밤)

이인임, 앉아 있다. 분노와 두려움이 뒤섞인... 이를 악문다.

이인임 이성계 이놈이... 전하는 대체... 교지 한 장을 내려보내지 못하고 무엇을 하고 있단 말인가! (하는데)

박가, 들어온다.

박가 합하. 전하께서 긴히 뵙자는 전갈이 왔습니다.

이인임 내가 지금 어찌 입궐을 한다고 뵙자는 것이야!

박가 대궐이 아니라 다른 은밀한 장소라 합니다. 전하께서 어가를 보내왔습니다.

이인임 ...돌려보내라.

박가 예, 합하. (나가는데)

이인임 잠깐...

박가 (멈칫 보면)

이인임 (갈등하는)

37 _____ 거리 + 어가 안 (밤)

박가의 수행으로 어가가 이동하고 있다. 가마 안에선 이인임이 노기와 짜증이 섞인 얼굴로 앉아 있다.

38 _____ 가마 안 + 성균관 대성전 앞뜰 (밤)

가마가 와서 멈춘다. 이인임, 내리려는 듯 옷매무시를 가다듬으면 가마 창이 열리고 불쑥 남은의 얼굴이 들이밀어진다.

남은 내리십시오.

이인임 (남은 쳐다보지도 않고 도도하게 나가는)

가마 밖으로 나온 이인임, 성균관이라는 사실에 조금 의아한 듯 둘러본다. 남은, 긴장해서 노려본다.

이인임 아니...

39 _____ 최영의 집 마당 안 (밤)

하륜, 하인과 얘기 중이다.

하륜 최영 대감을 뵈러 왔네. 계신가?

하인 아니 계십니다. 성균관에 가셨는뎁쇼.

하륜 성균관?

40 _____ 다시 성균관 대성전 앞뜰 + 안 (밤)

이인임 (남은에게) 전하는 어디 계시느냐?

남은 대성전에 들어계십니다.

이인임, 홀로 걸어간다. 대성전의 열린 문 사이로 등 돌리고 앉아 있는 사내. 이인임, 뒤편에 멈춰 선다.

이인임 (책망하듯 나직이) 전하... 대체 이게 무슨 짓이옵니까...

사내, 천천히 일어나 돌아선다. 이인임의 안색이 굳어진다. 정도전이다.

이인임 ! ...너?

정도전 언젠가 당신과 정식으로 재회하게 되면 반드시 이곳에서 만나리라 다짐했었소이다.

이상함을 느낀 박가, 칼을 뽑는데 남은의 가격에 뒤통수를 맞고 쓰러진다.

이인임 (분이 치미는)

정도전 나를 귀양 보낸 이곳에서 당신의 마지막을 보는 것도 의미 있는 일이지 않겠습니까?

이인임 지금... 이게 뭐 하는 짓이냐?

최영 (E) 내가 묻고 싶은 말이외다!

이인임, 보면 최영, 다가선다. 이인임, !!

최영 설마 설마 하였거늘... 이리도 치졸한 자였단 말인가!

이인임 (당황하는)

정도전 합하.

이인임 (보는)

정도전 당신... 이제 끝났소.

이인임 !

이인임과 정도전의 얼굴에서 엔딩.

23회

1 ______ 성균관 대성전 앞뜰 + 안 (밤)

정도전 나를 귀양 보낸 이곳에서 당신의 마지막을 보는 것도 의미 있는 일이지 않겠습니까?

이인임 지금... 이게 뭐 하는 짓이냐?

최영 (E) 내가 묻고 싶은 말이외다!

이인임, 보면 최영, 다가선다. 이인임, !!

최영 설마 설마 하였거늘... 이리도 치졸한 자였단 말인가!

이인임 (당황하는)

정도전 합하.

이인임 (보는)

정도전 당신... 이제 끝났소.

이인임 !

정도전 (옅은 미소로 보는)

이인임 (이내 애써 태연히) 이 사람이 끝났다... 어째서?

정도전 당신에 대한 동정이 이제 분노로 바뀔 것입니다. 사면을 해주자던 목소리가 순식간에 극형의 공론으로 변하겠지요.

이인임 (피식)

최영 조정을 기망하고 사직을 우롱한 죄를 물을 것이외다. 내일 날이 밝는 대로 순군부로 출두하여 심문을 받으시오.

이인임 (가소롭다는 듯) 이거 어이가 없구만그래... 나는 전하의 양부요. 대감이 나를 문초할 수 있으리라 보시오!

최영 나와 보면 알 게 아니겠소이까! 잔꾀를 부리거나 도주할 생각 따위 하지도 마시오.

이인임 ...

정도전 그만 어가에 오르시지요. 댁까지 모셔다 드리겠습니다.

이인임 중앙 관직을 구걸하러 다니는 팔불출이라 들었거늘... 최영의 사람이 되어 와신상담, 복수의 칼을 갈았던 것이오?

정도전 밥버러지 하나 잡자고 칼까지 갈아댈 사람으로 보이셨습니까? 이거 조금 서운하군요.

이인임 (노기를 참고) 삼봉... 당신 오늘 실수한 거요.

정도전 (미소로 보는)

이인임 (최영을 일별하더니 휙 가버리는)

최영 (보는)

남은 (정도전에게) 영감...

정도전 그냥 놔두시게... 저자의 평생에서 가장 길고 고통스러운 밤이 될 것이니...

2 ______ 이인임의 집 사랑채 안 (밤)

하륜, 초조하게 서성대고 있다.

하륜 (중얼대는) 이거야 원... 대체 어딜 나가신 것이야... (하는데)

이인임, 굳은 표정으로 들어선다.

하륜 ! ...처백부 어른!

이인임 (멈추는)

하륜 아무리 야밤이라 해도 출타라니요? 사람들 눈에 띄면 사면이 물 건너갈 수도 있습니다! (하는데)

이인임, 난초들을 와르르 쓸어버린다. 와장창! 하륜, 헉!

이인임 (이 갈듯) 정도전이에게 당했어... 최영이 모든 것을 알아버렸네.

하륜 !

이인임 ...속히 입궐하여 전하를 뫼셔 오게.

하륜 전하를 뵈면 활로가 생기는 것입니까?

이인임 최영에게 이 사람에 대한 문초를 포기하라 압력을 넣게 만들어야지.

하륜 허나 고지식한 최영이 전하의 압력에 굴복하겠습니까?

이인임 단순한 외압이라면 눈 하나 깜짝 않겠지만 전하의 눈물이 섞이면... 굴복할 것일세. 그게 최영이니까...

하륜 (보는)

이인임 어서 가서 전하를 뫼셔 오게, 지금 당장.

3 ______ 대궐 침전 안 복도 (밤)

하륜, 나인의 안내를 받아 다급히 걸어간다.

우왕 (E) 최영이 알아버렸다구요?

4 ______ 동 침전 안 (밤)

우왕, 당혹스러운 얼굴로 하륜을 보고 있다.

우왕 (두려운) 이런... 이런 낭패가 있는가?

하륜 아뢰옵기 송구하오나 전하, 분노한 최영이 광평군에게 내일 순군부로 출두하라 하였다 하옵니다.

우왕 순군부라니?

하륜 전하... 속히 광평군의 사가로 거둥을 해주시옵소서.

우왕 (머뭇) 지금 말이오?

하륜 광평군이 애타게 기다리고 있사옵니다.

우왕 아, 알겠소. 내 채비를 할 터이니 먼저 가서 고하시오.

하륜 분부 받잡겠나이다. (일어나 급히 나가는)

우왕 ... (심각한)

5 ______ 동 자혜전 안 (밤)

정비, 우왕, 근비, 앉아 있다.

근비 (놀라) 전하! 광평군이 위중한 것이 아니었단 말이옵니까?

우왕 그렇소.

정비 세상에... 대체 주상께선 어쩌자고 광평군의 그런 참담한 술책에 동조를 하였단 말입니까?

우왕 아버지를 사면하여 도당에 복귀시키려 한 것입니다. 최영과 이성계를 견제하려면 그 수밖에 없지 않습니까?

정비 (옅은 한숨)

근비 허면 이제 어찌해야 하는 것입니까?

우왕 아버지께서 사저로 오라 하시는데... 또 무엇을 시키실지... 걸음이 떨어지질 않습니다.

정비 구명을 해달라 떼를 쓰려는 것입니다. 가면 아니 되십니다.

근비 하오나 대비마마, 전하의 아버지십니다!

정비 지금은 광평군을 감싸고 돌 때가 아닙니다. 주상, 이 사람의 말대로 하세요.

우왕 (고심하는)

6 ______ 이성계의 집 외경 (밤)

최영 (E) 내 자네를 볼 면목이 없네.

7 ______ 동 사랑채 안 (밤)

최영과 이성계, 앉아 있다.

최영 내 하마터면 간적을 사면해주는 우를 범할 뻔하였으이.

이성계 지금이라도 밝혀졌으이 다행 아입메까? 이기 다 삼봉 선생의 공이우다.

최영 이번에 나도 삼봉에게 아주 큰 신세를 졌네. 그런 자를 곁에 두다니... 자네가 인복이 많은 사람일세그려.

이성계 (미소)

최영 광평군에 대한 사면 교지가 반포되는 일은 없을 것이네. 또한 사직을 기망한 그의 죄를 엄히 다스릴 것이니... 이제 그만 노여움을 풀어주시게.

이성계 노여움이라니 당치 않습메다. 소생이 되레 대감께 언성을 높이고 성질을 부렸지 않습메까? 소생의 무례부터 용서해 주시우다.

최영 (보다가 소매에서 사직 상소를 꺼내 건네는) 이걸 돌려주러 왔네...

이성계 (보는)

최영 자네가 도당에 냈던 사직 상소일세. 받으시게.

이성계 ...대감.

최영 이 부족한 사람 혼자서 그 방대한 나랏일을 어찌 감당하겠는가? 자네가 곁에 있어주시게... 아, 늙은이 팔 떨어지게 만들 참이신가?

이성계 (받는) 감사합메다, 대감...

최영 청이 하나 더 있네.

이성계 말씀하시우다.

최영 이 장군이 광평군의 심문을 맡아주게.

이성계 (보는)

최영 광평군을 단죄하기 위하여 오랜 세월을 그의 당여로 살았던 자네가 아닌가? 그자에 대한 단죄는 자네가 하는 게 좋을 듯싶네.

이성계 ...알갔습메다.

최영 (믿음직스럽게 보는)

8 ______ 이인임의 집 침소 안 (밤)

이인임, 독이 잔뜩 오른 얼굴로 앉아 있다. 초조한 표정의 하륜, 들어온다.

이인임 시각이 어찌 되었는가?

하륜 축시°에 접어들었사옵니다.

이인임 (발끈) 어찌 이리 꾸물대는 것인가, 어찌! (초조한 듯) 전하께서 분명... 오신다 하였는가?

하륜 (자신 없어지는) 말씀은 그리하셨사온데...

이인임 (보는)

° 오전 한 시 반부터 두 시 반까지.

하륜 용안에 주저하는 기색이 엿보였사옵니다. 아마도 망설이시는 듯하옵니다.

이인임 이런 천하의 미욱한 인사 같으니라구!

하륜 ! ...처백부 어른...

이인임 다시 대궐로 가게.

하륜 예?

이인임 가서... 모셔와.

하륜 소생이 간다고 오실 전하가 아니십니다. 가마를 대령할 터이니 처백부 어른께서 은밀히 입궐을 하시는 것이, (하는데)

이인임 (발끈) 가서 모셔 오라 하지 않는가!

하륜 (답답한 듯) 어찌 이리 억지를 부리시는 겝니까!

이인임 ...억지?

하륜 처백부 어른답지 않으십니다... 제발 냉정을 되찾으십시오.

이인임 (보는데)

그때 강 내관, '합하' 하며 들어온다.

하륜 (다급히) 전하께서 당도하셨소이까?

강 내관 (머뭇) 전하께서 갑자기 옥체 미령해지시는 바람에...

하륜 !

강 내관 추후에 뵙자고 전하라 하셨사옵니다.

이인임 뭐라... 추후에 뵙자?

강 내관 예... 허면 소인은 이만... (쪼르르 도망치듯 나가는)

하륜 (옅은 탄식 내쉬며 이인임을 보면)

이인임 (후~ 노기를 삭이는)

하륜 ...처백부 어른...

이인임 가마를 준비하게. (일어나는)

9 ______ 대궐 궁문 앞 + 가마 안 (밤)

숙위병들이 경계 서고 하륜, 이인임이 탄 가마를 인솔해 온다.

낭장 (다가와 막아서며) 멈추시오!

하륜 (긴하게) 광평군 합하시네... 속히 문을 여시게.

낭장 송구하오나 들어가실 수 없습니다.

하륜 뭐라? 이자가 지금 뭐라 지껄이는 것인가?

낭장 어명입니다. 오늘 밤, 합하는 물론 합하와 관련 있는 자들의 입궐을 금하라 하셨습니다.

하륜, 당혹스러운 표정으로 가마를 바라본다. 가마 안의 이인임, 노기를 억누르며 주먹을 불끈 쥔다. 노기에 미간이 파르르 떨린다.

10 ______ 사복시 앞 (밤)

남은과 정도전, 걸어 나온다.

정도전 오늘 아주 고생이 많았네. 고맙네, 남은.

남은 이인임이 잡는 것을 거들게 해줘서 내가 더 고맙수.

정도전 일간 다시 들릴 터이니 탁주나 한 사발 하세.

남은 헌데 영감.

정도전 (보는)

남은 괴물 잡는 사냥개 말요. 혹 최영 대감을 생각하고 계신 거요?

정도전 갑자기 그건 어찌 묻는 것인가?

남은 그게 맞다면 아예 입도 뻥긋 마시우. 말도 끝내기 전에 최영 대감에게 목이 달아날 거요.

정도전 허면 자네가 보기엔 사냥개로는 누가 적합한 것 같은가?

남은 차라리 이성계 장군이 나을 거요.

정도전 (재밌다는 듯) 어째서?

남은 고려에 아무런 빚이 없는 양반이잖수.

정도전 (미소) 허면... 내가 점 찍어논 사람을 한번 만나보시겠는가?

남은 ...

11 _____ 이성계의 집 사랑채 안 (밤)

이성계, 정도전, 남은, 이지란이 앉아 있다.

남은 (긴장) 사복시정 남은이라고 합니다. 평소... 존경하는 이성계 장군을 뵙게 되어 가문의 영광입니다.

이성계 (부드러운) 존경 같은 거 받을 만한 사람 아닙니다. 아무튼 오늘 큰일을 하셨소. 고맙소.

남은 사대부로서 응당 해야 할 일을 했을 뿐입니다.

이지란 근데 정말루다 과거 급제하신 분이 맞슴메?

남은 (픽 웃는) 소인 낯짝이 서책하곤 담쌓고 살게 생겼지요?

이지란 (큼) 잘 아시누만기래.

정도전 성균관 시절부터 힘이 장사인 데다 무예가 탁월했습니다. 변변한 연줄이 없어 말똥이나 치우며 삽니다만 문무를 겸비한 재주꾼입니다.

이성계 (흐뭇하게 보는데)

이방원 (E) 아버님. 소자 방원입니다.

이성계 ...들어오라.

이방원, 들어온다. 남은, 보면...

이성계 뭔 일이네?

이방원 광평군이 은밀히 입궐을 하려다가 궁문 앞에서 숙위병들에게 저지 당했습니다.

일동 !

정도전 전하께서 결국 광평군을 버리셨습니다.

이지란 간나새끼... 똥줄이 타들어 가갔구만기래.

이성계 해서 지금 어디메 있다니?

이방원 최영 대감댁으로 갔습니다.

일동 !

12 _____ 최영의 집 앞 (밤)

최영, 시종이 이끄는 말을 타고 온다. 피곤한 듯 눈을 감고 있다.

시종 (앞을 보고 멈칫) 대감마님?

최영, 보면 대문 앞에 가마 놓여 있고 이인임과 하륜이 서 있다.

최영 (말에서 내려 대문으로 다가가는, 냉랭하게) 아침 일찍 순군부로 출두하실 분께서 예는 어쩐 일이시오?

이인임 심문 전에 대감께 긴히 드릴 말씀이 있어 왔습니다.

최영 이 사람은 따로 들을 얘기가 없소이다. 당신에 대한 심문은 이성계가 맡을 것이오.

이인임 !

최영 그만 가보시오. (들어가는데)

이인임 (잡는) 대감... 잠깐이면 됩니다.

최영 더 이상의 추태는 용납하지 않겠소... 이거 놓으시오.

이인임 (힘들게 토하듯) ...부탁입니다... 잠시만 시간을 내주시오.

최영 (보다가 냉정히 뿌리치고 들어가는)

이인임 (일그러지는)

하륜 처백부 어른... (착잡하게) 이제 그만 사가로 돌아가시지요. (하는데)

이인임 (이를 악물고 문을 밀치고 들어가는)

하륜 ...! (따라 들어가는)

13 ______ 동 사랑채 안 (밤)

최영, 묵묵히 앉아 있다.

이인임 (E) 대감! 불초 이인임이 아뢰겠소이다!

14 ______ 동 마당 안 (밤)

불 켜진 사랑채 앞을 시종과 하인들이 막아선다. 하륜, 안쓰럽다. 이인임, 사랑채를 향해 무릎을 꿇고 앉았다.

이인임 내 비록 병세를 거짓으로 꾸며 사면을 받아내려 하였으나 이는 일신의 안위를 위한 것이 아니었소이다! 이 사람, 조속히 도당에 나아가 대감의 눈과 귀를 흐리고, 사직을 위태롭게 하는 이성계를 몰아내려 하였을 뿐이오!

15 ______ 다시 사랑채 안 (밤)

최영, 눈을 지그시 감은 채 듣고 있다.

이인임 (E) 이성계가 한 짓을 생각해 보시오!

16 ______ 동 사랑채 앞 (밤)

이인임 정략결혼으로 이 사람의 환심을 산 뒤 몇 해를 당여로 위장해 왔소! 그러다 결정적인 순간에 본색을 드러내지 않았소이까! 야심을 위해서라면 자기 자신마저 속일 수 있는 인물이 이성계란 말이오!

17 ______ 동 사랑채 안 (밤)

최영, 굳은 표정으로 듣고 있다. 노기가 어린다.

이인임 (E) 이성계를 믿지 마시오! 이성계는 믿을 수도, 믿어서도 아니 되는 사람입니다!

18 ______ 동 사랑채 앞 (밤)

이인임 순군부의 심문을 막아주시오! 대감과 더불어 이 나라를 지켜나갈 사람은 이성계가 아니라 바로 나, 이인임입니다! ...어서 문을 열고 나오시오! ...어서요!

사랑방의 불이 꺼진다. 이인임, 보면...

최영 (E) 그자를... 집 밖으로 내치거라.

하인들 예! (다가서는)

하륜 (막아서며) 물러서지 못하겠느냐!

시종 (밀치며) 비키십쇼!

이인임 대감!

시종과 하인들, 하륜과 이인임을 끌어낸다. 하륜, '네 이놈들, 무엄하다!', '이거 놓지 못할까!' 정도 외치며 저항하지만 역부족이다. 이인임, 끌려 나가며 외친다.

이인임 대감~! 최영 대감~!!

19 ______ INS - 산등성이 (새벽)

멀리서 동이 터온다.

20 ______ 다시 최영의 집 대문 앞 (새벽)

이인임, 미련을 떨치지 못하는 듯 대문 앞에 눈을 질끈 감고 서 있다. 하륜, 안타까운 듯 본다. 이인임, 노기를 억누르듯 후~ 한숨을 내쉬다가 기침을 한다.

하륜 (다가가) 이제 그만 가마에 오르십시오. 순군부에 가기 전에 잠시

라도 안정을 취하셔야 합니다. (부축하면)

이인임 (팔 떼어내고) 삼봉의 집으로 가세.

하륜 ...삼봉이라니요?

이인임 그자라면 말귀를 알아먹을 것일세. 최영 대신 삼봉과 담판을 지을 것이야. 어서 길을 잡으시게.

정도전 (E) 소생을 찾으시는 것입니까?

일동, 보면 정도전 나타난다.

하륜 사형!

이인임 (다가서는) 최영 대감께 고해 이 사람에 대한 처벌을 막아주시게.

정도전 소생이 그리해야 하는 연유는 무엇입니까?

이인임 자네가 실수를 하였으니까... 나를 이리 축출하고 나면 최영의 세상이 되리라 믿었겠지만 틀렸네. 최영 역시 머잖아 이성계의 제물이 될 것이구 자네도 끝장이 날 것일세.

정도전 (보는)

이인임 최영을 설득해주게. 성사만 되면 평생 감당 못할 부를 얻게 될 것일세.

정도전 위기에 몰리시더니... 감이 정말 많이 떨어지셨군요.

이인임 ?

하륜 (어딘가 보고 헉!) 처백부 어른!

이인임, 보면 이성계, 병졸을 대동하고 나타난다. 이인임, 굳는다.

이성계 출두 전에 자숙할 시간을 주었더이만... 그새를 못 참고 이간질이우까?

정도전 배운 도둑질이 어디 가겠습니까?

이인임 ...벌써 말을 갈아탄 것인가?

정도전 갈아탄 적 없습니다. 이 장군이 당신의 당여가 되고자 무릎을 꿇었을 때, 그때부터 줄곧 함께였습니다.

이인임 (씁쓸한 듯 피식) 내가 그때부터 지고 있었던 것이구만... 적장의 수하가 누군지도 모르고 있었으니...

이성계 수하가 아이라 이 사램의 동무요.

이인임 동무?

이성계 친구 말이우다. 수하가 아이오.

이인임 (보다가 피식) 내가... 졌소.

이성계 (보다가) 날이 밝았소. 순군부로 갑세다.

이인임 순군부? (킥킥대다 파안대소하는)

일동 (묵묵히 보는)

이인임 (어느 순간 웃음 잦아드는, 후~ 숨 내쉬고) 갑시다.

이성계 뫼셔라.

병졸들 예! (다가서면)

이인임 멈추지 못할까~!!

병졸들 (기세에 움찔하면)

이인임 나는 전하의 아버지이자 이 나라의 최고 귀족이니라. 내 발로 갈 것이니, 더러운 손 갖다 대지 마라.

병졸들 (망설이듯 이성계를 보면)

이성계 ...비켜주라우.

이인임 (고개 젖혔다 세우고 의관을 정제한 뒤 병사들을 밀치고 꼿꼿하게 걸어가는)

병사들 (하륜을 끌고 가는)

정도전 (바라보며) 권력무상... 이렇게 한 시대가 지는군요.

이성계 새로운 시대에는 세상이 좀 환해졌으면 좋갔는데... 저기메 저 태양처럼 말임메.

정도전과 이성계, 먼 산에 떠오른 태양을 바라본다. 햇살을 받으며 걸어가는 이인임. 바라보는 정도전, 이성계.

21 _____ 이색의 집 앞 (낮)

행인들, 오가고 정몽주, 걸어와 들어간다.

22 _____ 동 안방 안 (낮)

이색과 이숭인, 이첨, 권근이 앉아 있다.

이숭인 예문관°이 지금 비상입니다. 명나라가 고려 사신들에 대하여 국경 앞 일백 리 안으로 들어오지 말라는 칙명을 내렸다 합니다.

이색 사대하는 나라의 사신을 거부하다니... 설마 고려와 단교를 하려는 것인가?

이첨 왠지 심상치가 않습니다, 스승님.

권근 일전에 요동을 다녀온 포은 사형이 압록강 근방에서 명나라 병사들이 목책을 세우는 것을 보았다 하지 않았습니까?

이색 도당이 강경파 무장들의 수중에 들어간 터에 명나라마저 저리 나오다니... 앞으로가 참으로 걱정이구나.

정몽주 (E) 스승님!

일동, 보면 정몽주, 들어온다.

° 임금의 명령이나 외교문서를 작성하는 관서.

이색 어서 오너라, 몽주야.

정몽주 스승님께 급히 전할 말씀이 있어 왔습니다.

이색 말해보거라.

정몽주 도당과 조정의 인사가 마무리되었는데... 스승님께서 판삼사사에 제수되셨습니다.

일동 !

이색 (덤덤한) 이 사람은 능력이 없다고 그토록 고사를 하여 왔거늘... 이번엔 누가 천거를 한 것이냐?

정몽주 금번에 수문하시중이 된 이성계 대감이 천거하였습니다만, 실은 소생이 간곡히 청을 넣었던 것입니다.

이색 몽주 니가?

정몽주 송구하오나 이젠 칩거를 푸시고 출사를 하여 주십시오. 도당이 무장들 일색이니 이래서는 나라의 미래를 장담할 수 없을 것입니다.

이색 너희도 알다시피 내가 권력이니 정치니 하는 것에는 별반 재주가 없는 사람이지 않느냐?

정몽주 스승님...

이색 ...내 생각을 해보마. 헌데... 도전이는 이번에 어찌 되었느냐?

정몽주 삼봉 말씀입니까? (화색이 도는)

23 _____ 성균관 앞 (낮)

정도전, 걸어와 멈춘다. 성균관 현판을 감개무량한 듯 일별한다.

정도전 (미소) 그새 밥버러지들이 얼마나 늘어났을꼬... (작심하듯) 어디 한번 들어가 볼까! (힘차게 들어가는)

24 _____ 해설 몽타주 (낮)

1) 성균관 대성전 앞뜰 (낮) - 도열한 유생들, 일제히 허리를 숙인다. 그 앞에 정도전, 허리를 펴고 바라본다. 진지한 표정이다.
2) 동 정록청 안 (낮) - 정도전, 들어서면 앉아 있던 학관들, 일제히 일어서고 정도전, 상석에 앉으면 따라 앉는다. 정도전, 회심의 미소를 짓는다.
3) 편전 안 (낮) - 우왕, 앉아 있고 중앙에 최영과 이성계, 나란히 앉아 있다. 그 뒤편으로 이색, 조민수, 정몽주, 배극렴, 변안열, 하륜, 안소, 정승가 등이 앉아 있다.

해설(Na) 1388년 정월, 이인임 일파가 실각한 직후 대규모의 인사가 단행됐다. 정도전은 이때 이성계의 천거로 정삼품 성균관 대사성에 올라 중앙 정계에 복귀한다. 도당 역시 큰 폭의 개각이 있었다. 최영이 일인자인 문하시중에, 이성계가 수문하시중이 되었다. 이색, 정몽주 등의 사대부들이 포함되긴 하였으나 정국의 주도권은 강경파 무장들이 쥐고 있었다.

25 _____ 이성계의 집 마당 안 (밤)

사월과 노비들, 주안상을 나른다. 흐뭇한 표정의 강 씨, 안주며 술이며 빠진 게 없는지 살피고, 독려하고 있다. 그 위로 왁자한 사내들의 웃음소리.

26 _____ 동 사랑채 안 (밤)

이성계, 정도전, 정몽주, 이지란, 이방우, 이방과, 이방원, 앉아 있다.

이지란 아이구 성니메~ 감축드리우다! 동북면 천호장의 아들내미가 고려의 수문하시중이 되었으니... 이거이 완전 개천서 용 난 격이 아이오!

이방우 영전을 감축드립니다!

이방과 경하드립니다, 아버님!

이성계 (부드러운) 겸연쩍게시리 이러지들 말아라... 이거이 다 저테서 도와준 덕분이 아이겠니? (정몽주와 정도전에게) 특히 두 분 선생... 고맙소.

정몽주 소생은 아무 도움도 드린 게 없습니다. 칭찬은 삼봉께 하시지요.

정도전 잔재주 조금 부렸을 뿐이네. 공치사를 들을 만한 일이 아닐세, 포은.

이성계 좌우지간 앞으로도 마이 도와주시우다. 내 두 분만 믿습꾸마. 자, 다들 한잔하십시다. (마시는)

일동 (마시고)

이방원 헌데 아버님... 이인임은 결국 귀양을 보내기로 한 것입니까?

이성계 시중 대감께서 처형을 부담스러워하니 기케 되갔지. 전하와 왕실의 뜻도 기런 거 같구.

이지란 (쳇!) 기껏 잡은 물고기를 어캐 비늘만 벗기다가 놓아준단 말이오.

이성계 폐병 걸린 사램이 귀양 가서 살문 얼매나 살갔니? 귀양이나 처형이나 매일반이니 불평 말라우.

정도전 ...

정몽주 이제 도당과 조정이 정비되었으니 모든 역량을 외치에 쏟아부어야 할 것입니다, 대감.

이성계 외치라문 명나라 말임메?

정몽주 그렇습니다. 여기 오기 전에 서북면에서 올라온 장계를 봤는데 강계와 의주 근방에서 명나라의 간자들이 암약하다 검거되었다 합니다.

이지란 간자라이! 명나라가 어캐 나가추 그 간나새끼나 하던 짓을 한단 말임메!

이성계 ...예사 문제는 아인 게 분명하우다.

정도전 외치도 시급하겠으나 내치를 소홀히 할 수는 없을 것입니다.

이성계 내치에서 가장 급한 것이 뭐겠수까?

정도전 (미소) 여흥도 돋울 겸 자미°로 설명을 드리겠습니다.

이성계 자미?

시간 경과》

일동, 지켜보고 있고 정도전, 백지 위에 '입 구口'자를 가로로 넓게 쓴다.

이방원 입 구 자를 쓰신 것입니까?

정도전 맞다. 권문세가들의 기세가 주춤한 지금이 민생책을 펼칠 적기일 것입니다. 몰수한 임견미와 염흥방 일파의 가산으로 굶주린 백성들의 입에 먹을 것을 넣어준다면... (입 구口 위에 사람 인人을 가획하며) 사람, 즉 민심이 수시중 대감을 향할 것입니다.

이방원 (다 쓴 글씨 보고) 역사... 사史?

정도전 (종이를 이성계 앞으로 밀며) 소생이 대감께 바라는 것입니다. 새로운... 역사를 만들어 주십시오.

이성계 (표정이 조금 굳어지는)

이방원 (정도전과 이성계를 의아한 듯 보는)

이지란 (영문도 모르고) 아이 삼봉 선생이 이리 나오문 포은 선생이 가만 있을 수 없잖소.

정몽주 (웃으며) 허면 소생도 한 자 바치겠습니다. (정도전에게) 지필묵

° 글자로 하는 일종의 수수께끼.

이리 주게.

정도전 (건네면)

정몽주 (한지 위에 입구 자 넓적하게 쓰는) 소생도 입 구 자로 시작하지요… 수시중의 자리는 어디에도 치우침이 없어야 하니 (뚫을 곤丨 자를 쓰며) 가운데 중中 자에다 마음을 잘 다스리라는 뜻에서 마음 심心 자를 보태겠습니다. ('心' 자 쓰면 '忠'이 되는)

정도전 !

정몽주 (종이 내밀며) 나라에 대한 충성… 이것이 소생의 바람입니다.

이성계의 얼굴에 난감한 기운이 떠오른다. '忠'과 '吏'가 적힌 종이를 바라본다. 내막을 모른 채 미소 띠는 정몽주. 그런 정몽주를 바라보며 어두워지는 정도전.

이성계 두 분 선생의 마음 모두 잘 받겠수다… (방원에게 종이 건네주며) 안채에 갖다 놔라.

이방원 예, 아버님. (받아서 나가는)

이성계 …자… 다들 듭세다.

일동 (먹는)

이성계 …

27 _____ 동 마당 안 (밤)

이방원, 걸어간다.

강 씨 (E) 방원아.

이방원 (보고 인사하는)

강 씨 나 좀 잠깐 보자꾸나. (들어가는)

이방원 ... (보는)

28 _____ 동 안방 안 (밤)

강 씨와 이방원, 마주 앉아 있다.

강 씨 어찌하여 이번에도 출사를 않은 것이냐? 니 나이 이제 스물이 넘었느니라.

이방원 송구하오나 아직은 관직에 뜻이 없습니다.

강 씨 아버님께서 수문하시중이시다. 아들 된 도리로 조정에 나아가 보필을 해야 하지 않겠느냐?

이방원 심려하시는 마음은 잘 알겠사오나 소생의 인생이오니 소생에게 맡겨주십시오.

강 씨 (미간 꿈틀하는) 소생?

이방원 (아차 싶은)

강 씨 니 지금 어미 앞에서 소생이라 하였느냐?

이방원 부지불식간에 실언을 하였습니다. 용서해 주십시오.

강 씨 (마음을 가라앉히고) 니가 나를 탐탁지 않게 여기는 것 안다.

이방원 (보는)

강 씨 허나 싫든 좋든 이 개경에선 내가 너의 어머니이니... 마음속에 쌓아둔 담장이 있으면 허물고, 묵혀둔 서운함이 있다면 털어버려야 할 것이다.

이방원 ...어머니라 살갑게 대하는 형님들이 계시고 몸소 낳으신 방번이와 방석이도 있는데 굳이 제 마음까지 갖고자 하십니까?

강 씨 뭐라?

이방원 저 하나만이라도 화령에 계신 어머님만을 어머니라 여기면... 아니 되는 것이냔 말입니다.

강 씨 방원아!

이방원 제 마음속에 담장이 허물어지길 원하신다면... 저를 놓으시면 됩니다.

강 씨 (보는)

이방원 ...그리해 주셨으면 합니다.

29 _____ 동 후원 안 (밤)

이방원, 걸어와 멈춘다. 기분을 돌리듯 훅! 숨 내쉬고 문득 보면 저만치 이성계와 정도전이 나란히 먼 산을 응시하며 서 있다.

이성계 앞으로는 그런 장난 아이 했으면 좋겠습꾸마.

정도전 대감께 대업을 상기시킬 겸 놀이 삼아 했던 것인데 조금 경솔했습니다. 이해해 주십시오.

이성계 이인임이가 사라졌으이 대업 같은 거는 잊어버려도 되지 않겠습메?

정도전 이인임이 사라졌으니 이제 시작을 해야지요. 권문세가들이 독점하고 있는 땅 문제부터 건드려볼까 합니다.

이성계 힘들게 무너뜨리고 세우고 할 거 뭐 있소. 기왕에 있는 나라나 잘 맹글 궁리를 하면 되지 않갔습. 그것도 대업이우다.

정도전 찌그러진 놋그릇이 있습니다. 망치로 두들겨 펴는 것이 낫겠습니까? 녹여서 다시 만드는 것이 낫겠습니까?

이성계 모양은 사납갔지만 망치로 뒤뒤리 패서 피무는... 역적 소리는 아이 듣겠지비.

정도전 (보는)

이성계 임금의 성씨를 바꿔서리 내가 왕이 된다 기래두… 사램들은 뒷구녕으로 역적이라 손가락질을 할 거임메.

정도전 왕실과 귀족들은 그리할 것이나 백성들은 쌍수를 들어 환영할 것입니다. 대업이 민심이고, 대감께 주어진 천명입니다.

이성계 (보는)

정도전 소생을 믿으십시오.

이성계 삼봉 선생.

정도전 (보는)

이성계 그간 마이 생각해 봤수다… 대업은… 내는 아이 할 거우다.

정도전 대감…

이성계 아께 포은 선생이 써준 글자를 가슴에 새겨야겠수다. 수문하시중으로서 고려를 제대로 고쳐보고 싶으이… 선생께서도 도와주시우다.

정도전 (이내 미소) 도울 것입니다… 대감의 결심을 기다리면서 말입니다.

이성계 (미소) 그만 들어가기우다. 사램들 기다리갔소. (들어가는)

정도전 (보다가 걸음 떼는데)

이방원 (E) 이것이었군요.

정도전, 흠칫 보면 이방원, 놀란 표정으로 서 있다.

이방원 아버님과 동지가 되어 하고픈 대업이란 것이… 역성이었습니다.

정도전 잊어버리거라. 니가 간여할 일이 아니다.

이방원 헌데 어찌하여 아버님을 설득지 않으신 것입니까? 아버님의 내심에는 대업에 대한 열망이 숨어 있단 말입니다.

정도전 개혁이 가능하다 믿는 자가 혁명을 꿈꿀 것 같으냐? 너희 아버님을 설득할 수 있는 것은 나의 세 치 혀가 아니라… 실패다.

이방원 (보는)

정도전 오늘 들은 얘긴 가슴에 묻어두어야 할 것이다. (싸늘하게) 함부로 발설하는 날엔 내가 널... 벨 것이다.

이방원 숙부님...

정도전 명심하거라. (가는)

이방원 (멍해서 보는)

30 _____ 거리 (밤)

제법 취한 정몽주, 정도전과 나란히 걸어오다 '어이쿠' 비틀댄다.

정도전 (얼른 잡으며) 어허, 이 사람... 조심하시게.

정몽주 (조금 풀어진 미소로) 미안하네, 삼봉... 내 기분이 좋아서 그만 과음을 했네그려... 선비가 정신 줄 놨다고 너무 타박 마시게.

정도전 살다 보면 이런 날도 있어야 하지 않겠는가? 멀쩡한 정신머리로 살아지는 세상도 아니구.

정몽주 (픽 웃는) 역시 자네밖에 없으이... (후~ 숨 내쉬고) 그래도 말일세, 이 세상이 아직은 살아볼 만한 것 같으이.

정도전 뚱딴지같이 갑자기 무슨 소린가?

정몽주 늘 마음 한구석이 불안했었거든... 하늘이 우릴 버린 것은 아닌지... 경전에 적힌 성현들의 말씀이 사실은 아무짝에도 쓸모없는 공염불은 아닌지... 해서 내가 해온 모든 것이 다 부질없는 짓은 아니었는지...

정도전 자네도... 그런 생각을 할 때가 다 있는가?

정몽주 원, 사람... 정몽주는 사람 아니라던가?

정도전 (피식 웃는)

정몽주 허나 철옹성 같던 이인임 일파가 무너지고 자네가 이리 성균관 대사성이 되지 않았는가? 사필귀정, 세상의 도가 아직은 살아 있었던 게지... 이보게 삼봉.

정도전 (보는)

정몽주 그간 펴지 못했던 뜻을 마음껏 펼치시게. 미력이나마 내 힘닿는 데까지 도울 것이야.

정도전 (먹먹한) 포은...

정몽주 (미소로 보다가) 아, 이제 좀 정신이 드는구만... 가세.

정몽주, 휘적휘적 걸어간다. 정도전, 정몽주를 바라보는데 착잡하다.

31 _____ 순군옥 앞 (낮)

이성계, 관졸들과 서 있다. 옥사에서 초췌한 행색의 이인임이 순군들에 이끌려 나와 이성계 앞에 선다. 이성계, 묵묵히 바라본다.

이인임 이 사람의 목숨을 취하지 못해 제법 아쉽겠구려.

이성계 다 죽어가는 목숨, 억지로 뺏어 뭐 하겠소.

이인임 나 이인임이 그리 쉽게 죽을 것 같소이까?

이성계 숨이 붙어 있는 동안 잘 지켜보시오. 최영 대감과 함께... 당신이 망가뜨린 고려를 바로 잡을 것이오.

이인임 (피식) 이보시오, 수시중... 고양이가 생선을 지킬 수 있겠소이까?

이성계 무슨 말이오?

이인임 당신이 원하는 자리는 도당의 상석이 아니라... 용상이잖소?

이성계 (보는)

이인임 (보는)

이성계 정중히 충고하겠소. 남은 여생이나마 편히 보내고 싶다면... 더는 나를 음해하지 마시오.

이인임 (미소) 충고... 유념하리다.

이성계 ...잘 가시오.

32 _____ 정도전의 집 외경 (낮)

득보 (E) 마님! 아, 마님!

33 _____ 동 마당 안 (낮)

쌀 씻던 최 씨, 의아한 듯 득보를 바라본다.

최 씨 웬 호들갑이우?

득보 (숨 몰아쉬며) 구경났습니다요!

최 씨 구경이라니요?

득보 아, 평생 가도 못 볼 구경이라니까요! 어서 나와보십시오.

최 씨 ?

34 _____ 동 집 앞 (낮)

일각에 구경꾼들 몰려 서 있다. 최 씨와 득보, 나와서 보면 초췌한 몰골의 이인임을 태운 함거가 호송관들에 둘러싸여 다가온다.

최 씨 ! ...광평군이 아닙니까?

득보 쇤네 말이 맞습지요? 이런 구경을 어디 가서 하겠습니까요?

최 씨 세상에...

이를 악문 이인임, 구경꾼들의 시선을 온몸으로 견디며 지나쳐간다.

35 _____ 저잣거리 (낮)

구경 나온 백성들 틈에 정도전과 남은이 있다. 저만치 이인임의 함거가 나타난다.

남은 저것도 다 백성들 보라고 일부러 저러는 거요. 불쌍하게 보일라고 말이오.

정도전 ...

윤소종 (E) 순진한 최영이 늙은 도적을 살려주는구만.

일동, 보면 윤소종, 뒷짐을 진 채 함거를 바라보고 있다.
이인임의 수레가 앞을 지나쳐간다.

윤소종 (들으라는 듯) 능지처참에 효수를 당해야 할 도적놈을 함거씩이나 태워서 유람을 보내다니... 참으로 빌어먹을 세상이 아닌가!

이인임 (피식)

남은 (중얼대는) 그 양반 참... 말 한번 참 속 시원히 하네그려.

정도전, 윤소종을 일별하고는 다시 멀어지는 이인임을 본다.

36 ____ 도성 밖 일각 (낮)

이인임을 태운 함거가 멈춰 있다. 호송관들, 일각에 삼삼오오 둘러 앉아 주먹밥 정도 먹고 있다. 이인임, 앞에 놓인 주먹밥을 보다가 집어서 툭 던진다. 주워 드는 누군가... 이인임, 보면 주먹밥에 묻은 흙을 털어내는 정도전이다.

정도전 이런 것도 잘 드셔 버릇해야 유배지에서 살아남습니다. (한입 베어 무는) 귀양 선배가 하는 말이니 유념해 두십시오.

이인임 예까지 어쩐 일이시오? 식사를 하러 오신 것은 아닐 터이구.

정도전 옛날에 소생이 귀양을 갈 때 배웅을 나오셨지 않습니까? 마땅히 답례가 있어야 할 듯하여... 고별사나 몇 마디 드리러 왔습니다.

이인임 조롱도 승자의 권리... 내 기꺼이 들어드리리다.

정도전 조롱이 아니라 경곱니다.

이인임 (보는)

정도전 살려고 아등바등하는 것까진 용납하겠소이다. 허나 조정의 일에 관심을 갖거나 뒤에서 조종할 생각 따위는 하지 마시오.

이인임 (미소) 싫다면 어찌하시겠소?

정도전 매일 먹는 밥마다 독을 타고 매일 밤마다 자객을 보낼 것이오.

이인임 (굳는)

정도전 구차한 목숨이나마 연명하고 싶다면... 세상과 연을 끊는 것이 좋을 것입니다.

이인임 (보다가 허! 웃는) 이거 참으로 많이 변하셨소이다, 삼봉. 이러고도 유학하는 선비라 할 수 있는 게요?

정도전 (피식) 거추장스러운 허울 따위 벗어던진 지 오랩니다.

이인임 당신 같이 위험한 자가 이성계와 의기투합하였으니... 앞으로 세상 돌아가는 꼴이 참으로 볼 만하겠소이다그려.

정도전 ...공민대왕께서 승하하시던 날 소생에게 했던 말을 기억하십니까?

이인임 (보는)

정도전 세상은 그리 쉽게 바뀌는 게 아니라고 하셨습니다.

이인임 헌데요?

정도전 보여드리지요... 세상은... 바뀝니다.

이인임 (뭔가 불길한 표정으로 보는)

정도전 (이내 피식 웃으며) 불가의 중들이 하는 말 중에 회자정리會者定離라고 있다지요? 만나면 언젠간 헤어지는 법... 잘 가시오.

이인임, 바라보는데 호송관과 수레꾼들이 위치를 잡는다. 정도전, 물러서는데...

이인임 거자필반去者必返이라고도 하였소이다.

정도전 (보는)

이인임 떠난 사람은 반드시 돌아온다는 말이지요... 삼봉... 내 반드시... 돌아오겠소.

정도전과 이인임의 얼굴에 싸늘한 미소가 떠오른다. 이인임을 태운 수레가 서서히 출발한다. 바라보는 둘의 시선에서 F.O

37 _____ 마을 안 (낮)

〈자막〉 서북면 북쪽 압록강 인근 마을

아이들이 뛰어놀고 백성들이 오간다. 일각에서 명나라 관리가 병사들을 대동하고 나타난다. 아이들과 백성들, 멈추고 보면 관리, 벽에 방문을 붙인다. 사람들, 하나둘 모여든다.

(방문의 내용 : 명나라 호부가 황제의 명을 받드노라. 철영 이북, 이동, 이서는 원래 개원로의 관할이니 여기에 속해 있던 군민, 한인, 여진, 달달, 고려는 종전과 같이 요동에 속한다.)

38 _____ 길 (낮)

파발, 맹렬히 달려간다.

39 _____ 빈청 최영의 집무실 안 (낮)

최영, 굳은 표정으로 앉아 있다. 이성계, 들어온다.

이성계 찾으셨습메까?

최영 (일어나는) 압록강 인근 마을에 명나라 관리들이 나타나 방문을 붙이고 갔다 하네.

이성계 (이상한) 내용이 무시기랍메까?

최영 압록강 부근을 자기네 영토로 하고 그 안에 사는 고려인들을 명나라에서 직접 다스리겠다 했다네.

이성계 ! ...거기멘 엄연히 우리 땅이우다!

최영 명나라 병사들이 목책을 설치한 것이 우연이 아닌 듯싶네. 명나라가 필시 압록강 이북을 자기네 영토로 가져갈 속셈인 것이야.

이성계 도당회의를 열어야 하지 않갔습메까?

최영 재상들을 불러 모으시게.

이성계 ...

40 _____ 도당 안 (낮)

최영, 이성계, 조민수, 이색, 정몽주, 배극렴, 변안열, 안소, 정승가 등 재상들이 앉아 있다.

조민수 압록강 이북은 우리의 강역으로, 우리 백성이 살고, 우리가 영향력을 행사해온 우리의 영툽니다! 명나라의 행위는 명백한 침략이에요!

정몽주 그 일대가 우리의 오랜 강역임은 분명한 사실이나 원나라가 강성하던 시절에 원나라가 다스렸던 곳입니다. 이제 원나라가 패퇴하고 이 지역이 무주공산이 되자 명나라가 선점을 하려는 것 같습니다.

변안열 작년에 나가추의 항복을 받아내더니 명나라 놈들이 이제 눈에 뵈는 게 없는 모양이외다!

배극렴 쥐새끼 같은 놈들... 목에 칼이 들어와도 금쪽같은 우리 영토를 놈들에게 넘겨줄 순 없소이다!

최영 허면 명나라의 부당한 행동에 대하여 어찌 응징을 해야겠소이까?

이성계 시중 대감. 지금... 응징이라 하셨습니까?

최영 저들이 먼저 도발을 하였으니 우리도 그에 걸맞은 강력한 응징이 필요하지 않겠소이까?

이색 강력한 응징 이전에 냉정한 대응이 필요할 것입니다.

최영 (보는)

이색 우선은 명나라가 저리 나오는 속내를 파악하고 대화로 풀 수 있는 방도를 찾는 것이 순립니다.

정몽주 그렇습니다. 명나라에 사신을 보내야 합니다.

조민수 허나 우리가 사신을 보내는 족족 돌려보내고 있지 않소이까!

이색 그래도 보내야 합니다. 거병하여 전쟁을 할 게 아니라면 사신밖에 방도가 없습니다.

정몽주 가겠다는 사람이 없으면 이 사람이라도 가겠습니다.

이성계 잘못 갔다가는 목숨이 위태로워질 것입니다. 작년에 세공마를 가져갔던 장자온 대감이 옥에 갇혔고 성절사°로 간 설장수 대감은 아직 기별이 없지 않습니까?

정몽주 사신이야 어차피 죽음을 달고 사는 사람들입니다. 소생만큼 명나라 사행의 경험이 많은 사람도 드무니 소생이 가는 것이 맞을 것입니다.

변안열 ...포은 대감의 말대로 하시지요.

최영 허나 그런다고 일이 해결되겠소이까?

배극렴 일단 사신을 보낸 연후에 혹시 모를 비상사태에 대비하는 것이 순서일 듯싶습니다.

최영 (흠... 생각하는데)

이숭인, 급히 '시중 대감!' 하며 들어온다.

최영 무슨 일인가?

이숭인 지난해 명나라에 성절사로 갔던 설장수 대감이 도성에 도착하였습니다. 헌데...

최영 헌데...

이숭인 양국의 영토 문제에 관한 명나라 황제의 성지°°를 받아왔다 합니다.

일동 !

° 명나라 황제의 생일을 축하하러 가는 사절.

°° 황제가 내리는 교시.

41 _____ 대궐 편전 안 (낮)

우왕, 굳은 표정으로 앉아 있다. 권근, 족자를 펼쳐 읽고 있다.
도당의 재상들, 모두 앉아 있다.

권근 "너희가 다스리고 있는 철령 이북의 땅은 원래 원나라가 다스리던 곳이었으니 이제 이 땅을 아국의 요동으로 귀속시키고자 한다. 짐의 명을 받들도록 하라."

일동 !

우왕 (벙한) 대체 이게 무슨 소리요. 요동에 귀속을 시키라니?

이색 그 옛날 원나라에 빼앗겼다가 공민대왕께서 되찾은 철령 이북의 땅을 명나라에 넘기라는 말이옵니다.

우왕 뭐라? 허면 이를 어찌해야 한단 말이오!

이성계 당연히 우리의 영토를 명나라에 넘겨줄 순 없는 일이옵니다. 허나 우선은 사신을 파견하여 명나라와 대화를, (하는데)

최영 (버럭) 명나라의 의도가 드러난 마당에 대화가 무슨 소용이란 말이오!!

이성계 (적이 놀라서 보는)

최영 (핏발선) 전하~! 주원장의 오만방자함이 도를 넘었사옵니다~! 속히 명나라에 대한 단교를 선포하고 군사를 일으켜야 하옵니다!

우왕을 비롯한 중신들의 얼굴에 경악과 당혹감이 스친다.

이성계 (나직이) 시중 대감!

최영 명을 내려주시옵소서! 신 문하시중 최영, 군사를 이끌고 가 요동을 타격하겠나이다!

일동 !

최영 가납하여 주시옵소서~!!

놀란 이성계와 분노로 핏발이 선 최영의 얼굴에서 엔딩.

24회

1 ______ 대궐 편전 안 (낮)

이성계 (나직이) 시중 대감!

최영 명을 내려주시옵소서! 신 문하시중 최영, 군사를 이끌고 가 요동을 타격하겠나이다!

일동 !

최영 가납하여 주시옵소서~!!

이성계 (놀라서 보는)

우왕 요동을… 공격하자구요?

최영 요양에 있는 명나라의 요동도지휘사°를 박살 내 버리겠사옵니다! 그리해야만 명나라가 다시는 고려의 영토를 넘보지 못할 것이옵니다!

정몽주 불가하옵니다, 전하!

최영 !

정몽주 철령 이북의 땅을 내어놓으라는 명나라의 요구가 부당하기 그지없는 것은 사실이오나 섣불리 무력으로 해결하려다간 나라가 더 큰 위험에 빠지게 될 것이옵니다!

최영 허면 순순히 땅을 내어주잔 것이오!

정몽주 무력만이 능사가 아니라는 말씀을 드리는 것입니다!

최영 대국의 황제라는 작자가 강도 짓을 하려는 판국에 무력 말고 달리 무슨 방도가 있소이까!

정몽주 (허!) 대감… (하는데)

이성계 전하…

우왕 (보는)

이성계 사태가 엄중하니만큼 서둘러 결정할 일이 아닌 것 같사옵니다. 도

° 요동에 설치된 명나라의 군사기구.

당에서 좀 더 의논을 한 연후에, (하는데)

최영 그런다고 다른 방도가 나오겠사옵니까! 명나라가 우리의 공격에 대비할 시간만 벌어주는 처사일 뿐이옵니다!

이성계 (답답한 듯 나직이) 시중 대감...

최영 전하~ 속히 용단을 내려주시옵소서!

우왕 (망설이다) 과인은... 좀 더 생각을 해봐야겠소.

최영 전하!

우왕 이만 마치겠소. (서둘러 일어나 도망치듯 빠져나가는)

최영 (분한 듯 바닥을 치는)

난감하고 당혹스러운 분위기의 편전. 누구도 선뜻 일어나지 못하는 모습 위로 내레이션. 재상들의 얼굴이 차례로 스치고, 노기 어린 최영과 걱정스러운 표정의 이성계.

해설(Na) 서기 1388년 2월, 고려와 명나라 사이에 영토 분쟁이 발발했다. 문제가 된 철령 이북의 땅은 한때 원나라에 빼앗겼다가 공민왕 대에 탈환한 북방 영토를 말하는데, 철령이 지금의 어디에 해당하는지는 학계의 의견이 엇갈린다. 명나라가 이 땅의 영유권을 주장하고 나서면서 정국은 한 치 앞을 내다볼 수 없는 혼돈으로 빠져들게 된다.

2 ______ 성균관 정록청 안 (낮)

정도전, 이방원, 남은이 앉아 있다.

이방원 (분한) 원나라가 잠시 다스린 곳이라 해서 명나라 땅이라고 우기다니... 명 황제가 이럴 수는 없는 것입니다.

남은 만만한 데다 말뚝 박는다잖는가... 고려를 우습게 아는 것이지.

이방원 지나친 처삽니다. 그간 우리가 명나라의 마음을 얻기 위해 얼마나 많은 노력을 했습니까?

정도전 나라 간의 일이란 게 다 그런 것일세... 입에 발린 미사여구를 죄다 걷어내고 나면 종국에 남는 것은 단 한 글자뿐이지.

남은 그게 뭐요?

정도전 힘.

이방원 ...

최영 (E) 요동을 치세.

3 ______ 빈청 최영의 집무실 안 (낮)

이성계, 최영과 마주 앉아 있다.

최영 주원장의 간담을 서늘하게 만들어야 더는 허무맹랑한 요구를 하지 않을 것이야.

이성계 요동 정벌은 무리이우다.

최영 어째서? 우리가 요동 정도도 함락시키지 못할 것이라고 보는가?

이성계 공민대왕 때에도 동녕부°를 정벌한 적이 있으이 이번에도 함락은 시키갔지요.

최영 헌데 어찌 무리라 하는 것인가?

이성계 그때 원나라는 지는 해였지만 명나라는 다르지 않습메까?

최영 만들어진 지 이십 년밖에 안 된 나라일세. 지금도 산지사방에서 반

° 고려 후기 원나라가 고려를 직접 다스리기 위해 서경에 설치한 관청.

란이 일어나고 외적과 싸우고 있다지 않은가? 우리가 요동을 점령한다 해두 그 먼 중원에서 원군을 보낼 여력은 없네.

이성계 당장은 아이더라도 언젠가는 백만대군을 몰고 올 거임메.

최영 이보게, 수시중!

이성계 사신을 보내서 대화로 해결해야 합메다.

최영 (발끈) 글쎄 부질없는 짓이라 하지 않는가!!

이성계 ...대감.

최영 (보는)

이성계 내도 성질 같아서는 주원장이 그 간나새끼, 모가지를 따고 싶은 심정입메다. 기래두... 참는 데꺼정은 참아봐야 하지 않겠슴? ...사신을 보내주시우다.

최영 (훅~ 숨 내쉬고 외면하는)

이성계 (보는)

4 ______ 도당 안 (낮)

최영, 이성계, 이색, 조민수, 변안열, 정몽주, 배극렴 등이 앉아 있다.

최영 목에 칼이 들어와도 주원장의 요구는 수용할 수 없소.

이색 해법에 차이가 있을 뿐 그 부분은 여기 모인 재상들 모두 한마음일 것입니다.

최영 명나라가 무슨 망동을 저지를지 모르니 서북면에 장수와 병사들을 파견하겠소.

배극렴 낡은 성곽들도 보수를 하겠습니다.

최영 그러시오... 수시중은 군부사와 판도사, 도관에 일러 언제든 장정을 징발할 수 있도록 만전을 기하라 명하시오.

이성계 알겠습니다.

변안열 헌데 명나라에 대해서는 어찌 대응하실 것입니까?

최영 ...

이성계 (보는)

최영 사신을 보내도록 합시다.

일동 !

이성계 (안도하는)

정몽주 허면 일전에 얘기 드린 대로 소생이 가겠습니다.

최영 아니오. 밀직제학 박의중을 보낼 것이오.

정몽주 (보는)

조민수 아니, 명나라에 대해 정몽주 대감만큼 잘 아는 분이 어디 있다고 다른 사람을 보낸단 말이오이까?

최영 적임자는 많소. 이만 회의 마치겠소. (일어나는)

이성계 (따라 일어나며) 대감.

최영 (보는)

이성계 고맙습니다.

최영 ...(나가는)

조민수 아이구~ 이거 한시름 놨습니다그려...

이성계 (최영이 나간 쪽을 보며 옅은 미소를 짓는)

5 ______ 이성계의 사랑채 안 (밤)

이성계, 정도전, 정몽주, 앉아 있다.

정도전 이거 최영 대감이 자네 목숨을 구해줬네그려.

정몽주 (마뜩잖은) 실없는 소리 말게.

정도전 사람 무안하게 시리 어찌 이리 정색을 하시는가?

이성계 황제의 마음을 돌려세울라문 본인이 가야 한다고 이러잖슴메.

정도전 아마도 최영 대감이 황제의 마음을 돌리고 싶지 않았던 모양이군요.

이성계 (보는) 그거이 무시기 소림메?

정도전 그냥 해본 소립니다, 대감. 고집하면 최 씨에, 최 씨 중에서도 최영 대감인데 순순히 고집을 꺾으신 것이 좀 이상해서 말입니다.

이성계 전하께서 반대하시는데 최영 대감인들 어카겠습메까...

정도전 ...

6 ______ 대궐 침전 안 복도 (밤)

최영, 굳은 표정으로 걸어간다.

최영 (E) (결연한) 요동 정벌을 윤허하여 주시옵소서.

7 ______ 동 침전 안 (밤)

우왕, 최영과 마주 앉아 있다.

우왕 (당황) 사신을 보내놓구서 또 어찌 이러시는 겝니까?

최영 사신은 명나라를 안심시키기 위한 기만책일 뿐이옵니다. 이때 요동을 치면 능히 요동을 점령할 수 있사옵니다.

우왕 시중, 대체 뒷감당을 어찌하시려구요?

최영 소신을 믿어주시옵소서. 명나라가 다시는 고려를 업수이여기지 못하게 만들겠사옵니다.

우왕 제발 이러지 마십시오... 과인이 불안해서 당최 살 수가 없습니다.

최영 (엄하게) 전하!!

우왕 (흠칫 보는)

최영 전하께서 이러시고도 공민대왕의 아드님이라 할 수 있는 것이옵니까!!

우왕 (벙한) 시중...

최영 승하하신 선왕께서는 전하의 보령이던 시절에 매국노 기철의 일파를 처단하고 원나라를 몰아냈사옵니다! 헌데 전하께서는 선왕의 업적을 송두리째 강탈당할 위기에 처하였는데도 꽁무니를 빼려 하시옵니까!

우왕 (힘든) ...제발... 그만하시오.

최영 다시 올 것이옵니다. 부디 고려의 군주다운 기백을 보여주시옵소서. (나가는)

우왕 (고심하는)

8 ______ 자혜전 처소 안 (밤)

정비, 근비, 우왕, 주안상을 마주하고 앉아 있다.
술잔을 비운 우왕, 잔 탁 놓고 씁쓸한 듯 입을 닦는다.

정비 너무 심려치 마세요, 주상... 부처님께서 굽어살피실 것이니 모든 게 순리대로 될 것입니다.

우왕 (대뜸) 아바마마셨다면 어찌하였겠습니까?

정비 예?

우왕 아바마마께서 젊으셨을 때는 천하를 호령하는 영웅이셨다 들었습니다. 살아계셨다면 지금 어찌 대처를 하였겠냔 말입니다.

근비 선왕께선 승하하셨고 지금은 전하의 나랍니다. 비교하실 일이 아니옵니다.

우왕 (씁쓸한 듯 피식 웃고) 과인의 나랍니까?

근비 ?

우왕 과인의 나란데 어찌 주원장이가 땅을 주라 마라 한답니까? 과인의 나란데 어찌…

근비 전하…

우왕 (잔 비우고는 뭔가 결심한 듯 나가는)

정비 주상… (우왕 나가면 옅은 한숨)

9 ______ 최영의 집 마당 안 (밤)

최영, 밤하늘을 바라보며 생각에 잠겨 있다.

우왕 (E) 오줌을 쌌었습니다!

최영, 보면 묘한 미소를 띤 우왕이 서 있다.

최영 전하…

우왕 (다가서며) 과인이 즉위하던 날이었어요. 산발을 한 시중이 부월을 들고 들이닥쳐서는 나더러 임금이면 임금답게 추상같이 호령을 하라 하셨지요.

최영 전하…

우왕 과인이 그때 뭐라 했는지 아십니까…? 살려달라 그랬습니다. 오줌을 질질 싸면서 말이에요.

최영 …

우왕 내관 놈들이 숙덕대는 얘길 들었습니다. 선왕의 아들이면 저럴 리가 없다고... 필경 신돈의 자식이라고...

최영 (무릎 꿇으며) 전하~! ...그 어인 망극한 말씀이시옵니까?

우왕 망극할 것 하나 없습니다. 시정잡배들의 술자리에서 제일 잘 팔리는 안줏거리라지 않습니까? (킥킥 웃으며) 경은 어찌 생각하십니까?

최영 소신은 단 하루도 전하께서 공민대왕의 혈육이심을 의심해본 적이 없나이다.

우왕 어찌 그리 확신을 하십니까?

최영 소신, 공민대왕을 곁에서 모신 세월이 이십삼 년이옵니다. 그런 소신이 공민대왕의 혈육을 구분하지 못하겠사옵니까!

우왕 정녕... 과인의 핏줄에... 선왕의 피가 흐른단 말입니까?

최영 부디 저자의 괴담에 현혹되지 마시옵소서... 전하께선 서해 용왕의 피를 받은 왕씨의 자손임에 틀림이 없사옵니다!

우왕 (보다가) 허면... 어디 해봅시다.

최영 (보는)

우왕 요동을 치세요.

최영 ! ...전하~ ...성은이 망극하옵니다~

우왕 (훅! 숨 내쉬고) 갈 데까지 한번 가봅시다... (이 악무는)

10 _____ 정도전의 집 마당 안 (낮)

보퉁이를 안아 든 득보, 최 씨 앞에서 울먹이고 있다.

최 씨 (안쓰러운 듯 작은 보퉁이 건네며) 주먹밥 좀 넣었으니까 허기질 때 드시우.

득보 (받는) 마님...

최 씨 아, 죽으러 가는 것도 아닌데 어찌 이리 궁상을 떠시우?

관복을 입고 나오던 정도전, 의아하다.

정도전 아니... 할아범 어디 가는 건가?

득보 영감마님... 부디 기체 강령하셔야 합니다요...

정도전 글쎄 어딜 가는데 이러시는가?

최 씨 관아에서 나와서는 한양산성 보수하는 데 보내라 했습니다.

정도전 한양산성? (이상한)

11 _____ 빈청 이성계의 집무실 안 (낮)

첩문을 말아 내려놓는 이성계, 앞에 앉은 배극렴을 본다. 이지란도 함께 앉아 있다.

이성계 한양산성에 백성들을 동원하는 이유가 뭡니까?

배극렴 그게... 병사들만으로는 인원이 부족한 모양입니다.

이성계 이 사람 말은 축성을 하려면 서북면 쪽을 해야지 왜 한양에 있는 것을 고치냔 말입니다.

이지란 (픽 웃는) 전쟁 나문 대궐 사램들 피난 갈라 기카는 갑지비.

이성계 (마뜩잖은) 객쩍은 소리 하디 말라우.

이지란 (큼)

이성계 (배극렴을 보면)

배극렴 시중 대감이 그렇게 지시했다는 것 말고는 저도 아는 것이 없습니다.

이성계 시중 대감 지금 어디 계십니까?

배극렴 교동에 사냥을 갔다고 들었습니다.

이성계　사냥?
이지란　(픽 웃는) 거 문하시중이 되더이 사냥도 댕기누만기래.
이성계　(이상한)

12 _____ 빈청 앞 (낮)

이성계, 걸어 나온다. 정도전과 남은, 걸어오다 본다.

정도전　대감.
이성계　삼봉 선생...
정도전　(다가서서) 뭔가 조짐이 이상합니다.
이성계　(보는)
정도전　사복시에 왕실의 모든 가마를 손보라 명이 떨어졌다 합니다.
이성계　가마 전부를 말임메?
남은　세자마마는 물론 비빈마마들 것까지 모조리 손을 보라 하였는데 소생이 부임한 뒤론 처음 있는 일이라서요.
정도전　한양산성을 보수하고 있다 합니다... 분명... 피난 준비를 하는 것입니다.
이성계　...! (급히 걸어가는)
정도전　(보는)

13 _____ 교동 공터 (낮)

갑옷과 창검으로 무장한 장수와 병사들이 도열해 있다. 부장들을 대동한 최영, 단 아래에서 흡족한 표정으로 보고 있다.

이성계 (E) 대감!

최영, 보면 이성계, 굳은 표정으로 다가온다.

최영 (태연한) 어서 오게. 헌데 여긴 어찌 알고 오셨는가?

이성계 대체 이거이 어케 된 거이우까?

최영 보다시피 군부사의 열병식을 하고 있네.

이성계 이거를 어캐 소생이 모르고 있느냔 말입메다.

최영 아직은 공개할 때가 아니다 싶어 그런 것이니 너무 서운하게 생각하지 말게.

이성계 무시기를 아이 공개한단 말이오?

최영 ...요동을 정벌할 것일세.

이성계 대감...

최영 명나라가 아는 것을 최대한 늦추고 싶어 그랬네. 미안하네.

이성계 미안하다고 될 문제가 아이지 않슴메! 대감 마음대로 어째 이카십메까!!

최영 (보는)

우왕 (E) 과인의 뜻입니다.

이성계, 보면 우왕, 강 내관 등을 대동하고 걸어온다. 이성계와 최영, 서둘러 예를 갖춘다.

우왕 과인이 결정한 것이니 시중 대감을 탓하지 마시오.

이성계 하오나 전하... 요동의 정벌은, (하는데)

우왕 그만 하세요. 이미 결정한 사항입니다.

이성계 전하, 소신의 말씀을 들어주시옵소서.

우왕 (O.L 다부진) 그만하라지 않습니까!!

이성계 !

우왕 (피식) 열병식에 왔으니 군사들이나 좀 봐야겠소이다. (단에 올라가는)

이성계 ...

시간 경과》

병사들의 검술 시연이 펼쳐지고 있다.

단 위의 우왕과 최영, 이성계, 그 모습을 지켜보고 있다.

우왕 (감탄사를 연발하며) 하나같이 기백과 무예가 출중하니 일당백, 아니 일당천의 용사들입니다그려.

최영 요동 벌판을 주름잡던 고구려의 후예들이 아니옵니까?

우왕 그렇지요... 그렇고 말구요.

껄껄 웃는 우왕. 그 모습을 불안하게 바라보는 이성계.

14 _____ 빈청 앞 (밤)

조민수, 변안열, 배극렴, 격앙된 표정으로 몰려와 들어간다.

15 _____ 동 이성계의 집무실 안 (밤)

착잡한 표정의 이성계, 앉아 있고 조민수, 변안열, 배극렴, 서 있다.

조민수 전하와 시중 대감이 요동 정벌을 준비하고 있다는 소문이 사실이오이까?

이성계 그렇습니다.

변안열 그런 중차대한 사안을 어찌 함구하고 계셨던 게요?

이성계 ...이 사람도 오늘 안 것입니다.

조민수 아니 수시중이란 분이 그런 것 하나 제대로 파악 못 하고 뭘 하셨단 말이오!

이성계 (불만스레 쏘아보는) 판부사 대감!

변안열 왜들 이러십니까? 우리가 지금 잘잘못을 따지러 온 게 아니잖습니까?

조민수·이성계 (참는)

배극렴 수시중 대감... 허면 이제 이 사단을 어찌해야 하겠습니까?

이성계 (난감한)

이숭인 (E) 요동 정벌을 중단해 주십시오!

16 _____ 거리 (밤)

최영, 부장들을 대동하고 서 있다. 이숭인, 가로막듯 서 있고 권근과 이첨이 뒤에 서 있다.

최영 자네들과 입씨름할 생각 없으니 그만 길을 비키시게!

이숭인 대체 무슨 생각으로 요동을 치려 하는 겁니까! 상대는 명나랍니다!

최영 허면 명나라에 철령 이북의 땅을 들어 바치자는 것인가!

이첨 사신을 파견했지 않습니까!

권근 우리가 전쟁을 준비하는 것을 명나라가 알면 사신은 죽고, 대화를 통한 해결은 불가능하게 될 것입니다!

최영 애초에 사신 따위가 해결할 수 있는 문제가 아닐세. 길을 비키라 하였어!

이숭인 (울컥) 정녕 나라를 망하게 만들 작정입니까!

최영 닥치지 못할까!

이숭인 들으십시오! 대감의 오판이 오백 년 고려의 사직을 패망으로 몰아 가고 있단 말입니다!

최영 이놈이! 여봐라! 이놈을 당장 하옥하라!

병사들, '예!' 하며 이숭인을 체포한다. 권근과 이첨, 벙하고 최영, 흥! 사대부들을 헤치고 걸어간다.

17 _____ 이성계의 사랑채 안 (밤)

이성계, 정도전, 정몽주, 이방원, 이지란, 앉아 있다.

정몽주 최영 대감의 면전에서 요동 정벌을 비판한 예문관제학 이숭인이 순군부로 끌려갔습니다.

이방원 공산부원군 이자송 대감도 최영의 집에 찾아가 반대를 하였다가 투옥되었는데 심한 매질을 당해 사경을 헤매고 있다 합니다.

이지란 아이, 죽을죄를 진 것도 아이고 반대 좀 했다고 사램을 그 지경으로 패버린단 말이네?

정도전 본보기를 보이는 것이지요. 사람들이 섣불리 요동 정벌에 반대하지 못하도록 하려는 것입니다.

이지란 이거이 최영 대감이 단단히 마음을 먹은 것 같구만기래.

정몽주 (이성계에게) 대감... 도당회의를 열어 반대 공론을 모아야 합니다. 나라가 지금 풍전등화의 위기에 처해 있습니다.

이성계 솔직히 내는... 무시기가 옳은 거인지 잘 모르겠수다.

일동 !

이성계 명나라가 강한 것도 옳고, 우리가 약하니까 엔간하문 참구서리 아이 싸우는 것도 옳은데... 기카다고 강도 짓을 하는 나라에 사신 하나 보내놓고 그 사램 뒤통수만 쳐다보고 있는 것도... 제대로 된 나라가 할 짓은 아이라는 생각이 듭메다...

정도전 (보는)

정몽주 대감...

이성계 내 정말... 모르겠습꾸마.

정몽주 (옅은 한숨)

정도전 ...

18 _____ 대궐 침전 안 (밤)

우왕과 최영, 마주 앉는다.

우왕 이숭인과 이자송을 하옥하였다구요?

최영 그렇사옵니다.

우왕 잘하셨습니다. 과인과 시중의 뜻에 맞서려는 자들은 용납해서는 아니 되지요. 암튼 과인이 오늘 군부사 병사들의 위용을 보니 한결 마음이 놓입니다.

최영 심려 마시옵소서. 소신, 질 것 같은 싸움이었으면 시작도 하지 않았사옵니다.

우왕 다른 건 둘째 치고 오늘 이성계한테 면박을 준 게 아주 통쾌했습니다.

최영 딴에는 나라 걱정을 하여 그런 것이오니 성심에 담아두지 마시옵소서.

우왕 (씁쓸한 듯 피식) 사실은... 무서웠습니다.

최영 (보는)

우왕 이성계가 과인을 쳐다보는데 간뎅이가 쪼그라들더란 말이지요. (피식) 내색 않느라 혼났습니다.

최영 전하...

우왕 이성계뿐이겠습니까? 눈 달리고 입 달린 자들은 다 무섭습니다... 그나마 광평군이 있을 때는 이렇지는 않았거늘...

최영 소신이 전하의 곁을 지켜드릴 것이옵니다! 소신만 믿으시옵소서!

우왕 ...시중.

최영 (보는)

우왕 과인은 이제 시중에게 의탁을 해야겠습니다.

최영 그게... 무슨 말씀이시온지...

우왕 경에게 시집을 가지 않은 따님이 있다지요?

최영 (의아한) 늘그막에 얻은 서녀가 하나 있기는 하옵니다만...

우왕 과인의 비로 맞고 싶습니다.

최영 ! ...전하!

우왕 과인의 장인이 되어주세요.

최영 장인이라니... 천부당만부당한 일이옵니다!

우왕 어째서 천부당만부당하다는 것입니까?

최영 소신은 고려의 집정대신이옵니다! 이런 소신이 외척°의 자리까지 얻게 되는 것은 나라와 사직의 앞날에 추호의 도움도 되지 않을 것이옵니다!

우왕 시중... 섭섭하게 어찌 이러십니까?

최영 소신은 전하의 신하로서 죽을 것이옵니다! 머리를 깎고 출가하여 여생을 마치는 한이 있어도 결단코 전하의 장인은 될 수 없사옵니다.

우왕 (보다가) 과인은 시중을 믿고 모든 것을 걸었습니다.

° 외가 쪽 친족을 뜻하며 역사적으로 왕비 혹은 후궁의 친정 사람들을 일컬음.

최영 !

우왕 아바마마조차 꿈꾸지 못한 명나라와의 결전을 결정했단 말입니다. 헌데 시중께선 어찌 과인의 작은 소망 하나를 들어주지 못하는 것입니까?

최영 전하...

우왕 부탁입니다... 제발... 과인의 청을 들어주시오...

최영 전하...

19 _____ 이성계의 집 안방 안 (밤)

이성계, 어두운 표정으로 앉아 있다. 강 씨, 수심이 어린 얼굴로 마주 앉아 있다.

강 씨 어찌 안색이 이리 어두운 것입니까? 도당에서 무슨 일이 있었던 것입니까?

이성계 ...

강 씨 대감...

이성계 미안하오, 부인... 다음에 소상히 말씀을 드리겠소.

강 씨 (옅은 한숨 내쉬는데)

사월 (E) 대감마님... 최영 대감께서 오셨습니다.

이성계 !

20 _____ 동 사랑채 안 (밤)

이성계와 최영, 주안상을 마주하고 있다. 이성계, 말없이 술 마시면...

최영 (보다가) 기분이 많이 상했던 모양이군.

이성계 ...옥에 갇힌 사램들은 풀어주시우다.

최영 미안하네만 그럴 순 없네.

이성계 과한 처삽메다. 모르시우까?

최영 아네. 아네만... 그들을 온정적으로 대해주면 요동 정벌을 반대하는 목소리가 방죽처럼 터져 나올 것일세. 안타깝지만 지금은 대를 위해 소를 희생시켜야 할 때이네.

이성계 어캐 이리 혼자서만 달려가십메까? 더디 가두 어깨동무하구서리 함께 가는 거이 좋지 않수까?

최영 (씁쓸한 듯 피식) 혹여 내가 자네 나이였다면 그리하였을지도 모르지.

이성계 (보는)

최영 내 나이 일흔넷일세... 이번이 내 생애 마지막 기회란 말일세.

이성계 기회라이요?

최영 외적의 침략에 시달리고 조공에 신음하던 내 나라 고려가 천하를 향해 당당히 어깨를 펼 기회 말일세. 뼛속까지 스며든 패배주의를 걷어낼 기회 말일세... 부디 이 늙은이의 소망을... 이해해주게.

이성계 (옅은 한숨)

최영 (애써 미소 지으며) 내 사실은 자네에게 전해줄 말이 있어 왔네.

이성계 ? ...말씀하시우다.

최영 (겸연쩍은) 이거... 노욕이다 뭐다 욕 먹을 게 뻔하지만... 그래도 자네한테 제일 먼저 알려줘야 할 것 같아서 말일세.

이성계 무시긴데 이캐 뜸을 들이십메까? 편히 말씀하시우다.

최영 실은 내가... 아이구 이거 민망해서 원.... (작심하듯 큼, 하고) 전하의 장인이 될 것 같네.

이성계 !

최영 내 한사코 거절을 하였네만, (하는데)

이성계 (진심 어린) 감축드립메다, 대감.

최영 ...속으론 늙은이 욕심만 많다고 타박하는 것 아닌가?

이성계 아입메다... 어캐 진심이 아이겠슴. 감축드립메다.

최영 고맙네... 고마우이, 이 대감...

서로를 따뜻하게 바라보는 이성계와 최영의 모습에서 F.O

21 _____ 이색의 집 외경 (낮)

이색 (E) 숭인이가 귀양을 가다니!

22 _____ 동 안방 안 (낮)

이색, 정몽주, 권근, 이첨, 앉아 있다.

이색 노상에서 요동 정벌을 반대하였다 하여 귀양을 보내는 경우도 있다더냐!

권근 최영이 도은 사형에게 엉뚱한 죄목을 갖다 붙였습니다.

이색 무슨 죄목이라더냐!

이첨 광평군 이인임의 족당이라는 누명을 씌웠습니다.

이색 (발끈) 어찌 이럴 수가 있는가!

정몽주 그보다 더 심각한 것은...

이색 (보면)

정몽주 형장을 맞은 이자송 대감이 옥사를 했습니다.

이색 ...! 최영에게 갈 것이다. (일어나는)

23 _____ 빈청 최영의 집무실 안 (낮)

최영, 이색, 정몽주, 앉아 있다.

이색 도은 이숭인은 이인임의 혈족이지만 을묘년에 이인임을 탄핵하다 유배를 다녀온 사람입니다. 헌데 어찌 이인임의 족당이라는 오명을 씌운단 말입니까?

최영 전법사에서 심문한 결과에 따라 조치한 것뿐이외다. 그만 돌아가시오.

이색 대감께선 전하의 장인... 조정의 어른이자 이 나라의 어른이십니다. 공명하고 정대한 정치를 펼치셔야 합니다.

최영 글쎄 그만 돌아가라지 않소이까!

이색 대감!

최영 (외면하는)

정몽주 요동 정벌에 반대하는 공론을 미연에 막기 위해 이러시는 것 압니다.

최영 (보는)

정몽주 허나 이런다고 우리 사대부들이 침묵할 거라 믿었다면 오산이십니다. 지금이라도 형의 감면을 추진해 주십시오.

최영 침묵을 하지 않으면... 또다시 사대를 운운하며 명나라에 무릎을 꿇자 주장하시겠다는 것이오?

정몽주 대감!

최영 당신네들의 사대주의가 강도 주원장의 콧대만 높여놨고 그 결과 오늘의 사태가 일어났소이다! 대오각성하기는커녕 반대라니!

정몽주 책임을 떠넘기지 마십시오! 작금의 사태는 분명 명나라의 과욕이 불러일으킨 것이나, 이는 사대 그 자체의 문제가 아니라 두 나라의 뿌리 깊은 반목과 불신이 야기한 것입니다! 대감과 대감의 당여들이 단 한 번이라도 사대에 충실했던 적이 있었습니까!

최영 닥치시오! 고려 사람이 왜 남의 나라를 지성으로 섬겨야 하는 것이오이까!

정몽주 그것이 약육강식의 천하에서 소국이 살아남는 생존의 원리이기 때문입니다!

최영 영원한 대국도, 영원한 소국도 없는 것이오! 사대는... 헛소립니다!

이색 대감과 사대를 놓고 입씨름하고 싶지 않습니다. 한 가지 분명히 말씀드릴 것은 이번 사태는 외교적 수단을 동원하여 평화적으로 풀어야 한다는 것입니다.

정몽주 고려의 유림과 모든 사대부들이 목숨을 걸고 막을 것입니다!

최영 닥치지 못할까!

최영과 정몽주, 노려보는데 강 내관이 '시중 대감!' 하며 급히 들어온다.

최영 무슨 일인가?

강 내관 속히 편전으로 드셔야겠습니다.

최영 !

24 ＿＿＿ 대궐 편전 안 (낮)

당혹스러운 표정의 우왕 앞에 조민수, 배극렴, 변안열과 갑주를 입은 무장들이 가득히 앉아 있다.

조민수 우리 무장들은 작금에 추진되고 있는 요동 정벌에 심각한 우려를 갖고 있사옵니다!

우왕 (버티듯) 어째서요?

변안열 명나라는 원나라를 몰아내고 운남 등 주변국을 제압한 최강국이옵니다! 우리가 어찌 먼저 공격을 한단 말이옵니까!

우왕 허면... 앉아서 철령 이북 땅을 내주자는 것이오?

배극렴 고려의 사신이 명나라로 가고 있지 않사옵니까! 그 결과를 지켜본 연후에 정벌을 추진해도 늦지 않을 것이옵니다!

최영 (E) 어찌 사대부들과 똑같은 말씀을 하시는 게요!

일동, 보면 최영, 강 내관과 들어온다.

우왕 (원군을 만난 듯 화색) 시중!

최영 그러고도 당신들이 고려의 무장이라 할 수 있는 것이오이까!

조민수 자칫하다간 철령 이북은 고사하고 고려 땅 전체를 건사하지 못할 수도 있는 판국이 아니오이까!

배극렴 시중 대감... 너무 서두르지 마십시오!

변안열 당여들의 의견을 존중해 주시오, 대감.

최영, 이를 악문다. 우왕, 걱정스러운...

25 _____ 성균관 앞 거리 (낮)

정도전과 이방원, 걸어온다.

이방원 요동 정벌의 기세가 한풀 꺾인 듯싶습니다.

정도전 무장들의 반대가 결정적인 것이지... 제 식구가 앓는 소리를 하니 천하의 최영인들 흔들리지 않겠느냐?

이방원 허나 사신이 갔다 해서 뾰족한 수가 있겠습니까?

정도전 나도 그게 걱정이니라... 명나라 황제가 보통 욕심쟁이가 아니니 철령 이북 땅을 포기한다 해두 그 이상을 조공으로 뜯어내려 할 것이다.

이방원 숙부님께서 어찌 걱정을 하십니까? 되려 반길 일인 듯싶습니다만.

정도전 (멈추는) 무슨 소리냐?

이방원 고려가 도탄에 빠질수록 대업의 날은 가까워지지 않겠습니까?

정도전 (보는)

이방원 걱정 마십시오. 소생, 결코 발설치 않습니다.

정도전, 바라보는데 조영규, 일각에서 다가선다.

조영규 나리!

이방원 무슨 일인가?

조영규 명나라에서 보낸 사신이 도성에 들어왔다 합니다요.

이방원 명나라에서? (정도전을 보면)

정도전 ...

26 _____ 대궐 정전 안 (낮)

용상에 우왕. 최영, 이성계를 비롯한 재상과 백관들, 도열해 있다. 왕득명, 사신단을 이끌고 들어온다. 신하들, 허리를 숙이고 왕득명, 우왕에게 인사한다.

우왕 원로에 고생이 많으셨습니다, 상공.

왕득명 (중국어) 대명국 후군도독부 요동백호 왕득명, 귀국에 철령위 설치를 알려드리러 왔사옵니다!

일동 !

우왕 철령...위?

왕득명 (미소)

최영·이성계 !

정도전 (불길한 시선으로 보는)

27 _____ 빈청 이성계의 집무실 안 (낮)

이성계, 정도전, 이지란, 심각한 표정으로 앉아 있다.

정도전 위라는 것은 명나라의 군사조직의 명칭입니다. 지휘사를 우두머리로 하여 그 아래에 다섯 개의 천호소를 두는데 위 하나당 오륙백 명 정도의 병사를 거느리게 됩니다.

이지란 아이 그거를 지금 철령 이북에다가 설치하갔다는 말임메!

정도전 이미 요동에서 철령에 이르는 길목에 역참 칠십 개를 세우고 병사를 배치했다 하니 사실상 철령위의 설치가 마무리되었다고 봐야 합니다. 명나라 황제가 단순히 엄포를 놓은 것이 아니었습니다.

이성계 우리 코앞에다 칼을 겨누어 버렸으이 이리되문 대화고 뭐이고 물 건너간다고 봐야겠지비.

정도전 (심각한) 이거 일이 난망하게 됐습니다.

이성계 ...

28 _____ 대궐 일실 안 (낮)

이색과 정몽주, 조민수, 통사를 대동한 왕득명과 앉아 있다.

이색 철령 이북은 우리 고려의 땅입니다. 어찌 황제께서 이곳에 철령위를 설치하신단 말입니까?

왕득명 (중국어) 원나라가 다스리던 땅이잖소. 대명국은 원나라를 몰아낸 나라이니 당연히 우리 땅이외다.

정몽주 원나라에 강탈을 당했던 것입니다. 우리가 동방에 터 잡은 이후로 그 땅은 줄곧 우리의 강역이었습니다.

왕득명 (중국어) 그것은 귀국의 일방적인 주장일 뿐이오.

조민수 이보시오! 철령 이북은 우리 땅입니다.

왕득명 (중국어, 단호히) 천만에! 우리 땅입니다.

이색 (탄식하는)

29 _____ 대궐 앞 (낮)

왕득명의 사신단이 떠나간다. 배웅을 나와 지켜보고 있는 최영, 이성계, 조민수, 이색.

최영 우리 영토에 저들이 철령위를 설치한 이상, 이것은 침략이오. 이제 더는 요동 정벌에 왈가왈부하는 사람이 없을 거라 믿소. (휙 들어가는)

조민수 이거야 원... 꼼짝없이 말려 들어가는구만그래. (휙 들어가는)

이색 수시중 대감... 이 일을 어찌하면 좋겠습니까?

이성계 (확신하지 못하는 말투로) 이제는 방도가... 없는 것 같습니다...

이색 (어두워지는)

이성계 (옅은 한숨)

30 _____ 압록강 근방 마을 (낮)

평화로운 분위기의 마을. 한 무리의 명나라 병사들이 달려온다. 백성들, 두려움 가득한 시선으로 보면 장수가 (23회와 같은 내용의) 방문을 꺼내 벽에 붙인다. 그때 어딘가에서 날아온 화살이 방문에 꽂힌다. 장수, 헉 해서 보면, 고려 군사들이 창검을 들고 서 있다.

낭장 (칼을 빼 들고) 놈들을 모조리 척살하라!

병사들, '와~' 함성을 지르며 덤벼든다. 일대 격전이 벌어지고 명나라 병사들, 하나둘씩 쓰러진다. 장수마저 쓰러지면 낭장, 걸어와 방문을 뜯어내 패대기친다.

31 _____ 도당 안 (낮)

최영, 조민수, 배극렴, 변안열, 이색, 정몽주 등 재상들 앉아 있다. 이성계의 모습은 보이지 않는다.

무장1 서북면을 지키는 우리의 군사들이 압록강 인근에 출몰하여 철령위의 방문을 붙이던 명나라 병사와 교전을 벌였사옵니다. 하여, 적장을 포함한 스물한 명을 척살하였사옵니다!

일동 (무거운 침묵)

최영 (흡족한) 아주 잘 싸워 주었구만. 그만 나가보시게.

무장1 (예를 표하고 나가는)

정몽주·이색 (침통한)

조민수 (투덜대듯) 이거야 원... 빼도 박도 못하게 되어버렸구만.

변안열 (체념하듯) 돌아올 수 없는 강을 건넌 것입니다...

최영 이제 선택의 여지는 없소. 모두 일치단결하여 요동 정벌에 나섭시다.

배극렴 헌데 수시중이 어찌 보이지 않습니까?

최영 ?

32 _____ 몽타주 (낮)

1) 성곽 보수 공사장 안 - 역부들, 끙끙대며 돌을 나르고 쌓고, 기력이 다해 쓰러지고, 병사들이 고압적으로 독려한다. 그 모습을 착잡하게 지켜보는 이성계와 이지란.

2) 밭 일각 - 이지란, 일각에서 늘어지게 낮잠 자고, 밭에서는 농부들 틈에 뒤섞인 이성계가 곡괭이를 들고 격의 없이 대화한다. '곡괭이질은 기케 하는 기 아이야. 봐라!' 곡괭이 팍 내려치면 농부들 '우와~' 한다. 이성계, '날도 다 풀렸으이 인자 바빠지갔구만' 정도 말하는...

3) 민가 앞 - 눈물을 흘리는 가족들. 모친과 열 살 남짓 어린 여자아이가 오열한다. 징발 관원들이 보는 가운데 겁먹은 눈으로 소년이 이별한다. 끌려가는 소년을 막아서는 이성계. 징발관, 흠칫하는데 이지란이 눈짓으로 제압한다. 이성계, 소년을 자상하게 바라보고, 떨리는 소년의 손을 잡아준다. '겁먹디 말라우... 정신 차리야 산다' 정도 위로해준다. 그의 시선에 눈물 흘리는 어린 여자아이의 모습이 밟힌다. 가슴 아픈...

33 _____ 이성계의 집 앞 (밤)

정도전, 굳은 표정으로 걸어와 들어간다.

34 _____ 동 마당 안 (밤)

정도전, 사월이 열어주는 문으로 들어오다 보면 일각에 강 씨와 정몽주, 마주 서 있다.

강 씨 대감께서 등청을 아니 하셨다구요?

정몽주 모르고 계셨습니까?

강 씨 예...

정도전 (다가서는) 허면 지금 어디 계신지도 모르시는 것입니까?

강 씨 (인사하고) 아무 말씀도 없으셨습니다.

정도전 (불길한)

정몽주 어디선가 생각할 시간을 갖고 계신 것 같습니다.

강 씨 그게 무슨 말씀이십니까?

정도전 요동 정벌 말이로군.

강 씨 그 일이라면 이미 결정이 난 일이지 않습니까?

정몽주 본인의 소신이 서지 않고서는 움직이지 못하시는 분입니다... 필경 입장을 정리하시는 것입니다.

정도전 ...

35 _____ 대궐 침전 안 (밤)

우왕과 최영이 앉아 있다.

최영 국정을 전시 태세로 전환하였사옵구 전국에 징집령을 내렸사옵니다. 조만간 대병을 조직하여 요동으로 출정할 것이옵니다.

우왕 (기대 섞인) 대병이라시면 어느 정도가 되겠습니까?

최영 최소 오만, 많으면 십만은 가능할 것이옵니다.

우왕 오만에서 십만!

최영 징집에서 지휘관의 선임까지 소신의 모든 경륜과 정성을 쏟아부을 것이오니 아무 심려치 마시옵소서. 전하... (하는데)

강 내관 (E) 전하~ 수문하시중 입시이옵니다.

우왕 이성계가...?

최영 (반가운) 속히 들라 하시지요.

우왕 들라 하라.

이성계, 들어선다. 최영이 일어나 반긴다.

최영 어서 오게, 수시중. 안 그래도 빈청에 아니 보여서 걱정을 하던 참이었네.

이성계 송구합니다...

우왕 앉으세요.

이성계 (앉는)

우왕 안 그래도 수시중을 한번 부르려던 참입니다. 요동 정벌은 빠르면 빠를수록 좋을 것이니 수시중이 시중을 잘 보필해 주세요. 아시겠소?

이성계 ...

우왕 ? ...어찌 대답이 없으십니까?

최영 이보게, 수시중...

이성계 소신 수문하시중 이성계, 감히 아뢰겠나이다.

일동 (보는)

이성계 요동 정벌은... 불가하옵니다.

우왕 !

최영 !

이성계 통촉하여 주시옵소서.

최영 자네 지금... 뭐라 하였는가?

이성계 요동 정벌은 불가하다 하였습니다.

최영 (버럭) 지금 자네 제정신으로 하는 얘긴가!!

이성계 (버럭) 요동 정벌은!!

우왕·최영 !

이성계 ...결단코 불가하옵니다!!

최영 (발끈) 이~성~계~!

이성계 (홱 노려보는)

최영과 이성계의 시선에서 엔딩.

25회

1 ______ 대궐 침전 안 (밤)

이성계 (버럭) 요동 정벌은!!

우왕·최영 !

이성계 ...결단코 불가하옵니다!!

최영 (발끈) 이~성~계~!

이성계 (홱 노려보는)

최영 (노려보는)

우왕 불가하다?

이성계 그렇사옵니다.

우왕 어째서?

이성계 첫째로... 작은 나라가 큰 나라를 공격해서는 아니 되옵니다.

최영 송나라를 장강 이남으로 몰아낸 금나라도 처음엔 변방의 소국이었고, 금나라를 멸망시킨 것은 몽골의 유목민이었네! 여진과 몽골이 그럴진대 우리가 어찌 요동조차 도모할 수 없다 하는 것인가!

이성계 ...

우왕 어디... 계속해 보시오.

이성계 둘째, 농번기인 여름철에 군사를 일으켜선 아니 됩니다. 셋째, 대군이 요동으로 출정하면 그 틈을 노려 왜구들이 쳐들어올 것이니 아니 되옵구 넷째, 이제 곧 무더운 장마철이옵니다. 활의 아교가 녹고 역병이 창궐할 것이니 싸우기도 전에 자멸할 터... 거병은 아니 됩니다.

최영 농번기에 군사를 일으키니 적들이 미처 예측을 하지 못할 것이고! 왜구는 최소한의 수비병을 남겨놓으면 되는 것이고! 무더위와 장마는 적들도 똑같이 당하는 악조건일세!!

이성계 ...아니 됩니다.

우왕 허면 수시중은 철령위를 설치한 주원장의 만행을 묵과하자는 말이오?

이성계 그 옛날 고려를 범한 소손녕의 거란군을 몰아낸 것은 전쟁이 아니라 서희의 담판이었사옵니다. 전하, 명나라로 간 밀직제학 박의중 이외에 추가로 사신을 파견하시옵소서. 주원장과 목숨을 걸고 담판을 지을 충신들이 얼마든지 있사옵니다!

최영 일고의 가치도 없는 주장이옵니다!! 사신의 파견은 우리의 사기만 꺾을 뿐이옵니다!!

이성계 전쟁은 최후의 수단입니다!

최영 그 입 닥치지 못할까~!!

이성계 !

최영 (부르르 떠는) 썩 물러가게.... 한번만 더 망발을 지껄이면 그땐... 아무리 자네라도 용서치 않을 것이야.

이성계 ...대감.

우왕 시중의 말씀대로 하세요.

이성계 (보는)

우왕 더 이상 이 문제로 왈가왈부하는 날엔 항명의 죄로 다스리겠소.

이성계 전하와 사직의 앞날을 염려하는 소신의 충심을 어찌 항명이라 하시옵나이까!

우왕 과인이 원하는 충심은 그런 게 아니오. (일어나 뒤편에 숨겨둔 보검을 꺼내 드는)

일동 !

우왕 (칼을 뽑아 칼집 내던지고 이성계를 보는) 과인은 이 일에 사직은 물론 과인의 목숨을 걸었소이다.

이성계 전하~!

우왕 전시에 항명은 죽음으로 다스린다는 것을 경이 모를 리 없을 터... 목이 달아나고 싶지 않거든... 아니, 경이 진정으로 충신이고자 한다면... 순순히 따르시오.

이성계 (안타까운) 전하...

최영	(노기 어린 눈으로 보는)

2 ______ 대궐 침전 앞 (밤)

이지란, 초조하게 서 있다. 이성계, 걸어온다.

이지란 (다가가는) 성니메! 어케 됐슴메?

이성계 (어두운)

이지란 아, 말씀을 좀 해보시우다... 성니메!

이성계 나라가 이제... 결따이 나게 생겠다...

이지란 !... 결딴?

이성계 (탄식 같은 한숨)

3 ______ 다시 침전 안 (밤)

우왕, 보검을 만지며 의기양양 앉아 있다. 최영, 마주 앉은.

우왕 장인께서도 보셨지요? 이성계가 과인의 서슬에 눌려 찍소리도 못 하고 물러갔습니다. 이 늠름한 아들의 모습을 지하에 계신 아바마마께서 보셨어야 할 터인데...

최영 헌데 침전에 어찌... 검을 두고 계시는 것이옵니까?

우왕 (씁쓸한 듯 피식) 요즘은 이놈이 곁에 없으면 잠을 자질 못합니다.

최영 ?

우왕 근자에 들어... 아바마마의 시신이 꿈에 보입니다.

최영 ! ...전하...

우왕 (피식) 당신께서 되찾으신 철령 이북의 땅을 빼앗길까 봐 아들을 질책하시는 것일 테지요.

최영 거병을 앞두고 심신이 피로해지신 탓에 흉몽을 꾸시는 것이옵니다. 전의시에 일러 기력을 보할 탕약을 지어 올리라 하겠사옵니다.

우왕 괜찮습니다. 요동을 정벌하고 나면 가위에 눌릴 일도 없을 것입니다. 그나저나 정벌군의 지휘관들을 하루속히 선임해야 하지 않겠습니까?

최영 ...

정몽주 (E) 총사령관에 해당하는 팔도도통사는 최영 대감이 맡을 것입니다.

4 ______ 이성계의 집 사랑채 안 (밤)

이성계, 정도전, 정몽주, 이지란이 앉아 있다.

정몽주 문제는 좌군과 우군을 이끌 좌도통사와 우도통사인데 아마도 대감께서 그중 한자리를 맡게 되실 것입니다.

이지란 우리 성님이 기케 반대를 해댔는데 군대를 맡기겠수까?

정몽주 맡길 것입니다. 대감의 명성은 명나라에까지 퍼져 있는 탓에 대감이 출정한다는 사실만으로도 명나라 병사들에게 큰 압박이 될 테니까요. 더욱이 대감께선 경술년에 공민대왕의 명으로 당시 원나라 영토이던 요동의 동녕부를 공략했던 경험을 갖고 계십니다.

이지란 (뻐기듯) 캬~! 성니메~ 그때 생각나오? 압록강을 넘어서리 오로산성버텀 요동성꺼정 우리가 확 다 쓸어버렸지 않슴메.

이성계 그 얘긴 왜 꺼내니.

이지란 (쩝... 말 돌리듯) 삼봉 선생은 오늘 어캐 한 마디도 아이 하시오?

정도전 소생이 딱히 무슨 말씀을 드릴 수 있겠습니까?

이성계 (침통한)

정도전 (보는)

5 _______ 동 후원 안 (밤)

이성계, 생각에 잠겨 있다. 정도전, 다가선다.

정도전 지금 즉시 안채에다 자리를 깔고 누우시지요.

이성계 (보면)

정도전 소생이 믿을 만한 의원과 말을 맞춰 놓겠습니다.

이성계 병을 핑계로... 출정에서 빠지라는 말씀이십메?

정도전 지금 고려의 국력으론 승전이 불가합니다. 요동을 점령한다 해두 경술년 때와 마찬가지로 군량이 부족하여 퇴각하게 될 것입니다. 그 뒤론 명나라가 주도권을 쥔 채 양국 간의 협상이 전개될 것이고, 요동을 공격한 장수들이 협상의 제물이 될 것입니다. 그냥 병석에 누우십시오.

이성계 내는... 기케 낮 간질기운 짓은 못 하우다.

정도전 대감께서 출정을 피할 수만 있다면 명나라는 요동 정벌에 반대한 대감을 친명파로 여기게 될 터... 사태가 수습되고 나면 대감께선 주원장의 신임을 받는 고려 최고의 실권자가 되어 있을 것입니다.

이성계 나더러 강도 주원장이의 갱애지가 되란 말이우까?

정도전 고려에 대한 불신이 깊은 주원장을 대업의 친구로 만들라는 말입니다.

이성계 (보는)

정도전 주원장에 대한 응징은... 대업을 이룬 연후에 도모해도 늦지 않습니다.

이성계 자꾸 이케 나오문 재미없수다. 내는 대업은 아이 한다 하지 않았슴메.

정도전 이제... 솔직해지실 때도 되지 않았습니까?

이성계 (불쾌한) 무시기라?

정도전 대감의 가슴 속에 있는 야심을 숨기지 마십시오. 대감 역시 소생만큼이나 대업을 열망하고 있지 않습니까?

이성계 (한 손으로 정도전의 멱살을 잡아 확 당기는)

정도전 !

이성계 더 이상 내를 꼬드기지 마시우다. 내 요동서 뒈지는 하이 있어도 역적은 아이 될 거임메.

정도전 선택하십시오.

이성계 (노려보는)

정도전 차가운 요동 땅을 대감의 묫자리로 삼을 것인지... 한때의 낯 간지러움을 참고 소생과 대업을 이뤄 도탄에 빠진 백성을 구원할 것인지...

이성계 (노기 어린) 내는 고려의 무장이우다.

정도전 (버티듯) 대업의 구심이십니다.

이성계 (보는)

정도전 (보는)

이성계 (밀치듯 멱살 풀고) 참아주는 건... 이번이 마즈막이우다. 명심하우다.

이성계, 사라진다. 정도전, 심각해지는...

6 ______ 대궐 정전 외경 (낮)

권근 (E) 대고려국 공요군° 팔도도통사... 최영~!

7 ______ 동 정전 안 (낮)

문무백관이 좌우로 도열해 있다. 한가운데 단하에 내려선 우왕이 걸어 나온 최영에게 사첩을 내린다. 최영, 결연하다.

권근 좌군도통사... 조민수~!
조민수 (나아가 사첩을 받고 예를 표하고 물러나는)
권근 우군도통사... 이성계~!

일동의 시선이 이성계에게로 쏠린다. 이성계, 걸어나가 사첩을 받는다. 착잡한 표정의 이색, 정몽주 등. 굳은 표정의 정도전, 이를 악문다.

우왕 (이성계에게) 과인은 경의 용맹과 충심을 믿을 것이오.
이성계 소장, 우군도통사 이성계... 분골쇄신의 각오로 싸우겠나이다.
정도전 ...

이성계, 인사하고 물러나 선다. 문득 정도전을 바라본다. 정도전, 마치 외면이라도 하듯 전방을 지긋이 노려볼 뿐이다. 정도전을 바라보는 이성계와 정도전의 표정 위로 해설이 시작된다. '조전원수

° 고려의 요동 정벌군.

배극렴~', '조전원수 이지란~' 등 권근의 호명에 차례로 나아가 사첩을 받는 배극렴, 이지란, 변안열 등의 모습과 이를 바라보는 침통한 표정의 남은, 이첨, 윤소종, 이방우, 이방과 등의 얼굴 위로.

해설(Na) 사불가론을 내세운 이성계의 반대는 끝내 받아들여지지 않았다. 서기 1388년 음력 4월 초순, 마침내 요동을 정벌할 공요군이 편성되었다. 최영을 총사령관으로 조민수와 이성계가 좌군과 우군을 담당한 공요군에는 이지란, 변안열, 배극렴, 정지, 박위 등 당대의 내로라 하는 장수들이 총망라되어 있었다. 전쟁은 이제 피할 수 없는 현실이었다.

8 ______ 성균관 정록청 안 (낮)

갑옷을 입은 남은, 심각한 표정의 정도전과 앉아 있다.

남은 닭 쫓던 개 지붕 쳐다본다더니 지금 영감이 딱 그 짝입니다.

정도전 무슨 말인가?

남은 괴물 잡을 사냥개가 엄하게 명나라랑 싸우러 가게 됐잖소. 가면 산다는 보장도 없구, 언제 돌아온다는 기약도 없는데 말이우.

정도전 어쨌거나 남은 자네는 공요군과 이성계 장군 주변에서 벌어지는 일들을 내게 수시로 전해주어야 하네.

남은 뭐, 그리하기는 하겠소만... 아직도 대업에 대한 미련을 못 버린 거요?

이방원 (E) 이 정도로 포기하실 숙부님이 아니시잖습니까?

남은, 흠칫 보면 이방원, 들어와 인사한다.

남은 아니, 방원이 자네... 알고 있었는가?

이방원 (대답 대신 미소 짓고) 숙부님... 대업이 난관에 봉착하였는데 다음 계책은 무엇입니까?

정도전 니가 간여할 일이 아니라 누차 얘기하지 않았느냐?

이방원 이성계 장군의 아들입니다. 어찌 모른 척하라 하십니까?

정도전 아들이기 때문이다.

이방원 (보는)

정도전 사리사욕이 앞서 대업의 대의를 흐트러뜨릴 수 있다는 것이니 유념해야 할 것이다. 헌데... 무슨 일로 온 것이냐?

이방원 아버님께서 곧 서경°으로 출발하실 것입니다. 아니 보시겠습니까?

정도전 ...

9 ______ 빈청 앞 거리 (낮)

정몽주, 갑옷 차림의 이성계, 이지란, 걸어온다.

정몽주 군량미의 징발이 난항을 겪고 있다 합니다.

이성계 이제사 논 구뎅이에 모를 심구이 당연한 거 아이겠슴메. 최대한 단기간에 끝내야 되겠지비.

정몽주 병사들의 사기가 더 걱정입니다. 명나라와 싸운다고 하니 병졸뿐 아니라 부장들까지 겁을 집어먹은 눈칩니다.

이성계 최영 대감과 이 사램이 앞장을 서문 달라질 거우다. (멈추고) 포은 선생, 이제 그만 들어가시우다.

정몽주 (착잡한) 조심하십시오. 황산보다 더 힘든 싸움이 될 것입니다.

° 지금의 평양.

이성계　(미소 짓는데)
이지란　(어딘가 보고) 성니메?

이성계, 보면 일각에 서 있던 정도전, 인사한다.

정몽주　삼봉...
이성계　(보는)

10 _____ 거리 일각 (낮)

이성계와 정도전, 서 있다.

이성계　일전에 있었던 일은 정중히 사과드리갔소. 미안하우다.
정도전　장군의 고충을 이해합니다. 사과하실 일이 아니니 괘념치 마십시오.
이성계　요동에서 돌아오문 우리 심을 합쳐서리 고려를 한번 잘 맹글어 봅세다.
정도전　송구합니다만... 소생은 고려 사람이 아닙니다.
이성계　(보는)
정도전　벌써 수년째... 새로운 나라의 첫 번째 백성으로 살고 있습니다... (미소) 이번 원정에서 많은 것을 느끼게 되시길 바라겠습니다.
이성계　(보다가) 내한테 솔직해지라 했었지비?
정도전　(보는)
이성계　옳수다. 내... 왕이 되고 싶은 생각... 해봤수다. 아이, 무지하게 마이 했지비. 심이 없는 것도 아이고, 선생겉이 왕으로 맹글어 주갔다는 사램꺼정 있는데 욕심이 아이 나문 그거이 사램이겠습?!
정도전　...

이성계 긴데 말이우다... 그 욕심을 빼고 나문 내가 왕이 될 이유가 하나도 없더란 말이우다... 혈통이 고운 것도 아이고, 선생처럼 배운 거이 많은 것도 아이고, 고매한 이상을 개진 것은 더더욱이 아이고! ...할 줄 아는 거이라곤 사램 때레잡는 쌈박질뿐인 놈이 왕이 되문... 나라 꼬락시가 어캐 되겠슴메? 내는... 왕이 될 재목이 아이오.

정도전 왕도정치에서 군왕의 덕목은 오직 한 가지... 덕입니다. 자질은 충분하십니다.

이성계 설사 기카다 해두 내는 왕... 아이 할 거우다.

정도전 하고 싶다 해서 하고, 하기 싫다 해서 하지 않는 자리가 아닙니다. 군주는 하늘이 내리는 것이니까요.

이성계 하늘?

정도전 장군께선 옥좌에 앉으셔야 하고, 앉으실 수밖에 없습니다. 그 이유는 단 하나... 천명이 장군에게 있기 때문입니다. 하늘의 뜻을 거스르지 마십시오... 장군과 고려는 양립할 수 없습니다.

이성계 (보는)

정도전 잘 다녀오십시오. (인사하는)

이성계 ...

11 _____ 우왕의 꿈 - 대궐 침전 안 (밤)

우왕, 목침을 베고 잠들어 있다. 순간, 침전의 문풍지에 언뜻 나타나는 사내의 실루엣. 우왕, 인기척에 눈을 뜬다. 상체를 일으켜 눈을 비비던 우왕, 문득 자객의 실루엣을 보고 헉!
자객의 그림자가 서서히 이동하여 문 앞에 버티듯 선다.

우왕 (당황하여 소리조차 지르지 못하는) 누, 누구냐...

자객 ...

우왕 (두려움에 주변을 헛짚으며, 주절대듯) 여봐라? ...여, 여봐라... 밖에 아무도 없느냐... (하는데)

칼을 뽑아 드는 자객의 그림자. 우왕, 헉! 벌컥 문이 열리는 순간!

12 ______ 현실 - 동 침전 안 (낮)

잠들어 있던 우왕, '으아~~~' 괴성을 지르며 몸을 일으킨다. 헉! 주변을 둘러보는 우왕. 꿈인지 생신지 모를 적막한 실내. 벌떡 일어나 부리나케 보검을 꺼내 든다. 순간 문이 열린다.

우왕 (칼을 겨누며) 웬 놈이냐~!!

헉! 기함하여 주저앉는 사내, 강 내관이다.

강 내관 전하...

우왕 (식식 숨을 몰아쉬는)

강 내관 (떨며) 고... 고정하시옵소서... 소신, 강 내관이옵니다...

우왕 (지친 듯) ...무슨 일이냐?

강 내관 대비마마와 비빈마마들께서 준비를 마치셨나이다.

우왕 ... (칼 툭 던지는)

13 _____ 동 대궐 앞뜰 (낮)

가마들이 놓여 있다. 나인들, 분주히 짐을 나르고 우왕과 최영 앞에 정비, 왕창의 손을 잡은 근비를 비롯한 비빈들이 늘어서 있다.

최영 한양성이 비좁아 거처하시기에 불편하겠사오나 오래 머무르진 않을 것이옵니다.

근비 전하... 부디 옥체를 중히 여기시구 마음을 강건히 하셔야 합니다.

우왕 (자신 없는 어조로) 알겠소이다.

왕창 (불안한) 아바마마께선 같이 가지 않으시는 것입니까?

우왕 오냐. 이 아비는 서경으로 가 지휘소를 차리고 공요군을 독려할 것이니라.

정비 시중...

최영 예, 마마.

정비 우리는 시중만 믿겠습니다.

최영 소신, 신명을 바쳐 싸울 것이옵니다. 반드시 승전의 낭보를 전해드릴 것이오니 심려치 마시옵소서.

우왕 자, 어서들 출발하세요. 어서요.

정비와 비빈, 왕창, 인사하고 각자의 가마에 오른다. 우왕, 불안해지는.

최영 머잖아 재회하실 것이오니 너무 서운해 마시옵소서. 소신이 요동에 당도하는 즉시 속전속결할 것이옵니다.

우왕 시중...

최영 예, 전하...

우왕 과인이 긴히 드릴 말씀이 있습니다.

최영 ?

14 ______ 동 침전 안 (낮)

최영, 벙한 얼굴로 우왕을 본다.

최영 전하... 대체 그것이 무슨 하명이시옵니까? 소신더러 요동엘 가지 말라니요?

우왕 장인께선 연세도 많으시니 과인과 서경에 남아 요동과 고려 전체의 안위를 살펴주십시오. 전투는 조민수와 이성계만으로도 충분하지 않습니까?

최영 그럴 수는 없사옵니다! 소신이 어찌 장병들을 전장으로 몰아넣고 후방에 남을 수 있단 말이옵니까!

우왕 왜구가 언제 도성과 삼남을 노릴지 모르지 않습니까? 누군가 한 명은 남아서 왜구를 막아야지요.

최영 허면 다른 장수를 남겨두겠사옵니다!

우왕 장인이셔야 합니다. 장인께서 과인의 곁에 계셔주셔야 합니다.

최영 출정을 목전에 두고 소신이 참전을 하지 않는다면 가뜩이나 불안해하는 병사들의 사기가 현저히 떨어질 것이옵니다! 명을 거두어 주시옵소서!

우왕 과인이 남아달라지 않습니까!!

최영 (보는)

우왕 (눈물 그렁한) 과인이... 불안해서 견딜 수가 없단 말입니다.

최영 전하...

우왕 아바마마의 시신이 보이는 것도 모자라 이제는 자객이 난입하는 꿈을 꿉니다. 이것이 무엇을 뜻하는 것이겠습니까? 누군가 과인을 해치려는 전조가 아니겠습니까?

최영 시해의 전조라니 당치 않사옵니다!

우왕 아닙니다... 모든 것이 그때와 착착 맞아떨어지고 있어요.

최영 (보는)

우왕 아바마마께서 시해되실 때 장인께선 탐라를 정벌하고 있었습니다. 그때 장인께서 도성에 계셨다면 홍륜이 역심을 품을 엄두도 내지 못하였을 것이구, 아바마마께선 비명에 가시지도 않았을 것입니다.

최영 ...전하.

우왕 과인은 두렵습니다. 장인께서 요동으로 떠나면 어떤 놈이 역심을 품을지 모릅니다. 과인은 아바마마의 전철을 밟고 싶지 않아요.

최영 (보는)

우왕 요동은 좌우도통사에게 맡기시구 장인께선... 과인을 지켜주세요.

최영 (난감한)

15 _____ 길 + 가마 안 (밤)

횃불을 든 병사들의 호위를 받으며 우왕을 태운 어가가 나아간다. 강 내관 등 내관, 나인들이 따르고 최영과 안소, 정승가가 선두에서 말을 타고 간다. 가마 안의 우왕, 보검을 품은 채 앉아 있다. 말 위의 최영, 표정이 착잡하다.

16 _____ 서경 - 지휘소 외경 (밤)

〈자막〉 서경(지금의 평양) 공요군 지휘소

경계가 삼엄하다.

최영 (E) 함께 출정하지 못할 것 같소이다.

17 _____ 지휘소 일실 안 (밤)

최영, 이성계, 조민수가 앉아 있다. 이성계, 최영을 본다.

조민수 (벙한) 아니, 도통사 장군... 그게 무슨 말씀이십니까?

최영 고려의 맹장들이 모두 요동으로 떠나니 전하의 심려가 크신 듯하외다. 내 전하의 마음을 안심시킨 연후에 곧장 뒤따라갈 터이니... 두 분 장군께선 예정대로 출정해 주시오.

조민수 (떨떠름한) 아, 예... 그리하라면... 그리해야지요...

최영 (이성계를 보면)

이성계 (묵묵히 앉아 있는)

최영 조 장군께서는 그만 일어나셔도 좋소.

조민수 ...예, 장군. (일어나 나가는)

이성계 병사들이... 불안해할 거입메다.

최영 오래 지체하진 않을 것일세.

이성계 ...

최영 일전에 침전에선 이 사람의 말이 과했네. 용서해주게.

이성계 다 지난 일이우다.

최영 내키는 일이 아니었을 터인데... 기꺼이 우군도통사의 직을 맡아줘서 고마우이.

이성계 감사받을 일이 아입메다. 신하 된 사람으로서 결정된 일에 따라야 하지 않겠습메.

최영 내 실은... 출정을 잠시 늦출까도 생각을 해봤네만 자네가 있어 그리하지 않았네.

이성계 (보는)

최영 이번 전쟁에 고려의 명운이 달렸네. 이 장군... 자네만 믿겠네.

이성계 ...

정도전 (E) 장군과 고려는 양립할 수 없습니다.

이성계 ...

18 _____ 지휘소 앞 거리 (낮)

의장대와 악대가 질서정연하게 행진해 온다.

19 _____ 지휘소 앞 공터 (낮)

의장대와 악대, 창검과 기치를 들고 도열한 기병과 보병들을 지나 일각에 도열한다. 우왕, 단 위에 설치된 용상 위에 앉아 있다. 단 밑에 최영이 있고, 좌우에 조민수와 (백마를 탄) 이성계, 그 뒤로 변안열, 배극렴, 이지란, 남은, 정승가, 안소를 비롯한 원수들이 줄지어 말을 타고 앉아 있다. 굽어보던 우왕, 손을 뻗으면 음악이 멈춘다. 우왕, 일어나 단 앞으로 가 선다.

우왕 대고려국 공요군의 장병들은 들으라! 요동으로 달려가 적의 요동도지휘사를 박살 내고 철령위를 분쇄하여 적들이 두 번 다시 고려를 넘보지 못하게 하라, 알겠느냐!!

병사들 (우렁차게) 예!

병사들의 대답 소리가 메아리치는 가운데 우왕, 부월을 집어 든다.

최영, 단 위로 올라가 무릎 꿇는다. 부월을 하사하는 우왕. 감정이 격한 듯 받아 드는 최영. 이를 바라보는 조민수와 이성계, 장수들. 마침내 최영, 일어나 외친다.

최영 공요군의 전 장병들은 들으라!

병사들 (일제히 주목하는)

최영 오늘 이 시간부터 고려는 황제에 굽실대는 제후의 나라가 아니다... 우리도 당당한... 황제의 나라다!

병사들 !

최영 명나라의 연호를 폐지하고 독자적인 연호를 사용할 것이며, 제후국이라는 이유로 격하된 나라 안의 모든 제도와 습속을 바꿀 것이다! 이제 조공은 없다! 이제 굴욕도 없다! 우리는 대제국 고구려의 투혼을 계승한 고려의 아들들이다! ...자 이제 지긋지긋한 굴종과 오욕의 역사를 끝장내고 승리의 새 역사를 위해 분연히 떨쳐 일어서자!! 황제국 고려의 깃발이 나부낄 저 요동 땅을 향해 진군, 또 진군하자~!!

병사들, '와~' 하는 함성으로 호응한다. 격앙된 최영의 눈가에 이슬이 맺힌다. 함성 잦아들면...

조민수 대고려국 황제 폐하~ 만세!

병사들 만세! 만세! 만세!

이성계 (조금 어색하게) 대고려국 공요군~ 만세!

병사들 만세! 만세! 만세!

최영 전군~ 출정하라~!!

악대의 음악이 연주되면서 이성계와 조민수를 선두로 출정하는 장병들. 우왕, 최영, 이성계, 조민수 등 장수들과 행진해 가는 병사들의 위용 위로.

해설(Na) 서기 1388년 음력 4월 18일. 마침내 공요군이 요동으로 향했다. 조민수와 이성계의 좌우군을 합쳐 전투병이 삼만 구천에, 지원인력이 일만 이천, 도합 오만이 넘는 대병이었다. 동원된 말의 숫자만 이만 이천 필에 달했으니 고려의 국력을 모두 쏟아부었다 해도 과언이 아니었다.

20 ____ 성균관 외경 (낮)

정도전 (E) 뭐라구?

21 ____ 동 (소) 정록청 안 (낮)

놀란 얼굴로 정몽주를 바라보는 정도전.

정몽주 원, 사람... 무엇을 그리 놀라시는가?

정도전 최영 장군이 출정을 하지 않았다구?

정몽주 전하께서 붙잡는 바람에 떠나지 못하였다는데 지금도 계속 전하를 설득 중이라는군.

정도전 ...

정몽주 ? ...어찌 그러는가?

정도전 아, 아닐세. 아니야. (하는데)

굳은 표정의 이색, 들어온다. 정몽주와 정도전, 급히 일어선다.

정몽주 스승님.

이색 (나직이 나무라듯) 관직에 나온 몸일세. 사사로운 호칭을 삼가시게. (정도전에게) 대사성 영감.

정도전 예, 판삼사사 대감.

이색 사대부 관리들을 정록청으로 모아주시게.

정도전·정몽주 ?

22 _____ 동 (대) 정록청 안 (낮)

이색이 상석에 있고 정도전, 정몽주, 권근, 이첨, 윤소종을 비롯한 사대부들, 앉거나 서 있다.

이색 주상전하와 팔도도통사 최영이 고려를 건원칭제°의 황제국으로 격상시키겠다는 의지를 밝히셨소. 도당과 조정에 후속 대책을 강구하라 영을 내리셨으나 이는 나라의 장래가 걸린 실로 중차대한 사안이 아닐 수 없소이다... 여러분의 고견을 듣고 싶소이다.

이첨 건원칭제는 성급한 조칩니다. 요동 정벌의 성패를 지켜본 연후에 추진해도 늦지 않을 것입니다.

권근 설사 요동에서 승전한다 해도 신중히 생각해야 할 문제입니다. 천하에 두 개의 황제국이 존재할 수 없음은 자명한 이치... 고려가 건원칭제를 하는 순간, 둘 중 한 나라가 패망할 때까지 전쟁이 끊이질 않을 것입니다.

° 중국과 대등 관계를 공표하기 위해 독자적인 연호를 세우고 왕을 황제라 칭함.

윤소종 (E) 다들 참으로 한가하십니다.

일동 보면, 윤소종 일어선다.

윤소종 공요군이 압록강을 넘어가는 순간, 나라의 운명은 이미 정해진 것이거늘... 어찌 그 이후를 걱정하십니까?

이색 (보는)

윤소종 그토록 나라가 걱정되셨다면 애초에 요동 정벌을 막았어야 했습니다.

이색 거병을 막을 명분이 부족하지 않았는가?

윤소종 나라가 결딴나는 것 이상의 명분이 있습니까? 명분이 부족해서가 아니라 우리 사대부들이 최영의 서슬에 겁을 집어먹었던 것입니다.

이색 !

정몽주 (발끈) 말을 삼가시게, 동정!

윤소종 ...

정도전 해서... 동정은 현 사태를 어찌 대처하자는 입장이신가?

윤소종 방도야 하나뿐이지요. 공요군이 압록강을 넘지 못하게 만드는 것.

일동 !

정도전 (예의 주시하는)

윤소종 진정으로 나라의 장래를 걱정하신다면 여기서 이리 탁상공론만 하실 것이 아니라 압록강으로 달려가 공요군의 행군을 막는 편이 나을 것입니다.

권근 어명을 받은 병사들이 이미 출정을 하였소이다! 그것은 반역이나 진배없는 행위란 말이오!

윤소종 반역을 해서라도 나라를 구할 수 있다면... 양촌께선 무엇을 선택하시겠습니까?

권근 ! ...뭐요?

윤소종 요동 정벌을 막지 못할 바에야 소생은 건원칭제에 찬동할 것입니다. 어차피 망해 없어질 나라인데 종말이나마 화려해야 하지 않겠습니까?

이색 동정!!

윤소종 (보는)

이색 (꾹 참고) 자네... 궤변이 지나치네... 자중하시게.

윤소종, 인사하고 나간다. 일동, 어이없다. 이색, 침통하다.
정도전, 윤소종이 나간 쪽을 바라본다. 제법이라는 듯 피식 웃는다.

23 _____ 정도전의 집 외경 (밤)

비가 내리기 시작한다. 이내 억수같이 퍼붓는다.

24 _____ 동 마당 안 (밤)

최 씨와 득보, 다급히 빨래를 걷고 있다.

최 씨 아우, 할아범은 어찌 그리 꾸물대시우.

득보 쇤넨들 비 맞는 게 좋아서 꾸물대겠습니까요? 한양산성에서 삐끗한 허리가 말을 안 들어서 이러는, (빨래 하나 걷다가 허리 잡고 '아야!' 하는)

최 씨 으이구~ 헌데 무슨 비가 이리 억수같이 쏟아진대그래?

득보 이제 장마가 들라나 봅니다요...

25 _____ 동 안방 안 (밤)

정도전, 심각한 표정으로 남은이 보낸 서찰을 읽고 있다.

남은 (E) 최악입니다.

26 _____ 나레이션 몽타주

1) 길게 이어진 길 (낮) - 말을 탄 남은, 돌아보면 강풍과 억수같이 쏟아지는 빗속을 행군하는 이성계의 우군... 뒤따르는 조민수의 좌군... 장수들의 표정은 어둡고 병사들은 지치고 사기가 떨어진 모습이다.

2) 진창길 (낮) - '퍼러럭~' 허연 김을 내뿜으며 주저앉는 한 기병의 말. 다가와 심각한 표정으로 말의 상태를 살피는 이성계. 일각에선 진창에 빠진 군량미 수레를 안간힘을 쓰며 밀어보는 병사들. 보다 못한 이성계가 나서서 같이 밀고, 이지란, 남은, 배극렴까지 가세한다. 이를 악물고 밀어댄다.

3) 평원 (밤) - 아무렇게나 퍼질러 앉아 추위에 떨며 노숙하는 병사들... 곳곳에서 토하는 병사들... 도망치는 병사들... 변안열, '저놈들 잡아라' 외치고 쫓아가는 병사들...

4) 길 (밤) - 쏟아지는 빗속을 묵묵히 행군해 가는 공요군의 모습에서...

남은 (E) 서경을 떠나자마자 폭우가 퍼붓더니 사방이 진창으로 변해버렸습니다. 비에 젖은 갑옷과 신발은 쇳덩이처럼 무겁고, 말은 지쳐 나아가질 못하니 하루에 삼십 리도 행군하지 못합니다. 가뜩이나 부족한 군량이 썩어들어가고, 상한 물을 먹은 군사들은 하루에도 수십 명씩 낙오를 합니다. 강풍에 천막도 치지 못한 채 노숙을 하는데 탈영병이 속출하고 있습니다. 영감... 최악입니다.

27 _____ 다시 안방 안 (밤)

정도전, 서찰을 내려놓는다. 결연해진다.

정도전 (E) 하늘이 정녕... 기회를 주는 것인가?

28 _____ 위화도 입구 개천 (낮)

이성계와 조민수를 선두로 군사들, 얕은 개울을 건너간다.

29 _____ 위화도 벌판 (낮)

〈자막〉 음력 5월 7일 압록강변 위화도
이성계와 조민수의 군사들이 들어와 멈춘다. 이성계, 둘러보면 탁 트인 벌판 너머로 강이 흐르고 건너편에 요동 땅이 보인다.

조민수 빌어먹을... 어떻게 여기까지 오긴 왔구만그래.
이성계 저 건너편이 요동입니다.
조민수 (불만스러운) 도강만 하면 전쟁이란 말이구만...
이성계 오랜 행군에 병사들이 지쳤습니다. 여기 일단 진지를 구축합시다.

조민수 그랬다가 최영 장군에게 무슨 날벼락을 얻어맞으려고 그러시오. 내친김에 진격합시다.

이성계 조 장군. 진지를 구축하고 정탐병을 보내 요동의 형세를 살펴야 합니다.

조민수 지금도 행군이 늦다고 독촉질이지 않소이까! 그나마 비가 그쳤을 때 일보라도 더 나아가야지요!

이성계 (보는데)

배극렴 (E) 장군!

일동, 보면 배극렴과 변안열, 기병 두엇을 데리고 달려와 멈춘다.

배극렴 장군, 큰일났소이다.

이성계 큰일이라니요?

변안열 도강을 위해 설치해놓은 부교가 불어난 강물에 휩쓸려 갔소이다.

조민수 뭐요!

이성계 !

30 ______ 동 강변 (낮)

양쪽 강가에 흔적만 남은 부교. 그 사이로 급류가 흘러간다. 망연하게 바라보고 서 있는 이성계, 조민수, 변안열, 배극렴, 이지란, 남은 등 장수들.

조민수 빌어먹을...

이성계 위화도에 진영을 구축하고 부교를 다시 건설해야 합니다.

조민수 하는 수 없지... 그리하십시다.

그때 후두둑 쏟아지는 빗줄기...

이지란 (발끈) 이런 썅! 또 퍼부울 모양이우다!

이성계 속히 진영을 갖추시오!

장수들 예! (흩어지면)

조민수 빌어먹을... 며칠이면 따라온다던 최영 장군은 어찌하여 코빼기도 보이지 않는 것이야!

이성계 ...

31 _____ 서경 지휘소 앞 (밤)

비가 쏟아진다. 우장을 걸친 안소, 종종걸음으로 들어간다.

32 _____ 동 일실 안 (밤)

최영, 우왕 앞에 엎드려 있다.

최영 폐하... 공요군이 위화도에 발이 묶여 있다 하옵니다! 사기가 떨어질까 저어되오니 소신으로 하여금 위화도로 가서 병사들을 독려토록 하여 주시옵소서.

우왕 글쎄 아니 된다지 않습니까!

최영 폐하!

우왕 장인께선 짐의 곁에서 한 발짝도 떨어질 생각 마세요!

안소 (E) 폐하!

우왕, 보면 안소, 허겁지겁 들어온다.

우왕 무슨 일이오!

안소 전라도 진포와 초도°에 왜구가 침노하였사옵니다!

우왕 !

최영 도성의 예비 병력을 급파하고 경기지역의 장정을 징발하여 동강과 서강을 막아 도성으로 들어오는 길을 차단하도록 하게!

안소 예, 장군! (나가는)

우왕 (불안한)

최영 폐하! 소규모의 왜구들이오니 너무 심려치 마시옵소서.

우왕 짐이 두려운 것은 왜구들이 아닙니다. 이리 어수선한 판국에 장인께서 자꾸 떠나려 하시니 그게 두려운 것입니다.

최영 폐하...

우왕 가지 마세요... 가시면 아니 됩니다.

최영 (답답한)

33 _____ 위화도 진영 전경 (밤)

강풍과 폭우가 몰아친다. 망루와 막사 곳곳의 깃발들이 위태롭게 휘날린다. 말을 탄 정승가와 김완, 관원들과 함께 목책 안으로 들어선다.

° 지금의 황해남도 과일군 초도.

34 _____ 동 이성계의 막사 안 (밤)

이성계, 조민수, 정승가, 김완이 대좌해 있다. 금 술잔과 은 술잔이 수북이 쌓여 있다.

김완 폐하께서 제장들의 노고를 치하하는 뜻에서 하사품을 내려주셨습니다. 더불어 용기백배하여 속히 진격하라는 하교가 계셨습니다.

이성계 우리가 필요한 것은 술잔이 아니라 군량이오.

정승가 최선을 다해 끌어모으고 있으니 조금만 기다려 주시오.

조민수 (버럭) 대체 언제까지 손가락만 빨고 있으란 말이오이까! 전장에 도착도 하기 전에 군량이 떨어진다니 이게 말이나 되는 일이오!

정승가 군량이야 요동에서 조달할 수도 있지 않소이까!

이성계 지금... 우리더러 약탈을 하란 말이오?

조민수 노략질도 요동 땅을 밟아야 할 게 아니겠소이까! 부교가 완성될 때까지만이라도 버틸 수 있는 군량을 가져오시오!

정승가 글쎄 모으고 있다는데 이러십니다! 참는 김에 조금만 더 참아주시오!

조민수 이런~ 빌어먹을! (탁자 쾅 치고 나가는)

정승가 나, 이거야 원...

이성계 (답답한)

35 _____ 강변 (낮)

부교 공사가 한창이다. 그 옆에 뗏목을 만들고 있는 병사들. 조민수와 변안열이 부장들을 대동하고 지켜보고 있다.

36 _____ 진영 일각 (낮)

병장기가 모여 있고, 이지란을 대동한 이성계, 활을 집어 시위를 당겨보는데 아교가 녹아 활시위가 맥없이 떨어져 버린다.

이지란 우리는 활 빼문 시첸데 이거이 큰일났구만기래.

이성계 또 언제 비가 올지 모른다. 얼른 갑옷 말리고 병장기 고치라 지시하라우.

이지란 야!

배극렴 (E) 우도통사 장군!

일동, 보면 배극렴이 다가선다.

배극렴 장군. 조민수 장군이 뗏목을 만들어 도강을 시도하고 있습니다.

이성계 뗏목?

이지란 아이 그걸로 이 많은 사램을 어느 천년에 날근다는 말임메?

배극렴 병력을 옮기려는 것이 아니라 강을 건너가 민가를 약탈할 거라 합니다.

이지란 약탈?

이성계 (후~) 이거이... 고려군사 꼬락시 한번 우습게 되지 않았니...

이지란 그러게 말이우다. 우리가 왜구도 아이고, (하다가 어딘가 보고) 성니메! 저기메 보시우다.

일동, 보면 변안열과 병사들이 포박당한 탈영병들을 이끌고 지나간다. 이성계, 주시한다.

37 _____ 진영 일각 (낮)

탈영병들, 조민수와 변안열 앞에 무릎 꿇려져 있다.

조민수 가뜩이나 성질이 뻗쳐 죽을 맛이거늘... 니 놈들이 감히 탈영을 해?

변안열 탈영은 참형이외다! 엄히 다스려야 하오!

조민수 여봐라! 즉시 형을 집행하라!

부장 예! (칼을 뽑아 들면)

이성계 (E) 조 장군!

조민수, 보면 이성계, 이지란, 배극렴, 다가선다.

이성계 이들을 다 죽이면 병사들의 사기가 더 떨어질 것이오... 관용을 베풀어 노역을 시킵시다.

조민수 지금 관용이라 하셨소? 그러다 병사들이 다 도망을 치면 그땐 누굴 데리고 전투를 하시려구요?

이성계 경계를 강화하고 사기를 높일 방도부터 찾읍시다. 이대로는 탈영은 둘째치고 아예 싸울 생각을 잃어버리게 될 것이오.

조민수 (빈정 상한) 이보시오, 우도통사. 지금 나를 가르치는 것이오, 아니면 명령을 하시는 것이오?

이성계 가르치는 것도 명령도 아니오.

조민수 비키시오.

이성계 조 장군.

조민수 비키라 하지 않소이까!! 이건 좌군에서 벌어진 일이오이다!! 좌군의 일은 이 조민수가 알아서 한단 말이오!!

이성계와 조민수의 시선이 교차한다. 일동, 조금 긴장한다.

이성계 (꾹 참고 자리를 뜨는)
조민수 (흥!) 뭣들 하느냐! 어서 놈들을 참하지 않구!
부장 예!

걸어가는 이성계의 뒤로 부장이 탈영병들을 베어나간다. 지켜보는 병사들의 얼굴에 두려움이 번진다. 이성계, 이를 악물고 걸어간다.

38 _____ 성균관 정록청 앞 (낮)

이방원과 조영규, 걸어와 멈춘다. 이방원, 들어간다.

39 _____ 동 정록청 안 (낮)

정도전, 이방원과 마주 앉아 있다.

이방원 어쩐 일루 소생을 다 불러주셨습니까?
정도전 방원이 네게 시킬 일이 있어서다.
이방원 (미소 짓고) 거절하겠습니다.
정도전 어째서?
이방원 바쁘니까요.
정도전 딱히 할 일도 없는 놀고먹는 날건달이 아니었더냐?
이방원 한량이 더 바쁜 법입니다. 숙부께서도 야인 생활을 오래 하셨으니 아시지 않습니까?
정도전 (피식 웃고) 대업에 관한 일이다.
이방원 (정색하고) ...무엇입니까?

정도전 녀석... 하겠느냐?

이방원 예... 뭐든지요.

정도전 개경의 어머님과 유람을 좀 다녀와야겠다.

이방원 ...! 예?

40 _____ 이성계의 집 외경 (밤)

강 씨 (E) 아이들과 도성을 떠나 있으라니요?

41 _____ 동 안방 안 (낮)

정도전, 강 씨, 이방원, 앉아 있다. 이방원, 표정이 좋지 않다.

정도전 송구합니다만... 그리하셔야 할 것 같습니다.

강 씨 자초지종부터 말씀을 해보세요. 가고 안 가고는 제가 결정할 일입니다.

정도전 확실치는 않으나... 조만간 신변에 위험이 닥칠 수도 있기에 드리는 말씀입니다.

강 씨 우리에게 위험이 닥칠 거라구요?

정도전 그렇습니다.

강 씨 대체 왜요?

정도전 공요군이 지금 압록강 위화도에 주둔해 있습니다.

강 씨 압니다.

정도전 공요군이 압록강을 넘지 못하는 날엔 장군들의 가족들이 모두 위험에 처할 것입니다.

강 씨 !

42 ______ 위화도 진영 안 (밤)

폭우가 쏟아진다. 흔들리는 막사를 부둥켜 잡고 버티는 병사들. 이성계, 지켜보는데 이지란, 뛰어온다.

이지란 성니메!

이성계 (보는)

이지란 약탈을 하러 강을 건느던 좌군의 뱅사들이 뗏목이 디배지는 바람에 모조리 몰살을 했다 하오!

이성계 !

이지란 이거이 어째서리 불길하우다.

이성계 ...불길하다이?

이지란 꼭 언 늠이 우리가 요동 땅을 못 밟게 할라구서리 뒷덜미를 낚아채는 것 같지 않슴메?

이성계 객쩍은 소리 하지 마라.

이지란 지금 뱅사들은 다 그리 믿고 있다 하오! 작은 나라가 큰 나라랑 싸울라고 덤비니끼니 하늘이 노해서 그런 거이라구 말이우다.

이성계 내 객쩍은 소리 하지 말라잖니! 하늘이 어캐 명나라 편을 든다 말이네!!

이지란 ! ...성니메...

이성계, 휙 걸어간다. 이지란, 쩝... 일각에서 나타난 남은, 걸어가는 이성계를 예의 주시한다.

43 _____ 이성계의 막사 안 (밤)

이성계, 들어와 탁자 위의 물건을 쓸어버린다. 훅! 숨 내쉬는데...

남은 (E) 우도통사 장군.

이성계, 보면 남은, 비장한 표정으로 서찰을 들고 들어온다.

이성계 남 장군...
남은 장군께 전해드릴 것이 있어 왔습니다.
이성계 (의아한 듯 보는)
남은 (서찰을 내미는)
이성계 ...그게 뭐요?
남은 삼봉 영감이... 보낸 것입니다.
이성계 !

44 _____ 다시 이성계의 집 안방 안 (밤)

정도전 방원이와 유람을 가셨다가 공요군이 압록강을 건넜다는 소식이 들리면 그때 돌아오십시오.
강 씨 그런 이유라면 굳이 그리할 필요 없겠습니다, 영감.
정도전 (보는)
강 씨 설마하니 우리 영감이 그깟 압록강 하나를 못 건너겠습니까?
이방원 못 건너는 것이 아니라 안 건너는 것이라면요.
강 씨 ! (방원에게) ...무슨 말이냐?
정도전 장군께선 지금... 선택의 기로에 처해 계실 것입니다. 하늘이 내려준 이 기회를 잡을 것이냐, 버릴 것이냐...

강 씨 하늘이 내려준 기회?

45 _____ 다시 이성계의 막사 안 (밤)

이성계, 서찰을 꺼내 펼친다. 순간 표정이 굳어진다. 남은, 긴장하고 이성계의 눈망울이 떨린다.

46 _____ 다시 이성계의 안방 안 (밤)

정도전 회군° 말입니다.

강 씨 !

47 _____ 다시 이성계의 막사 안 + 안방 교차 (밤)

이성계, 서찰을 뚫어지게 본다. 回軍회군, 단 두 글자만 적혀 있는...
이성계, 눈을 떼지 못한다.

화면 분할되면서 이성계와 정도전의 모습에서 엔딩.

° 출정한 군사를 돌이켜 돌아옴.

26회

1 _____ 이성계의 막사 안 (밤)

서찰을 쥔 이성계, '回軍회군' 두 글자에서 눈을 떼지 못한다.

이성계 ...회...군?

남은 폭우에 막혀 한 발짝도 나가지 못하는 지금이 기횝니다. 속히 회군하십시오.

이성계 ...

남은 하늘이 장군께 내리신 절호의 기횝니다.

이성계 (종이 내동댕이치며) 하늘은 무시기 얼어 뒈질 놈의 하늘!

남은 장군!

이성계 어명 없는 회군이 무슨 뜻인지 몰라서 이러시오! ...반역이외다!

남은 이대로 요동 땅을 건너면 파국임을 아시지 않습니까! 회군만이 위화도의 병사들과 백성을 살리는 길입니다!

이성계 (칼을 꺼내 드는) 어명 없인 회군도 없소. 베어버리기 전에 당장 나가시오.

남은 ... (무릎 꿇는) 베십시오.

이성계 (보는)

남은 소장, 삼봉 영감과 더불어 역성의 대업에 목숨을 바치기로 결의한 사람입니다. 이대로 대업의 불씨가 수그러드는 것을 보느니... 죽겠습니다.

이성계 남 장군!

남은 부디... 회군의 용단을 내려주십시오.

이성계 (노려보는, 칼을 쥔 손에 힘이 들어가는데)

이지란, 급히 들어온다.

이지란 아이 어캐 괌 소리가 배깥에꺼정, (하다가 남은 보고 놀라 멈칫) !

남은 (이를 악물고 버티듯 무릎을 꿇은)

이지란 ...성니메?

이성계 (칼 툭 던지고 휙 나가는)

이지란 남 장군, 대체 뭔 일입메?

남은 ...

이지란 아이 이거이 무시기, (하다가 바닥에 구겨진 서찰을 보고 집어 들어 펴는... 안색이 홱 변하는) ...회군?!

2 ______ 개경 이성계의 집 외경 (밤)

강 씨 (E) (엄한) 가당치도 않은 소립니다!

3 ______ 이성계의 집 안방 안 (밤)

강 씨, 이방원, 정도전, 앉아 있다.

강 씨 우리 대감이 그런 참담한 짓을 하실 리 없습니다.

정도전 만에 하나란 게 있지 않습니까?

강 씨 천만에요. 그만 돌아가세요.

정도전 회군이 결행된다면 은밀하고 신속히 이루어질 것입니다. 미리 대비를 하셔야 합니다. 자칫 인질이 되실 수도 있습니다.

강 씨 삼봉 영감!

정도전 부탁드립니다. 방원이와 함께 안전한 곳으로 피신해 주십시오.

이방원 그리하시지요. 조심해서 나쁠 것은 없지 않습니까?

강 씨 (보는)

이방원 (보는)

강 씨 (하는 수 없다는 듯) 허면... 어디로 가면 되겠습니까?

정도전 장군의 본거지인 동북면의 화령으로 가십시오.

강 씨 (내키지 않는 듯 보는)

정도전 거기라면 안전합니다.

이방원 속히 채비를 하시지요.

강 씨 ...생각을 좀 해봐야겠습니다. 다들 그만 돌아가세요.

정도전 ...

4 ______ 동 마당 안 (밤)

정도전과 이방원, 댓돌에서 내려선다.

정도전 아랫것들이 눈치채지 못하게 조심해야 할 것이다.

이방원 숙부께서 위화도에 가시는 게 좋지 않겠습니까? 아버님 혼자 결단하시기엔 사안이 너무 위중합니다.

정도전 위중한 사안일수록 스스로 결정해야 하느니라. 그래야 미련이 남지 않는다.

이방원 숙부님.

정도전 나는 그저 준비를 할 뿐... 선택은 아버님의 몫이다. (가는)

이방원 (보는)

5 ______ 위화도 강변 (낮)

비는 그쳤지만 불어난 강물이 제법 빠르게 흘러간다. 부교 공사 중인 장병들. 이성계와 이지란, 지켜보고 있다.

이지란 홍수가 아이 나는 게 다행이우다...

이성계 ...

이지란 이긴 용케 건는다 해두 요동성꺼정은 이런 강을 여러 개 건느야 하는 거이 알고 있지비?

이성계 ...안다.

이지란 (작심하듯) 내... 남 장군한테 들었수다.

이성계 (보는)

이지란 내는... 회군을 했으문 좋갔소.

이성계 지라이 니꺼정 왜 이라니?

이지란 내 평생 수많은 전장을 나가봤지만서리... 이번은 아인 거 같수다.

이성계 어명을 받고 출정한 군사가 어케 지 맘대로 군사를 돌린단 말이니? 그거이 반역인 거 모르니?

이지란 아, 그양 눈 딱 감고 해버립세다!

이성계 이 간나, (하는데)

어디선가 '왝!' 하는 소리. 일동, 보면 목재를 나르던 병사가 바닥을 짚고 엎드려 토하고 있다. '욱~ 욱~!' 주변의 병사들, 일제히 질겁해서 물러선다. 이성계, 보면...

이지란 역질이우다. 반나절은 물똥 싸고 반나절은 저레 토악질하는 놈들이 막사에 수두구리 하우다.

이성계 ...

이지란 뱅사들 다 개죽음시킬 거 아이문... 회군을 하시우다.

이성계, 토하는 병사를 본다. 앙다문 입술 사이로 탄식이 새어 나온다.

6 ______ 동 진영 안 일각 (낮)

조민수와 변안열, 들것에 실려 가는 병든 병사들을 침통하게 보고 있다.

조민수 엎친 데 덮친다더니 이제는 역질까지... 나 이거야 원. (하는데)

배극렴, '장군' 하며 걸어온다. 일동, 보면.

배극렴 (긴장한 표정으로) 장군, 우도통사 이성계 장군이 좌우군 합좌회의를 열자 합니다.

조민수 합좌회의?

변안열 아니... 뜬금없이 합좌는 어찌?

배극렴 ...가서 직접 들어보시지요.

조민수 ?

7 ______ 이성계의 막사 안 (낮)

기다란 탁자에 좌군과 우군의 지휘관들이 무장한 상태로 대좌하고 있다. 그 뒤로 부장들이 도열해 있다. 이성계, 이지란, 배극렴, 남은 등이 우편에, 조민수, 변안열 등이 좌편에 앉아 있다. 우군 지휘관들의 표정에 긴장이 감돈다.

조민수 어째 사람을 불러놓고 아무 말씀도 없으시오? 안건을 말씀해 보시오.

이성계 좌도통사.

조민수 (보는)

이성계 우리 우군은... 회군을 할 생각이오.

좌군 일동 !

변안열 (헉!) 회군?

이성계 ...

조민수 (일그러지는) 아니, 지금... 뭐라 하신 게요?

이성계 더 이상은 버티지 못합니다. 회군을 해야겠소.

변안열 (발끈) 우도통사는 지금 그걸 말이라고 하시는 것이오이까!!

이성계 좌군의 거취는 좌도통사께서 결정해 주시오. 이 사람은 좌군도 함께해주길 바랍니다.

조민수, 노려본다. 일동, 긴장한다. 조민수, '네 이놈!' 외치며 벌떡 일어나 칼을 뽑아 이성계를 겨눈다. 거의 동시에 좌군과 우군, 일제히 칼을 뽑아 상대를 겨눈다. 이성계, 미동도 않는다. 팽팽한 대치. '썅간나새끼' 뱉는 이지란, 배극렴, 남은, 변안열, 조민수, 이성계까지.

조민수 이런 참담한 자를 봤나... 뭐라, 회군?

이성계 고정하시오... 모두 칼을 거두시오!

변안열 좌군은 꼼짝도 하지 마라!

일동 (다시 칼끝을 겨누는)

조민수 이보시오, 우도통사... 감히 이 조민수를 뭘로 보고 반역을 부추기는 것이오?

이성계 반역이 아니오.

조민수 회군을 명할 수 있는 사람은 오직 폐하뿐이외다! 무단으로 회군을 한다면 그것이 반역이 아니고 무엇이란 말이오이까!

이성계 폐하께 아뢰어... 회군의 윤허를 받아낼 것이외다.

일동 !

이성계 이 사람 맘대로가 아니라 어명을 받아서 회군하겠다는 말입니다. 좌도통사... 함께 회군을 요청합시다.

좌중의 시선이 조민수에게 향한다. 조민수, 갈등하고 이성계, 본다.

8 _______ 정도전의 집 외경 (밤)

9 _______ 동 안방 안 (밤)

정도전, 최 씨와 밥을 먹고 있다.

최 씨 저자에 나가도 물건 하날 살 수가 없습니다. 전쟁이 터진다니까 다들 제 헛간에 꿍쳐놓는 게지요. (옅은 한숨) 헌데... 우리가 정말 명나라를 이기긴 이기겠습니까?

정도전 전쟁은 나지 않으니 부인께선 심려치 않으셔도 됩니다.

최 씨 ? ...전쟁이 아니 나다니요? 우리 병사들이 위화도에 가 있지 않습니까?

정도전 글쎄, 두고 보시면 압니다. 곧 고려에 큰 변화가 있을 것, (하는데)

정몽주 (E) 삼봉! 삼봉, 안에 계시는가!

정도전 ?

10 _____ 동 마당 안 (밤)

득보와 상기된 표정의 정몽주, 서 있다. 정도전과 최 씨, 나온다.

최 씨 포은 대감?

정몽주 삼봉…

정도전 무슨 일인가?

정몽주 위화도의 좌우도통사들이 연명으로 회군을 요청하는 장계를 올렸네!

정도전 (안색이 변하는) 뭐라… (심각한) 이런…

강 내관 (E) (낭독 조로) 아뢰옵기 황공하오나…

11 _____ 서경 지휘소 일실 안 (밤)

〈자막〉 서경(지금의 평양) 공요군 지휘소

전전긍긍한 표정의 우왕, 강 내관이 읽는 장계를 듣고 있다.

무장들을 대동한 최영, 안소, 정승가의 표정 위로.

강 내관 작금의 공요군의 처지와 사기로는 요동 공략이 불가한 실정이옵니다. 바라옵건대 회군의 특명을 내려주시옵소서. 명나라 황제에게 철령위의 부당함을 호소하는 표문을 갖고 간 밀직제학 박의중의 귀국을 기다린 연후에… (하는데)

우왕 (발끈) 듣기 싫으니 그만하거라!

강 내관 (멈칫)

우왕 회군을 윤허해 달라니… 이자들이 정신이 나간 것이 아닌가?

최영 회군은 불가하옵니다! 당장 진군을 명하시옵소서!

우왕 (한숨)

안소 명을 내린다 해서 이미 전의를 상실한 자들이 따르겠습니까?

정승가 어명을 거부하고 말머리를 돌리는 날엔 감당키 힘든 사태가 벌어질 것입니다.

최영 허튼소리! 저들이 반란을 일으킬 생각이었다면 굳이 회군의 주청을 할 리도 없지 않은가! 폐하, 최악의 천재지변을 만나 잠시 사리판단이 흐려진 것뿐이오니 속히 진군의 명을 내려주시옵소서!

우왕 (난감한)

12 _____ 정도전의 집 안방 안 (밤)

정몽주와 정도전, 마주 앉아 있다.

정몽주 스승님과 서경으로 갈 것이네. 같이 가시겠는가?

정도전 서경에 가서 무엇을 어찌하려구?

정몽주 전하께 회군을 윤허하라 간할 것일세. 파국을 막으려면 그 방도밖에 없지 않은가?

정도전 ...

정몽주 같이 가세.

정도전 미안하네만 나는 다른 일이 있어 어려울 것 같으이.

정몽주 (아쉬운)

13 _____ 성균관 정록청 안 (밤)

정도전과 이방원, 앉아 있다.

정도전 서경에 파견 나가 있는 방우와 방과에게 전하와 최영의 동향을 예의 주시하라 이르거라. 여차하면 개경의 어머님을 모시고 즉시 도성을 떠야 한다.

이방원 알겠습니다. 헌데... 어찌 이리 표정이 어두우신 것입니까?

정도전 지체 없이 회군을 했어야 했다. 회군을 허락받으려는 것은 바보 같은 짓이야.

이방원 회군에 따르는 정치적 부담을 줄일 수 있는 일이거늘 어찌 탐탁잖게 여기십니까?

정도전 부담을 줄이기는커녕 곱절로 늘려놓은 것이다. 어명 없는 회군을 피하려다 어명에 맞서는 회군을 하게 생겼느니라...

이방원 변명의 여지가 없는 반역이로군요.

정도전 설사 회군이 받아들여진다 해두 차후의 일이 어찌 되겠느냐? 요동정벌을 주장한 최영과 회군을 주장한 좌우도통사 중 어느 한쪽은 처벌을 면키 어려울 터... 전하께서 누구의 편을 들겠느냐?

이방원 (심각해지는)

14 ______ 서경 지휘소 외경 (낮)

최영, 굳은 얼굴로 지휘소로 걸어간다.
경계가 삼엄하고 병사들, 긴박하게 여기저기 줄지어 이동한다.

이색 (E) 회군을 윤허하여 주시옵소서!

15 _____ 동 일실 안 (낮)

짜증스러운 우왕 앞에 이색과 정몽주, 앉아 있다.

이색 대병을 몰고 간 장수들이 회군을 요청한 것은 초유의 사태이옵니다. 위화도의 사정이 얼마나 처참하면 그 같은 주청을 올렸겠사옵니까!

정몽주 패전은 불 보듯 뻔한 일이옵니다! 국력을 모두 쏟아부은 오만의 대병이 참패한다면 장차 이 나라의 운명이 어찌 되겠사옵니까!

우왕 짐이 도통사와 의논하여 결정할 것이오! 그만 물러들 가시오!

이색 전하, 통촉하여 주시옵소서!

최영 (E) 어찌 전하라 칭하는 것이오이까!

최영, 들어온다.

최영 황제국을 선포하고 건원칭제를 준비하고 있는 나라외다! 폐하라 높이시오!

이색 도통사! 제발 현실을 직시하시오!

최영 어허! 중벌로 다스리기 전에 어전에서 썩 물러나시오!

정몽주 그럴 수는 없소이다! (우왕에게) 전하! 신들의 간언에 귀를 기울이셔야 하옵니다! 회군을 윤허하시옵소서!

우왕 도통사께서 나가라 하지 않소이까!

정몽주 강경파의 장단에 휘둘리시면 아니 되옵니다, 전하!

최영 (발끈) 밖에 숙위병 없느냐! 이자들을 당장 끌어내라!

이색 이보시오, 도통사! (하는데)

숙위병들, 몰려들어와 이색과 정몽주를 끌어낸다. 이색과 정몽주,

버티며 각각 '이거 놓지 못하겠느냐!', '회군을 윤허하셔야 하옵니다!' 외치다가 끌려 나간다. 끌려 나간 이색과 정몽주의 '전하~' 소리가 잦아들면...

우왕 (훅~ 숨 내쉬고) 대체 이 일을 어찌해야 좋단 말인고?

최영 폐하, 흔들리면 아니 되시옵니다! 동서고금의 어느 전쟁에 난관과 곤경이 없었겠사옵니까?

우왕 ...그렇겠지요? 기왕에 칼을 뽑았으니 썩은 무라도 베긴 해야 되겠지요?

최영 폐하... 소신이 위화도로 가겠나이다!

우왕 (보는)

최영 소신이 나아가 좌우도통사를 엄히 문책하고 진격을 독려하겠나이다!

우왕 (생각하다가) 아닙니다... 그자들이 혹 역심을 품은 것이라면 장인에게 어떤 해코지를 할지 모릅니다. 다른 사람을 보내야 합니다.

최영 ...

16 _____ 위화도 진영 앞 (낮)

강풍과 폭우가 쏟아진다. 김완과 하사품을 실은 관졸들의 말이 달려와 들어간다.

김완 (E) 짐은 제장들의 주청에 크게 실망하였도다.

17 _____ 동 이성계의 막사 안 (낮)

이성계와 조민수, 좌우군 지휘관들을 대동하고 무릎 꿇은 채 앉아 있다.
김완, 교지를 읽고 있다.

김완 당면한 공요군의 고초는 비통하고 애석하기 그지없는 일이나 그렇다 하여 공요의 대의를 접는다면 짐이 어찌 열성조와 공민대왕의 영전 앞에 고개를 들 수 있으랴! 짐이 바라고 또 바라노니, 속히 진군하여 대임을 완수하라. (접는)

이성계 (두 눈을 질끈 감는)

조민수 (탄식처럼 중얼대는) 혹시나 기대를 하였거늘... 이거 입장만 우습게 되지 않았는가?

이성계 최영 장군께선 아무 말씀 없으셨소이까?

김완 이것이 도통사의 뜻이라 보시면 됩니다.

이성계 ...

조민수 (나직이) 빌어먹을...

이성계 (이를 악무는)

18 _____ 진영 안 일각 (밤)

우장을 쓴 김완, 변안열, 배극렴, 이지란, 하사품을 나르는 병사들을 지켜보고 있다. 낑낑대고, 진창에 미끄러지고, 비틀대는 병사들... 김완, '황제 폐하의 하사품이니라. 조심들 하거라~' 내뱉는다.

19 ____ 동 이성계의 막사 안 (밤)

이성계와 조민수, 심각하게 대좌하고 있다.

조민수 이젠 꼼짝없이 진군하는 수밖에 없지 않겠소?

이성계 잠깐이나마 고향 가는 꿈에 부풀었던 병사들입니다. 진군 명령을 내리는 순간, 사기는 떨어지고 탈영병은 눈덩이처럼 불어날 겁니다.

조민수 허면 어찌하잔 말이오이까?

이성계 ...다시 한번 회군을 요청합시다.

조민수 뭐요?

이성계 반역자가 되지 않으려면 그 방도뿐입니다.

조민수 아니 될 말이오. 자칫 항명으로 비화될 소지가 있소이다. 그러지 말고 비가 그치는 대로 하늘에 제를 올리고 병사들의 사기를 올려보십시다.

이성계 그런다고 될 일이 아닙니다. 좌도통사께서 동참하지 않겠다면 우리 우군만이라도 다시 요청할 것입니다.

조민수 (발끈) 대체 어찌 이리 고집을 피우시는 게요! 폐하는 둘째 치고 최영 장군이 고집을 꺾을 것 같소이까!

이성계 나라의 안위와 수만 명의 생사가 걸린 일입니다. 하는 데까지 해봐야 하지 않겠습니까?

조민수 글쎄 그런다고 어명이 바뀌진 않는다니까 이러십니다!

이성계 바꿀 수 있습니다. 아니, 바꿔야 합니다.

조민수 (보는)

이성계 한 번만 더 도와주시오.

조민수 (난감한 듯 허! 하는)

20 _____ 동 진영 일각 (밤)

지치고 탈진한 병사들이 막사 처마 밑에 웅크린 채 떨고 있다. 김완, 변안열, 이지란, 착잡한 표정으로 지나쳐간다.

김완 아이구~ 이거 하늘에 구멍이 났나 봅니다. 거 참, 고생들이 많으시겠습니다그려. (하는데)

이성계와 조민수, 다가선다. 남은과 병사들, 뒤따른다.

김완 (멈칫) 아, 장군... 안 그래도 하직 인사를 드리려던 참인데,

이성계 (말 끊듯) 남 장군.

남은 예!

이성계 이자를 당장 구금하시오.

남은, '예!' 하고 병사들과 함께 김완을 제압한다. 일동, 깜짝 놀란다.

김완 (버티며) 장군! 어찌 이러시는 게요!

남은 어서 가자! (끌고 가는)

김완 (끌려가며) 장군~~

이지란 지금 뭐하는 거우까!

변안열 폐하의 사자를 잡아 가두다니! 두 도통사께서 정녕 역심을 품은 것이오이까!

이성계 모든 책임은 이 사람이 질 것이오.

변안열 !... (조민수를 보면)

조민수 (찜찜한, 이성계에게) 분명히 말해두겠소. 이번에도 불허되면 좌군은 요동으로 갈 것이외다. (휙 가는)

이지란 (이성계에게) 아니, 불허라이 무슨 말입메까?

이성계 지라이.

이지란 야, 장군.

이성계 배 장군한테 서경으로 가서 폐하께 다시 회군을 요청하라 해라.

이지란 야. 알겠습메다.

일동, 병해서 본다. 이성계, 결연하다.

21 _____ 서경 지휘소 앞 (낮)

정몽주, 이색을 부축하고 걸어 나온다. 권근과 이첨, 다가선다.

권근 스승님!

이색 (정몽주의 팔을 떼어내고) 괜찮다... 수선 떨 거 없다.

권근 (분한) 간언하는 재상을 어전에서 끌어내 옥에 가두다니... 최영이 이제 이성을 잃은 모양입니다.

이색 그자도 필사적인 것이다... 목숨을 내놓고 하는 일이 아니더냐?

정몽주 공요군의 회군 요청은 어찌 되었는가?

이첨 환관 김완이 며칠 전에 불허의 교지를 갖고 떠났습니다.

정몽주 결국 일이 그리된 것인가?

이색 어서 개경으로 가자... 도당을 너무 오래 비워두었다. (가는데)

배극렴과 기병들, 말을 달려온다. 일동, 보면 굳은 표정으로 지휘소 안으로 들어가는 배극렴 일행.

22 _____ 동 일실 안 (낮)

우왕, 최영, 배극렴 있다.

배극렴 좌우도통사가 공히 엎드려 아뢰옵기를 진영에 역질이 창궐하고 물이 깊어 전진이 불가능한 상황이오니 이 사태를 해결할 수 있는 길은 오직 폐하께서 회군을 윤허하시는 것이라 하였사옵니다!

우왕 (목침 던지며) 닥쳐라!

배극렴의 이마에 맞고 떨어지는 목침. 배극렴, 버티듯 앉아 있다.

우왕 이놈들이 짐을 겁박하는 것이 아닌가! 짐이 진군하라면 진군할 것이지 무슨 잔말들이 그리 많단 말이냐!

배극렴 폐하! 위화도는 지금 사지나 다름이 없사옵니다!

최영 사지라니! 배 장군은 침소봉대°하지 마시오!

배극렴 한 점의 과장도 없는 사실이오이다! 믿어주시오!

우왕 그대의 얘긴 믿을 수 없다. 환관 김완에게 들을 것이다. 김완도 같이 돌아왔을 터... 지금 어디 있느냐?

배극렴 (멈칫)

최영 어허! 김완이 어디 있는지 폐하께서 묻지 않소이까!

배극렴 우군도통사 이성계가 말해 올리기를... 회군의 영이 떨어질 때까지 군영 안에 머물게 할 것이라 하였사옵니다.

우왕 (벙한) 뭐라?

최영 그 말은 지금... 폐하의 사자를 억류하였단 말인가!!

배극렴 폐하를 겁박할 의도는 추호도 없다 하였사옵니다! 회군 말곤 다른

° 작은 일을 크게 불리어 떠벌림.

방도가 없는 공요군의 절박한 처지를 호소하는 것이라 하였사옵니다!

우왕 (불안한 표정으로 최영을 보면)

최영 이런 발칙한!

23 _____ 동 앞뜰 (낮)

배극렴, 병사들에게 추포되어 끌려간다. 일각에서 지켜보는 관원들 사이에 문관 복장의 이방우와 갑주 차림의 이방과가 있다.

이방우 (낮게) 방과야. 속히 방원이에게 알리거라.

이방과 (역시 낮게) 예. (가는)

24 _____ 성균관 정록청 안 (낮)

정도전, 이방원과 앉아 있다.

정도전 장군께서 배수의 진을 치셨구나.

이방원 (불만스러운) 어찌하여 일을 이리 어렵게 하시는지 모르겠습니다. 황제의 사자를 억류할 정도의 각오라면 차라리 회군을 결행하시는 것이 낫지 않습니까?

정도전 아버님께선 지금... 본인의 운명을 거부하고 계신 것이다.

이방원 운명이라니요?

정도전 대업 말이다.

이방원 !

정도전 대업은 하늘이 정한 필연이자 천명이라는 것을... 부정하고 싶은 것이다.

이방원 (열은 한숨)

정도전 사태가 긴박해졌다. 속히 개경의 어머님을 피신시키거라.

이방원 예. (일어나 나가는)

정도전 ...

25 ______ 이성계의 집 마당 안 (낮)

하인들, 머리를 조아리고 서 있다. 이방원, 행랑의 방문을 하나하나 열어보지만 아무도 없고 신경질적으로 문을 닫는다. '훅!' 숨 내쉬는데 조영규, 뛰어온다.

조영규 나리!

이방원 (다가서는) 찾았느냐?

조영규 집 안엔 아니 계십니다.

이방원 (짜증이 치미는) 이런! (하인들을 향해) 마님이 어디로 걸음하는지도 모르다니! 네놈들이 행랑밥 먹을 자격이 있는 것들이냐!

하인들 (움츠러들고)

이방원 (중얼대듯) 젠장... 대체 어디로 가신 것이야?

26 ______ 도성 밖 한적한 길 (낮)

강 씨, 사월과 짐을 든 하인 두어 명 거느리고 걸어간다.

사월 며칠 전까지는 동북면으로 가신다 하지 않았사옵니까? 헌데 어찌 포천 농장을 가신답니까?

강 씨 생각이 바뀌었느니라.

사월 (조심스레) 화령에 계신 큰 마님이 불편하여 이러시는 것입니까?

강 씨 (씁쓸한 듯 피식) 편할 리야 있겠느냐? 형님도 불편하긴 마찬가질 터... 서로 가시방석은 피하는 게 현명한 일이겠지... 가자. (걸음을 재촉하는)

27 _____ 서경 지휘소 일실 안 (낮)

우왕과 최영, 앉아 있다.

우왕 이제 짐이 어찌해야 하는 것입니까?

최영 다시 한번 진군을 명하시옵소서.

우왕 그런다고 저들이 가겠습니까?

최영 이번엔 따끔하게 경고를 하셔야 하옵니다. 압록강을 건너지 않으면 반역으로 처벌할 것이라고 말이옵니다.

우왕 그랬다가 저들이 군사를 돌려 개경을 점령하면 끝장입니다.

최영 소신이 능히 막을 수 있습니다.

우왕 오만의 대병입니다.

최영 모름지기 성을 지키는 전투는 적의 십분지 일의 병력으로도 가능한 것이옵니다. 도성의 예비 병력에다 왜구를 막으러 간 팔천의 병사들이 합세한다면 두려워하실 것이 없사옵니다.

우왕 장인의 말씀을 믿어도 되겠습니까?

최영 믿으시옵소서. 더욱이 이성계가 회군을 거듭 주청하는 것은 반역의 오명을 피하기 위한 것이옵니다. 재차 명을 내리시면 따를 것이옵니다.

우왕 대체 장인께선 어찌 그리 이성계를 믿는 것입니까?

최영 폐하...

우왕 원나라에서 귀화한 부원배의 후손입니다. 광평군을 제거하기 위하여 몇 년을 당여로 위장했던 전력도 있지 않습니까? 이성계는 결코 믿을 자가 못 됩니다.

최영 (옅은 한숨)

28 _____ 동 앞뜰 일각 (낮)

최영, 걸어 나와 멈춘다. 침통한 표정이다.

F.B》10회 37씬의

이인임 그자의 후덕한 성품은 이 사람도 인정합니다. 다만 장수에게 가장 중요한 충성심을 확신할 수 없다는 것이 문제지요.

최영 지금 말씀은 이성계가 역심을 품을 수도 있다는 뜻이오이까?

이인임 그자에게 너무 많은 힘을 주는 것은 위험하다는 얘깁니다.

현재》

수심이 가득한 최영의 얼굴 위로...

이인임 (E) 이성계를 믿지 마시오! 이성계는 믿을 수도, 믿어서도 아니 되는 사람입니다!

최영 (옅은 한숨)

29 _____ 개천변 (낮)

삿갓을 쓴 노인 한 명이 한가하게 낚싯대를 드리우고 있다. 꼬마 두 명 칡뿌리 정도 뜯으며 깡충대며 오다가 노인을 본다.

꼬마1 아! 개경 할아버지다! (뛰는)

꼬마들, 노인에게 '할아버지!' 하며 다가가 선다. 천천히 돌아보는 노인, 이인임이다. 사람 좋은 미소.

꼬마들 안녕하세요~!

이인임 오냐... (칡뿌리 보고) 아이구~ 아주 큼직한 놈을 캤구나...

꼬마1 (이인임의 옆에 놓인 그릇 보고) 어? (쪼그려 앉아 보는) 할아버지, 이것도 미끼로 쓰는 거예요?

이인임, 보면 구더기가 가득 담겨 있다. 대꾸 대신 미소.

꼬마1 와... 구더기를 미끼로 쓰는 건 처음 봐요.

이인임 그냥 구더기가 아니란다... 죽은 개의 살을 파먹고 자란 놈들이니라.

꼬마2 정말요? 와~ 신기하다... (보는) 근데 이런 미끼를 쓰는데 왜 늘 물고길 한 마리도 못 잡으세요?

이인임 물고기를 낚으러 온 것이 아니니 그런 것이지. 이 할애비는 지금 세월이란 놈을 낚는 중이니라.

꼬마1 (의아한 듯 보는) 세월요?

이인임 (미소) 오냐...

30 _____ 이인임의 초가 앞 (낮)

낚시도구와 그릇 따위를 든 이인임, 걸어오다 멈춘다. 일각에 서 있던 박가, 인사한다. 이인임, 본다.

31 _____ 동 초가 안방 안 (낮)

제법 화려하게 꾸며진 실내. 여종이 찻상을 놓고 나간다. 박가, 이인임 앞에 무릎 꿇고 앉아 있다.

이인임 (차 마시고) 공요군이 전하께 회군을 윤허하라 압박을 가하고 있다구?

박가 그렇사옵니다.

이인임 (피식) 요동 정벌이니 뭐니 되지도 않는 짓을 벌이더니만... 이성계를 믿은 것이 최영의 결정적인 패착이다.

박가 조만간 나라에 큰 변이 일어날 것 같사옵니다.

이인임 (일각에 놓인 구더기 담긴 그릇을 찻상에 올리며) 그리되겠지. 그리돼야 내가 비집고 들어갈 틈도 생기게 될 것이구... (피식) 난세가 이래서 좋은 것이지...

이인임, 그릇에서 구더기를 한 움큼 쥐어 입에 넣는다.
박가, 보면 이인임, 구역질을 참으며 악착같이 씹는다.

32 _____ 서경 지휘소 헛간 안 (낮)

최영, 앉아 있고 부장 한 명이 배극렴의 포박을 풀어준다.

최영 앉으시게. 배 장군.

배극렴 (앉는)

최영 폐하의 칙서를 가지고 위화도로 돌아가게.

배극렴 혹... 회군을 윤허하신 것이오이까?

최영 공요군이 살길은 요동으로 가는 것뿐일세.

배극렴 도통사 장군!

최영 가서... 폐하와 이 도통사의 의지를 분명히 전달해주게. 만에 하나라도 회군을 하였다간 철저한 응징을 받을 것이란 말도 잊지 마시고, 알겠는가?

배극렴 ...가서 전하겠소이다. (일어나는데)

최영 그리고...

배극렴 (멈칫 보면)

최영 이성계에게 내 말을 좀 전해주시게.

배극렴 ...말씀하십시오.

최영 (먹먹해지는)

배극렴 ?

33 _____ 위화도 이성계의 막사 앞 (낮)

조민수와 변안열 등 좌군의 지휘관들이 급히 걸어와 막사로 들어간다.

34 _____ 동 이성계의 막사 안 (낮)

이성계, 배극렴, 조민수, 변안열, 이지란, 남은 등 장수들이 앉아 있다. 무겁고 침통한 분위기다. 이성계와 조민수 사이에 칙서가 펼쳐져 있다.

배극렴 이달 내로 도강을 하지 않으면 두 분 도통사를 군율로 다스릴 것이라 하였습니다.

이성계 (노기 어리는)

조민수 나 이거야 원... 엄포를 놔도 통하질 않으니... (작심한 듯 일어나며) 일전에 말한 대로 좌군은 요동으로 갈 것이니 이번엔 우군이 따라주시오. (좌군 장수들과 우르르 나가는)

이성계 폐하께서 어찌 이러실 수가 있는가... 그리 애가 닳도록 호소하였거늘... (발끈 탁자 쾅 치며) 어찌 이러시는 거이야!

일동 !

이지란 기왕에 이리된 거이 반역이든 뭐이든 간에 회군을 합세다.

남은 이지란 장군 말씀대로 하셔야 합니다, 장군.

이성계 (마음이 동요하는... 애써 참고) 듣기 싫으니 모두 나가시오.

이지란 장군!

이성계 (울컥하다가 참고) 내 생각을 좀 해봐야 하지 않갔니.... 나가다오.

이지란, 더는 말 못 하고 나간다. 제장들 나가면 배극렴만 쭈뼛 서 있다.

이성계 배 장군도 고생 많으셨소. 나가보시오.

배극렴 (주저하듯) 이걸... 말씀을 드려야 하는 건지 잘 모르겠습니다만...

이성계 (보는)

배극렴 저기... 최영 장군이 대감께 꼭 전해달란 말이 있었습니다.

이성계 말해보시오.

배극렴 별 건 아니구 그저 이 한마디만 전해달라 했습니다.

이성계 (보는)

배극렴 나 최영은... 이성계 자네를 믿는다...

이성계 ...

배극렴 (난감한)

이성계 그만... 나가시우다.

배극렴, 인사하고 나간다. 이성계, 당혹감과 안타까움이 엄습한다. 눈가가 발개지는 이성계, 먹먹하다. 고개를 숙인다.

35 _____ 성균관 정록청 안 (밤)

정도전, 이방원과 앉아 있다.

정도전 장군께서 회군을 결행하시면 최영은 가솔을 억류하려 들 것이다. 어떻게든 그들보다 먼저 개경 어머님을 찾아내 동북면으로 모셔야 한다. 알겠느냐?

이방원 예. (하는데)

윤소종, 들어온다.

윤소종 찾으셨다기에 왔습니다.

정도전 (보고, 방원에게) 그만 나가보거라... (짐짓 밝게) 아이구 동정, 어서 오시게. 앉게...

윤소종, 앉고 이방원, 나간다.

윤소종 무슨 일이신지요?

정도전 거 사람 빡빡하기는... 성균관 대사성이 성균사예를 부르는 데 딱히 용건이 있어야 하는 것인가?

윤소종 친목이나 도모하자 부르신 것이면 그만 일어나겠습니다.

정도전 (핏 웃고) 자네, 나를 벼슬을 구걸하던 팔불출이라 하여 업수이여기는 것인가?

윤소종 그러면 아니 되는 것입니까?

정도전 (허! 하고) 한때는 나도 한 성미 한단 소리 좀 들었네만 동정 자네에 비하면 새 발의 피였네그려.

윤소종 (일어나며) 허면, (하는데)

정도전 (진지한 어조로 변하며) 청이 하나 있네.

윤소종 (보는)

정도전 일전에 나라를 구할 수 있다면 반역이라도 선택하겠다 했던 말... 진심이신가?

윤소종 그렇습니다.

정도전 이성계 장군의 두 번째 회군 요청이 불허되었음은 자네도 알 터... 그럼에도 불구하고 이성계 장군이 혹 회군을 결행한다면 자네는 지지할 수 있는가?

윤소종 하시고 싶은 말씀이 뭡니까?

정도전 지지한다면... 공론을 만들어 주시게.

윤소종 공론이라니요?

정도전 회군에 정당성을 부여하여 이성계 장군의 정치적 부담을 덜어줄 수 있는 젊은 사대부들의 공론 말일세.

윤소종 ...영감께서 어찌 그 같은 청을 하시는 것입니까?

정도전 나 또한 자네처럼 반역이 절대악이 아니라고 믿으니까...

윤소종 (보다가) 이것이... 영감의 진짜 모습이었습니까?

정도전 (미소)

36 _____ 위화도 진영 일각 (밤)

폭우가 쏟아진다. 여기저기 급히 옷과 병장기를 수거하느라 분주한 병사들. 조민수와 변안열, 침통하게 서 있다.

조민수 빌어먹을... 또 퍼붓는구만.
변안열 장군, 우군이 아니 가도 좌군 단독으로 요동을 치실 것이오이까?
조민수 ...승산이 있겠소이까?
변안열 좌군만으론 해보나 마납니다. 신중히 생각하셔야 하외다.
조민수 안 그래도 요 며칠 신중히 생각하고 있는 중이외다.
변안열 예?
조민수 모름지기 사람은 줄을 잘 서야 하는 법이잖소. 변 장군이 보시기엔 최영과 이성계 중에 어느 줄이 더 튼튼하겠소이까?
변안열 ...

37 _____ 이성계의 막사 안 (밤)

이성계 앞에 이지란, 배극렴, 남은 등 장수들이 앉아 있다.

이성계 ...요동으로 갑시다.
남은 장군! 아니 됩니다!
이지란 다시 한번 생각해봅세! 이거이 자살행위란 말이오!
이성계 나는... 반역자가 되고 싶지 않소.
남은·이지란 (탄식하는데)
배극렴 (고심 끝에 벌떡 일어나는) 우도통사 장군.
이성계 (보면)

배극렴, 걸어 나와 이성계 앞에 한쪽 무릎을 꿇어앉는다.

배극렴 목숨을 걸고 간하겠습니다... 회군해 주십시오.
이성계 !
배극렴 지금 나라를 구할 길은 그것뿐입니다.
이성계 배 장군...
남은 (급히 나아가 배극렴 곁에 무릎을 꿇는) 회군해 주십시오.
이지란 (뒤따르는) 회군해 주시우다.
장수들 (일제히 무릎을 꿇는)
이성계 다들 어찌 이러십니까!! 우린 고려의 무장이외다!!
조민수 (E) 그러니까 고려를 구해야 하지 않겠소이까!

이성계, 보면 조민수, 변안열과 좌군 지휘관을 대동하고 들어선다.

이성계 (일어나는) 좌도통사...

바라보던 조민수, 무릎을 꿇는다. 좌군 일동 모두 무릎을 꿇는다.

이성계 !
조민수 우리 좌군은 지금 이 시간 부로 우도통사의 지휘에 따를 것이외다.
이성계 조 장군!
조민수 바라건대, 회군의 영을 내려주시오. 요동 정벌은 망국의 길... 회군은 구국의 길이외다!
이성계 !
변안열 장군! 회군의 영을 내려주시오!

배극렴, 남은, 이지란 등 장수들, '회군의 영을 내려주시오!'를 연호한다. 당혹스러운 표정의 이성계, 어쩔 줄을 모르다가 뛰쳐나간다.

일동, !

38 _____ 동 막사 앞 (밤)

이성계, 걸어 나와 멈춘다. 빗물이 그의 얼굴에 사정없이 들이친다. 그의 얼굴 위로...

정도전 (E) 하늘의 뜻을 거스르지 마십시오.

F.B》25회 10씬의

정도전 장군과 고려는 양립할 수 없습니다.

현재》

이를 악무는 이성계. 그의 뒤편 먼 하늘에서 번개가 작렬한다.

39 _____ 위화도 공터 (낮)

공요군들, 질서정연하게 도열해 있다. 조민수 등 좌군의 지휘관들과 우군 측에 배극렴, 남은이 말을 타고 도열해 있다. 비는 그쳤으나 여전히 강풍이 불어댄다. 병사들의 깃발이 맹렬히 펄럭인다. 백마를 탄 이성계가 이지란의 호위를 받으며 나타난다. 이성계, 말을 멈추어 선다. 병사들과 제장들의 긴장된 시선이 일제히 이성계를 향한다.

이성계 (일별하고) ...내 한마디만 하겠다.

일동 (주목)

이성계 우린... 개경으로 간다.

병사들 (일제히 창검을 치켜들고 환호성을 지르는)

조민수 (칼을 치켜들고) 전군~ 앞으로~!!

망루의 병사가 소라를 있는 힘껏 불어대고 고수가 맹렬히 북을 울린다. 이성계와 조민수를 선두로 병사들이 진군하는 모습 위로.

해설(Na) 우왕 14년인 서기 1388년 음력 5월 22일. 두 차례의 회군 요청을 거부당한 이성계는 마침내 군사를 돌려 개경으로 진군한다. 이름하여 위화도 회군. 훗날 조선왕조 창업의 기점이 된 이 날의 사건으로 말미암아 고려는 거센 역사의 소용돌이 속으로 빠져들게 된다.

40 _____ 서경 지휘소 안 (낮)

우왕과 최영, 앉아 있다.

우왕 (초조한) 위화도에선 어찌하여 아무런 기별도 없는 것인가? 어찌!

최영 곧 기별이 올 것이옵니다. 심려치 마시옵소서.

우왕 (벌떡 일어나는) 불안해서 아니 되겠습니다. 다시 사람을 보내야겠어요.

최영 (따라 일어서며) 폐하, (하는데)

안소 (E) 폐하!!

일동, 보면 안소와 정승가, 뛰어 들어온다.

안소 폐하! 큰일 났사옵니다!

최영 !

우왕 ...큰일이라니?

정승가 위화도의 공요군이 회군하여 남하하고 있다 하옵니다!

우왕 (헉!)

최영 뭐~라!! 그것이 사실인가!!

안소 그렇습니다, 도통사!

우왕 (다리 힘이 풀리며 털썩 주저앉는)

최영 폐하!

우왕 이럴 수가... (일그러지는) 회군이라니~!!

최영 !

41 ______ 동 앞뜰 (낮)

병사들, 서 있고 최영, 무장들과 급히 나와 선다.

최영 폐하를 모시고 도성으로 갈 것이다! 도성과 경기지역에 총동원령을 발하고 왜구와 전투 중인 병력들까지 모두 도성으로 소환하라!

일동 예!

최영 서둘러라, 어서!

일동, 다급히 흩어진다. 최영, 칼을 뽑아 든다.

최영 (이를 가는) 이성계... 내 너를 용서치 않을 것이야~!!

42 _____ 평원 + 지휘소 앞뜰 (낮)

굉음과도 같은 말발굽 소리를 일으키며 달려오는 공요군. 선두에서 말을 달리는 이성계. 말을 달리는 이성계의 결연한 표정과 격노한 최영의 엇갈린 표정에서 엔딩.

27회

1 ______ 길 (밤)

끊임없는 횃불과 기치의 행렬. 선발대가 급히 지나가면 이성계를 선두로 조민수와 제장들이 이끄는 공요군의 본대가 이동하고 있다. 장수들의 얼굴에 결연한 빛이 감돈다.

2 ______ 다른 길 (밤)

우왕의 행렬이 급히 이동하고 있다. 정승가가 선두에서 병사를 이끌고 우왕 뒤로 강 내관 등 나인들과 신료들이 따른다. 다들 피로와 두려움에 가득 차 있다. 울먹이는 궁녀들의 모습. 말을 탄 최영, 사방을 틔운 연 위의 우왕과 나란히 나아간다.

우왕 (망연자실한) 이럴 수는 없습니다... 이럴 수는 없는 것이에요...

최영 (의연한) 도성에 당도하는 즉시 군사를 정비하여 항전 태세를 갖출 것이옵니다. 소신, 반드시 역도들을 격멸할 것이오니 심려치 마시옵소서.

우왕 (탄식하듯) 짐이... 장인의 말을 들었어야 했습니다.

최영 (보는)

우왕 장인께서 공요군과 더불어 출정을 하였더라면 오늘날 이런 참담한 꼴은 겪지 않았을 것이거늘...

최영 역적에게 대병을 맡긴 소신의 잘못이옵니다. 반란을 진압한 연후에 사직을 위태롭게 만든 소신의 죄를 청할 것이옵니다!

안소 (E) 멈춰라!

우왕, 헉! 해서 돌아보면 저만치 행렬을 벗어나 도주하는 병졸들

서너 명. 말을 탄 안소와 기병들이 이들을 순식간에 베어버린다. 멈춘 행렬에서 공포에 질린 탄식이 터져 나온다. 우왕, 기가 막히고.

최영 똑똑히 보아두거라! 도주하는 자들은 모두 저리될 것이니라. (행렬을 향해) 지체할 시간이 없다! 속히 출발하라!

다시 속보로 나아가는 행렬.

우왕 정녕 우리가... 그들을 막을 수 있겠소이까?

최영 막을 수 있사옵니다. 소신 기필코 폐하와 사직을 지켜드릴 것이옵니다.

망연자실한 우왕과 결연한 최영.

3 ______ 길가 + 공터 일각 (밤)

공요군들, 길가에 앉아 주먹밥 정도 먹으며 휴식을 취하고 있다. 일각의 모닥불 앞에 앉은 이성계, 표정이 어둡다.

F.B》25회 17씬의

최영 이 장군... 자네만 믿겠네.

현재》

이성계 ...

이지란 (E) 성니메!

이성계, 보면 이지란이 이방우와 이방과를 데리고 나타난다.

이지란	뉘기 왔는지 보시우다!

이방우	(감격스러운) 아버님!

이성계	(일어나는) 니들이 이긴 어뜨케 왔니?

이방우	서경 행재소°에서 탈출해 오는 길입니다.

이성계	탈출?

이방과	회군의 급보를 전해 들은 최영이 가솔들을 추포하라 영을 내렸습니다.

이성계	(감정의 동요를 참고) 개갱 식구들은 어케 됐는지 아니?

이방우	방원이가 동북면으로 피신시켰을 것입니다. 심려치 마십시오.

이성계	...

4 ______ 정도전의 집 앞 (밤)

갓을 눌러쓰고 주위를 경계하며 걸어오는 이방원. 행인이 지나가면 고개를 돌리고 걷는 모습 위로.

정도전	(E) 어머님의 행방을 알아내었느냐?

5 ______ 정도전의 집 안방 안 (밤)

정도전, 이방원과 앉아 있다.

이방원	포천 농장에 계신 것 같습니다.

정도전	서둘러 동북면으로 모셔라. 너희가 찾아냈다면 최영도 금세 찾아

° 임금이 멀리 거둥할 때에 머무르는 곳.

낼 것이다.

이방원 예. (일어나 나가려다가) 헌데, 삼봉 숙부.

정도전 (보는)

이방원 회군이 성공하면 그다음은... 혁명입니까?

정도전 ...어서 가거라.

이방원 (아쉬움을 누르고) 예... (인사하고 나가는)

정도전 ...

6 ______ 대궐 앞 (밤)

숙위병들의 경계가 삼엄하다.

7 ______ 동 뜰 안 (밤)

초췌한 몰골의 우왕, 강 내관 등 나인들을 대동하고 다급히 들어온다.

우왕 침전으로 들 것이니 어주를 독째로 가져오너라. (하는데)

근비 (E) 폐하~!!

우왕, 흠칫 보면 일각에 가마들 늘어서 있고 비빈들, 인사한다.
근비, 왕창, 정비, 다가선다.

근비 (망연한) 대체 이게 어찌 된 일입니까? 공요군이 회군을 하다니요?

우왕 ...이성계가 반란을 일으켰습니다.

근비 !

정비 (털썩 주저앉는) 나무 관세음보살... 이 일을 어찌하면 좋단 말인고...

왕창 (눈물 그렁) 아바마마, 그럼 이제 우린 어찌 되는 것입니까?

우왕 (보다가 씁쓸하게 피식 웃고 가버리는)

왕창 !... (근비에게) 어마마마...

근비 (감싸주며) 걱정할 것 없느니라. 최영 장군이 있지 않느냐?

8 _______ 빈청 최영의 집무실 안 (밤)

최영, 안소, 정승가 등 무장들 빼곡하게 들어찼다.

안소 한양산성에 계시던 마마들께선 모두 환궁하셨습니다.

최영 초도와 진포에 있는 병사들은 어찌 되었소이까?

정승가 왜구를 막을 최소한의 방어 병력만 남기고 철군을 시작했다 합니다!

최영 됐소이다! 안 장군은 순군부에 있는 병사들을 풀어 도성의 치안을 확보하고 방리군°을 소집하여 성곽에 투입하시오!

안소 예, 장군!

최영 며칠이외다! 며칠만 버티면 이길 수 있소!

그때 부장1, '장군~!' 뛰어 들어온다.

최영 무슨 일인가!

부장1 포천 관아의 관졸들이 농장에 은신해 있던 이성계의 경처와 두 아

° 개성의 방위를 목적으로 조직된 민병대.

들을 체포하였다 합니다!

최영 !... 속히 도성으로 압송하라 전하게!

부장1 예, 장군! (나가는)

최영 ...

9 ______ 산길 + 산비탈 일각 (낮)

아전의 인솔하에 이십 명 정도의 병사들이 강 씨 일행을 끌고 온다. 방석과 방번, 사월, 울먹인다. 강 씨, 비장하다. 산비탈 일각에서 몸을 낮춘 채 응시하는 이방원과 조영규, 사병들 몇.

이방원 빌어먹을... 한발 늦었어.

조영규 (전방을 보며) 관졸의 수가 너무 많습니다. 일이 난감하게 됐습니다. (하면서 이방원 보면)

이방원, 이미 활시위에 화살을 장전하여 조준하고 있다. 조영규, !

이방원 고민을 한다 해서 관졸의 수가 줄어든다 하더냐? (시위를 놓는)

화살이 날아가 아전의 가슴에 박힌다. 아전, 비명을 지르며 쓰러지고 관졸들과 강 씨 일행, 흠칫하는데...

이방원 쳐라!

이방원의 사병들, '와!' 하는 함성을 지르며 비탈길을 뛰어 내려간다. 관졸들, 흠칫 칼을 뽑아 든다.

사월 (가리키며) 마님, 저기!

강 씨 (달려오는 이방원을 보고) 방원아!

아전 (고통을 참으며) 죽여라~!!

치열한 난전이 벌어진다. 아전을 찍어 죽인 조영규, 관졸들을 거침없이 베어 넘기고 이방원, 포위망을 뚫고 들어와 강 씨의 앞을 막아선다. 벌벌 떠는 사월, 울음을 터뜨리는 방석과 방번을 감싸 안는다. 강 씨, 벙하다.

이방원 어서 엎드리십쇼! (하는데)

공격해 오는 관졸들을 베어 넘기는 순간, 다른 관졸의 칼에 다리를 베이는 이방원, 윽! 한쪽 무릎을 꿇는다.

강 씨 방원아!!

이방원 (관졸을 베고 돌아보며 버럭) 엎드리라 하지 않습니까!!

순간, 강 씨의 시야에 이방원의 머리 위로 솟구친 관졸의 칼이 보인다. (슬로우) 이방원을 향해 휘둘러지는 칼. 이방원, 굳는다. 강 씨, 달려들어 이방원을 밀치고, 쓰러진 강 씨를 향해 곤두박질치는 칼. 이방원, 헉! 하는데 칼이 멈춘다 싶더니 힘없이 바닥으로 떨어진다. 조영규의 칼이 관졸의 가슴을 꿰뚫고 있다. 살아남은 관졸들, 도주한다.

조영규 (다가서는) 나리...

이방원 (엎드린 채 숨을 몰아쉬는 강 씨를 조금 멍하니 바라보는)

강 씨 (숨 몰아쉬며) 방원아... 괜...찮은 것이냐?

이방원 ...괜찮습니다.

강 씨 (희미한 안도의 미소) 하늘이 도왔구나... 하늘이 도왔어... (기진한 듯 고개 떨구는)

이방원 (보는)

10 _____ 대궐 침전 안 (낮)

우왕과 갑옷 차림의 최영, 앉아 있다.

우왕 이런! 다 잡은 인질들을 놓치다니!

최영 필시 동북면으로 도주할 것이옵니다. 인근에 방을 붙이고 포상금까지 걸었사오니 곧 꼬리가 잡힐 것이옵니다.

우왕 어떻게든 붙잡아야 합니다. 그것들이라도 찢어 죽여야 이 분이 풀릴 것 같습니다.

강 내관 (E) 폐하~!!

일동, 보면 강 내관, 사색이 되어 들어온다.

우왕 무슨 일이냐?

강 내관 이성계의 공요군이... 도성 밖에 당도하였습니다!

우왕 (하얗게 질리는) 뭐라?

최영 (이를 악무는)

11 _____ 도성 숭인문 성곽 + 전방 공터 (낮)

긴장감이 감도는 공요군들. 이성계와 조민수 등 장수들, 나란히 서서 숭인문 성곽을 바라본다. 목책과 해자 등 장애물들이 겹겹이 설치되어 있고 성곽 위에는 병사들이 창검과 화살을 들고 도열해 있다.

조민수 역시 최영이구만.

변안열 며칠 새 방어 태세를 완벽히 구축했어요.

배극렴 공략이 만만치 않을 것 같습니다.

이성계 ...

이지란 (손가락으로 가리키며) 저기메 좀 보시우다!

이성계, 보면 최영, 안소와 정승가를 대동하고 망루에 올라선다.

남은 최영입니다!

최영 (노기 가득한 눈으로 보는)

이성계 (묵묵히 바라보는)

최영 역적 이성계는 들으라!!

이성계 ...

최영 불충하게도 폐하의 명을 거역하고 요동 정벌의 대의를 무참히 짓밟은 죄, 죽음으로도 면치 못할 것이니라! 그대의 수급을 저자에 매달아 만대의 본보기로 삼을 것이다!!

이성계, 천천히 말을 몰아나간다. 일동, 주목하면 말을 멈추고.

이성계 (성곽을 향해) 장군!

최영 (보는)

이성계 순순히 성문을 열어주시우다! 내 장군의 안전을 보장해 드리갔소!

최영 자네가 끝까지 나 최영을 기망하려 드는 것인가!

이성계 투항하시우다!

최영 그 입 닥치지 못하겠느냐!

이성계 부탁드리갔소! 내는... 장군과 칼부림하고 싶지 않소!

최영 (보는)

이성계 (보는)

최영 전군~! 전투 태세를 갖추어라!

성곽 위가 갑자기 분주해진다. 활을 장전하고 수성병기를 배치하는 병사들. 조민수, 말을 타고 달려와 이성계를 본다.

조민수 지금 당장 공격하는 것이 어떻겠소이까?

이성계 그리되면 빼도 박도 못하는 반역자가 됩니다.

조민수 시간 끌어 좋을 것 없소이다.

이성계 군사를 십 리 밖으로 물리시오.

조민수 우도통사!

이성계 (가는)

조민수 !

배극렴 전군~ 이동하라~!

물러가는 공요군. 조민수 등 불만스러운 표정으로 따르고, 이성계, 생각에 잠긴다. 노려보는 최영.

12 _____ 공요군 진영 외경 (밤)

변안열 (E) 최영은 결코 항복하지 않을 것입니다.

13 _____ 동 막사 안 (밤)

이성계, 상석에 앉아 있고 조민수, 변안열, 이지란, 배극렴 등 장수들 앉아 있다. 남은의 모습은 보이지 않는다.

변안열 이제는 전하께 소를 올려 최영에 대한 탄핵을 주청해야 합니다.

조민수 지당하신 말씀이외다! 우리의 목적은 반란이 아니라 나라를 위태롭게 만든 최영을 단죄하는 것임을 분명히 밝혀야 하오이다!

배극렴 (이성계에게) 서두르셔야 합니다. 최영이 지금 이 시간에도 병사들을 끌어모으고 있을 것입니다.

이성계 ...

이지란 (주변 눈치 살피며) 아, 어째서 이리 주저하십메까? 날래 명을 내려주시우다.

이성계 ...내일 날이 밝으면 다시 모입시다.

조민수 우도통사!

이성계 (일어나 나가는)

조민수 나 이거야 원...! (쳇! 하는)

14 _____ 진영 일각 (밤)

이성계, 막사를 나와 선다. 멀리 도성 성곽의 불빛이 보인다. 먹먹하다. 장돌뱅이 차림의 남은, 삿갓을 쓴 누군가를 대동하고 다가선다.

남은 (긴하게) 장군... 다녀왔습니다.

이성계, 돌아보면 남은 옆에 서 있는 사내, 정도전이다.

정도전 (인사하는) 장도에 얼마나 고생이 많으셨습니까?

이성계 (조금 서먹하게) ...와줘서 고맙수다.

정도전 부르지 않으셔도 오려 했습니다. 도성이 피바다가 되는 사태는 막아야 하니까요.

이성계 기칼 방도가 있슴메까?

정도전 회군의 명분이 반란이 아님을 밝히고 최영을 탄핵하십시오.

이성계 (보다가 헛헛한 웃음) 최영 장군을 살릴 방도를 물어볼라 했더이... 이거 맥 빠지누만그래.

정도전 전하께서 받아들이신다면 최영 한 사람의 희생으로 사태를 수습할 수 있습니다. 방도는 그것뿐입니다, 장군.

이성계 ...정녕 다른 방도는 없다는 말이우까?

정도전 그렇습니다.

이성계 전하께서 받아들이겠습꾸마?

정도전 그러기를... 바랄 뿐입니다.

이성계 ...

정도전 허면 소생은 이만, (가려는데)

이성계 어째...

정도전 (멈칫 보는)

이성계 오늘은 대업 얘기를 하지 않슴메? 지금 나라를 뒤엎으란 소리 말이우다.

정도전 소생, 무력을 앞세운 혁명은 원치 않는다 말씀드렸었습니다. 흘리는 피의 양이 많을수록 대업의 정당성은 줄어듭니다. 그렇게 만들어진 나라에 무엇을 기대할 수 있겠습니까?

이성계 허면 대업을 무시기로 일구갔단 말이우까?

정도전 ...정칩니다.

이성계 정치?

정도전 소생... 정치의 힘을 믿습니다. 이젠... 대업을 결심하시겠습니까?

이성계 (보다가 단호히) 아이오.

정도전 허면... (인사하고 가는)

이성계 ...

15 _____ 순군부 앞 (밤)

최영, 부장들을 대동하고 서 있다. 모병 관원들 앞에 부랑자들이 길게 줄을 서 있다. 관원들이 황금과 비단 따위 등 재물을 건네주면 옆으로 이동하여 무기와 군복을 지급받는 부랑자들. 그 옆에선 군복으로 갈아입고 어색하게 무기를 휘둘러보는 부랑자들과 '줄 서라!', '꾸물대지 마라' 외치는 낭장들의 목소리로 북새통이다. 정승가, 급히 뛰어온다.

정승가 장군!

최영 무슨 일이오?

정승가 공요군에게 억류되었던 환관 김완이 이성계의 상소를 갖고 돌아왔습니다!

최영 상소?

16 _____ 대궐 편전 안 (밤)

우왕, 최영, 안소, 정승가, 이색, 정몽주 등 재상들과 무장들이 연석하여 앉아 있다. 그 앞에 김완, 부복해 있다. 권근, 상소를 읽고 있다.

권근 집정대신 최영이 무모하게도 한여름에 군사를 일으켜 대국을 치려

드니 사직이 크나큰 위난에 처했사옵니다. 이에 종사를 평안케 하고자 회군을 결행하였사오니 바라옵건대 간적, 최영을 내치시고 성문을 활짝 열어 전하의 충성스러운 군사들을 맞아주시옵소서!

권근, 교지를 내리면 좌중의 긴장 어린 시선이 최영에게 향한다. 최영, 이를 악물고 부르르 떨 뿐 침묵을 지킨다.

우왕 (부르르 떠는) 망발이다... 겁박이야... 놈들이 이젠 짐과 도통사의 사이를 이간질하려는 것이다...

최영 폐하~

우왕 (보는)

최영 소신, 분하고 절통한 심경을 가눌 길이 없사오나 작금의 사태에 책임이 있음 또한 사실일 것이옵니다! 소신 최영, 구차한 목숨 따위에 연연할 생각은 추호도 없사옵니다! 소신더러 역도를 막으라시면 막을 것이옵구 소신을 죽여 위난을 피하겠다 하시면 기꺼이 죽겠사옵니다!

우왕 도통사...

최영 소신과의 사사로운 인연에 얽매이지 마시옵구 오로지 폐하의 안위와 사직의 미래만을 생각하시어 부디 현명한 결단을 내려주시옵소서!

우왕 ...

이색 (착잡한)

정몽주 (침통한)

윤소종 (E) 전하께 즉각 최영에 대한 탄핵을 주청해야 합니다!

17 ____ 성균관 정록청 안 (밤)

이색, 정도전, 정몽주, 권근, 이첨, 윤소종 등 앉아 있고 뒤편까지 가득 메운 사대부들. 정몽주, 침통하고 정도전, 예의 주시한다.

윤소종 자칫 전하께서 오판을 하시는 날엔 돌이킬 수 없는 사태가 벌어질 것입니다!

이첨 허나 그리되면 회군을 지지하는 결과가 되지 않습니까!

윤소종 지지하지 못할 이유가 있습니까?

권근 왕명을 거역한 회군은 그 자체로 반역입니다! 사대부가 어찌 반역을 지지할 수 있단 말입니까!

윤소종 불가피한 결단이었습니다! 이성계가 왕을 참칭한 것도 아니거늘 반역이라 못박으시면 아니 됩니다!

권근 억지 부리지 마십시오! 대세가 기운 듯하니 부화뇌동°을 하시려는 것입니까!

윤소종 닥치시오! 부화뇌동이라니!

이색 (책상 치며) 고정들 하시오!

일동 !

이색 사대부들의 중론을 모으는 자리에서 어찌 이리 막말이 오가는 것이오! 상대에 대한 예의를 갖추시오!!

일동 (끙 하는)

정도전 명분에 연연할 때가 아닙니다. 이러다 내전이 터지는 날엔 사대부들 역시 그 책임으로부터 자유롭지 않을 것입니다. 반드시 최영을 탄핵해야 합니다.

이색 (흠) ...삼사좌사의 의중은 어떠시오?

° 우레 소리에 맞춰 함께 울린다는 뜻으로 자기 생각 없이 남의 의견에 따름.

정몽주 (침통한)

일동 (의아한 듯 보는)

정몽주 송구합니다만 소인은 먼저 일어나겠습니다. (일어나 인사하고 나가는)

일동, 조금 뜨악하게 본다. 정도전, 본다.

18 _____ 성균관 대성전 안 + 앞 (밤)

정몽주, 좌정하고 앉아 위패를 응시한다. 탄식 같은 한숨을 내쉰다. 정도전, 다가와 나란히 앉는다.

정도전 (기분 풀어주듯 농담조로) 아무리 재상이기루 대사성의 허락도 없이 대성전에 들어오다니, 아주 몹쓸 사람이구만? (보면)

정몽주 (힘든)

정도전 (진지하게) 포은, 어찌 이러시는가?

정몽주 나는... 작금의 상황을 어찌 받아들여야 할지 갈피를 잡을 수 없네. 최영은 무모하였구, 이성계는 어명을 거역했어.

정도전 편히 생각하시게. 최영은 이상을 따랐고, 이성계 장군은 현실을 따랐을 뿐이네.

정몽주 (옅게 피식) 현실? ...군주에 대한 충성이... 현실이라는 이유로 부정될 수 있는 가치였던가?

정도전 ...포은.

정몽주 (후~) 며칠 전에 저자에 나갔다가 이상한 노래를 들었네.

정도전 (보는)

정몽주 근자에 아이들 사이에서 회자되는 것이라는데... (씁쓸한 듯) 목자득국[○]의 노래라는군.

정도전 !

아이들 (E) (합창하는) 서경성 밖은 불빛이고~

19 _____ 이인임의 초가 앞 (밤)

아이들이 이인임 앞에서 합창을 하고 있다.

아이들 안주성 밖은 연기로다~ 그 사이 이원수가 왕래하니~ 원컨대 검창을 구제하시라~

이인임 거 참 재밌는 노래구나. 헌데 이것을 누구한테 배웠더냐?

꼬마1 옆 동네 애들한테 배웠어요.

이인임 ... (이내 미소, 아이들에게 약과 정도 나눠주는) 옛다. 약과다.

아이들, '와~' 하면서 몰려들어 받으면, 이인임, '아이구 인석들아, 이러다가 할애비 다치겠다' 엄살 부리고...

꼬마2 근데 할아버지. 검창을 구제한다는 게 무슨 뜻이에요?

이인임 검창은 머리가 검은 사람, 즉 백성을 뜻하는 말이니라... 이원수란 사람이 임금이 된다는 얘기지. (약과 건네주면)

꼬마2 와~! 감사합니다~!

아이들, '안녕히 계세요~' 하며 인사하고 사라진다. 이인임, 일어선다.

○ 목자(木子)는 이(李)를 파자한 것으로 이(李) 씨가 나라를 얻는다는 예언.

이인임 민심이... 이성계에게 향하는 것인가? (심각해지는)

20 _____ 대궐 침전 안 (밤)

술에 얼큰히 취한 우왕, '木子得國목자득국'의 한자가 적힌 종이를 보고 있다. 앞에 근비, 앉아 있다. 강 내관, 우왕 옆에 전전긍긍 앉아 있다.

우왕 (종이를 팍 내려놓으며) 저자에 이런 빌어먹을 노래가 떠돈다구?

강 내관 그렇사옵니다.

근비 (종이를 끌어다 보며) 목자가 나라를 얻는다니... 목자가 대체 누구란 말입니까?

우왕 (술잔 비우고 탁 놓은 뒤) 누구겠습니까?

근비에게서 종이 낚아채 '木' 자와 '子' 자를 찢어 바닥에다 아래위로 탁 붙여 보인다. '李이' 자다. 근비, !

우왕 이씨 성을 가진 놈.

근비 !

우왕 (작심한 듯 일어나 나가는)

21 _____ 빈청 최영의 집무실 안 (밤)

최영, 예리한 단검을 놓고 앉아 있다. 죽음을 각오한 듯 초연하다.

우왕 (E) 자결이라도 하시려는 것입니까?

최영, 보면 우왕, 들어온다.

최영 (일어나 예를 갖추는) 폐하...

우왕 이성계는 광평군을 제거했습니다. 이제 장인마저 제거하면 그다음은... 짐이 될 것입니다.

최영 폐하...

우왕 (단검을 집어 드는) 짐은 이성계의 요구를 거부할 것입니다.

최영 !

우왕 (단검을 내밀며) 이것을... 이성계의 심장에 박아버리세요.

최영 (떨리는 손으로 단검을 받는) 폐하... (무릎 꿇으며 울컥) 성은이 망극하옵니다~!

우왕 (긴장하여 숨을 몰아쉬는)

22 _____ 빈청 앞 (밤)

병사들, 어디론가 바삐 이동한다. 일각에 권근, 이첨, 윤소종을 비롯한 신료들, 침통한 표정으로 방문을 바라보고 있다. '역적 이성계와 조민수의 관직을 삭탈하고 그들을 추포하는 자에게는 포상한다'라는 취지의 방문이다. 윤소종, 탄식하며 걸음을 떼는데 정도전, 달려와 멈춘다.

정도전 동정, 전하께서 최영의 탄핵을 거부하셨다는 게 사실인가?

윤소종 ...그렇습니다.

정도전 이런 멍청한! (망연자실한) 대체 어쩌자구 그 같은 짓을...

정몽주, 일각에서 걸어와 방문을 본다. 착잡하다.

23 ______ 도성 숭인문 앞 (밤)

성곽 위의 병사들, 횃불을 밝히고 경계 중이다. 성문이 열리고 전령이 말을 달려 나온다. 맹렬히 달려가는 모습 위로.

배극렴 (E) (낭독하는) 너희가 요동 정벌의 명을 이미 어겼고...

24 ______ 이성계의 막사 안 (밤)

배극렴, 칙서를 읽고 있다. 이성계 등 제장들, 침통하게 듣고 있다.

배극렴 군사를 몰아 대궐로 향하니 이는 강상을 범하는 것이다. 너희가 최영을 비방하나 그가 만고의 충신임은 세상이 다 아는 일이다. 지금이라도 과오를 뉘우치고 군대를 해산하는 것만이 반역의 죄를 씻는 길임을 유념할지어다.

조민수 (탁자 쾅 치는) 이런 빌어먹을!

배극렴 (칙서 내리고) 전령의 말이... 전하께서 여기 있는 우리 모두의 관직을 삭탈하고 우리를 잡는 자에게는 후한 상을 내리겠다 공표하셨답니다.

이지란 무시기라? 이런 썅!

변안열 전하께서 어찌 이러실 수 있단 말입니까! 우리를 역도로 몰고 있지 않소이까!

조민수 도성으로 쳐들어가서 최영을 직접 처단합시다! 허면 전하께서도 더는 어쩌지 못할 것이외다!

이성계 ...

남은 장군...

이성계 날이 밝는 대로... 도성을 공격하겠소.

일동 !

이성계 모두 전투 준비 하시오.

조민수를 제외한 장수들, '예!' 하고 일제히 나간다.

조민수 (일어나) 결단을 내려줘서 고맙소이다.

이성계 ...

조민수, 나간다. 이성계의 눈망울이 떨린다.

25 _____ 야산 폐가 마당 안 (밤)

조영규와 사병들, 경계를 서고 있다. 사월, 평상 위에 드러누워 자고 있다. 다리에 피 밴 헝겊을 동여맨 이방원, 헛간에서 낡은 거적들을 들고나와 방 쪽으로 가 선다.

이방원 방원입니다. 잠시 들어가겠습니다.

26 _____ 동 방 안 (밤)

웅크린 채 잠든 방석과 방번에게 거적을 덮어주는 이방원. 일각에

다소곳이 앉은 강 씨, 그 모습을 묵묵히 보고 있다.

이방원 무리해서 동북면으로 가는 것보다는 일단은 여기 은신해 있는 것이 안전할 것 같습니다. 불편하시겠지만 참아주십시오.

강 씨 다친 데는 괜찮은 것이냐?

이방원 견딜 만합니다.

강 씨 내 너를 볼 면목이 없구나. 순순히 따라나섰어야 하였거늘...

이방원 다 지난 일입니다. 쉬십시오. (일어나 나가는데)

강 씨 방원아.

이방원 (멈춰 보는)

강 씨 정말 고맙다.

이방원 ...왜 그러셨습니까?

강 씨 (보는)

이방원 저 대신 칼을 맞으려 하셨지 않습니까?

강 씨 굳이 이유가 있어야 하는 것이냐?

이방원 ...

강 씨 (인자하게 바라보는)

이방원 ... (고마움을 숨기려는 듯 애써 냉랭한 어조로) 아직은 바람이 많이 찰 것입니다. 거적이나마 꼭 덮고 주무십시오. (나가는)

강 씨 (잔잔한 미소)

27 _____ 동 방 앞 (밤)

이방원, 나와서 선다. 후~ 숨 내쉬고 하늘을 바라본다.

28 _____ 공요군의 진영 앞 (밤)

진영을 향해 다가오는 사내, 굳은 표정의 정몽주다. 경계하던 병사들, 흠칫 창을 겨눈다.

병사1 누구냐!

정몽주 삼사좌사 정몽주라 하네. 우도통사 장군을 만나러 왔네.

29 _____ 이성계의 막사 안 (밤)

이성계와 정몽주, 앉아 있다. 조금은 어색한 침묵.

정몽주 진영의 분위기를 보니 전투가 임박한 듯싶습니다.

이성계 내일 공격할 겁메다.

정몽주 (씁쓸한) 결국... 그리되는군요. 내일이면 동족끼리 죽고 죽이는 아수라장이 펼쳐지겠군요.

이성계 이 사램이 원한 거 아이우다. 잘 아시지 않습메?

정몽주 소생... 실은 잘 모르겠습니다.

이성계 포은 선생...

정몽주 어떤 사람들은 회군을 가리켜 그리 말하더군요. 불가피한 결정이었다구.

이성계 그렇수다.

정몽주 동서고금의 모든 반역이 그렇게 정당화되었습니다. 나라를 위한 불가피한 결정이라는 한마디로.

이성계 (발끈) 포은 선생!!

정몽주 (침착하게 보는)

이성계 (울컥) 이젠 선생까지 내를 역적으로 모는 거우까!

정몽주 ...

이성계 내 임금 해먹을라고 이 난리를 치는 거 같습메까? 내가! 나 이성계가! 전하 소리 들어 처먹을라고 동족의 가슴에 창칼을 쑤셔 박을 기딴 개자식으로 보이냔 말이우다!!

정몽주 내일이면 수많은 병사들이 죽을 것입니다. 적어도 그들이 한 사람의 역심에 의해 희생되는 것인지, 아니면 고려의 안위를 위한 한 알의 밀알로 죽는 것인지는 알아야 하지 않겠습니까?

이성계 ...

정몽주 ...허면... 장군의 마음속에는 정녕... 한 점의 역심도 없는 것입니까?

이성계 내 역심 아임메!

정몽주 다시 한번 묻겠습니다. 없습니까?

이성계 (보는)

정몽주 (보는)

이성계 ...없수다.

정몽주 ...그렇다면 소생은...... (작심한 듯) 장군을 지지하겠습니다.

이성계 !

정몽주 전하께서 뭐라 하시든 소생에게 장군은 이제... 반역자가 아닙니다.

이성계 포은 선생...

정몽주 내일의 비극이... (힘들게) 고려가 거듭나기 위한 산고라고 믿겠습니다.

이성계 ...

애써 미소 짓는 정몽주. 먹먹한 이성계의 모습에서 F.O

30 _____ 해설 몽타주 (낮)

1) 진영 앞 - 황색대기를 앞세운 이성계의 우군과 흑색대기를 앞세운 조민수의 좌군이 출정하는 모습.
2) 개경 나성 지도 - 나성을 테두리로 하여 대궐과 황성, 하천과 남산 정도 표시되어 있고, 남하한 좌우군이 나성 북쪽에서 둘로 갈라져 숭인문과 선의문으로 향하는 화살표가 그려진 지도. 최영의 방어군 표식과 격돌하는 느낌의 이미지.

해설(Na) 서기 1388년 음력 6월 3일 이성계의 공요군은 마침내 도성 진입을 감행했다. 이성계가 이끄는 우군은 개경 외곽 방어선인 나성 동쪽의 숭인문을 공격하고 조민수의 좌군은 나성 서쪽의 선의문을 공격했다.

3) 성문 앞 - 화살이 비 오듯 교차하는 가운데 함성을 지르며 당거를 앞세우고 목책 사이로 돌진하는 공요군들. 사다리를 타고 오르는 병사들. 운거(이동식 망루)에서 화살을 쏘아대는 공요군에 맞서 화살을 응사하고, 석포에서 돌을 발사하는 방어군들. 망루에서 독전하는 최영과 안소. 전세는 방어군에게 유리한 느낌으로 전개되고 선봉대의 후미에서 지켜보는 이성계, 이지란, 배극렴, 남은.
4) 성곽 위 - 정승가의 방어군과 조민수, 변안열의 좌군 간에 치열한 망루 쟁탈전이 벌어진다. 정승가, 조민수, 변안열, 분전한다.
5) 성문 앞 - 마침내 당거가 성문을 깨부수고 성문 밑에서 양측의 치열한 격전이 펼쳐진다. 공요군이 밀고 들어가면 이성계, '돌격!'을 외치고 비처럼 쏟아지는 화살을 뚫고 후미의 본대가 돌진해 들어간다. 안소, '퇴각하라!' 외친다.

해설(Na) 최영의 개경 방어군은 공요군의 일차 공격을 격퇴하였으나 이어진 이차 전투에서 병력의 열세를 극복하지 못하고 퇴각한다. 도성 진입에 성공한 공요군은 대궐을 향해 진격하고, 필사적으로 저항하는 방어군과 치열한 시가전을 벌이게 된다.

31 _____ 저잣거리 (낮)

상점들 곳곳에 수레 따위로 엄폐물이 놓여 있다. 담장과 지붕, 가게 안, 엄폐물 등에 숨은 방어군들, 긴장해 있고 득보와 백성들, 가재도구와 돌 등을 나르며 엄폐물을 설치하고 있다. 갑자기 '와~' 하는 함성! 일동, 돌아보면 남은과 배극렴이 이끄는 군사들이 쳐들어온다. 득보, 헉!

낭장1 적이다!

배극렴 쳐라!

방어군의 화살이 날아가고 돌진해 오는 공요군들. 득보를 비롯한 백성들, 우왕좌왕하거나 흩어지다가 화살에 맞고 픽픽 쓰러진다. 엄폐물을 뛰어넘은 병사들과 근접전이 벌어진다. 득보, 구석에서 벌벌 떨어댄다. 남은과 배극렴, 미친 사람처럼 적들을 베어 넘긴다.

32 _____ 주거지 전경 (낮)

이어 붙은 집들의 마당과 골목마다 백병전이 벌어지고 있다.

33 _____ 정도전의 집 안방 안 (낮)

최 씨, 벌벌 떨며 합장한 채 기도를 올린다. 서안 앞의 정도전, 묵묵히 앉아 있는 모습 위로 바깥의 비명과 격전의 소리가 들려온다. 순간, 꽝! 하고 대문이 부서지는 듯한 소리.

최 씨 (헉!) 서방님!

정도전 (바깥을 보는)

34 _____ 동 마당 안 (낮)

빗장이 떨어져 나간 대문으로 방어군들이 쫓겨 들어오고 뒤따라온 공요군들이 척살한다. 공요군들, 빠져나가고 정도전과 최 씨, 나온다.

최 씨 세상에! 세상에 어찌 이런... (털썩 주저앉아 울먹이며) 나무 관세음보살... 나무 관세음보살...

정도전 (침통한 표정으로 시체들을 응시하는)

35 _____ 남산 (밤)

〈자막〉 개경 대궐 인근 남산

이성계, 이지란의 군사들이 안소의 군사들과 곳곳에서 난전을 벌이고 있다. 이지란, 동분서주하며 방어군을 베고 이성계, 일각에서 침통한 표정으로 싸움을 지켜보고 있다. 안소도 분전 중이다.

안소 (베고) 물러서지 마라! 최영 장군이 원군을 몰고 올 것이다! (병사 하나 베고는 이성계를 발견하는) 이성계다, 죽여라!

이지란, 헉! 해서 보면 안소, 부장과 병사들을 대동하고 이성계에게 달려든다. 이성계의 검에 쓰러져 피를 토하며 죽는 부장. 이성계, 눈망울이 흔들린다. '으아~' 이성계에게 달려드는 병사들. 이성계, '으아~!' 소리를 지르면서 가차 없이 베어 넘긴다. 안소, 도망치고 이성계, 시체를 바라보며 참담함을 가누지 못한다.

36 _____ 영의서교 (밤)

〈자막〉 개경 영의서교

개천 위 좁은 다리를 사이에 놓고 조민수의 좌군과 최영, 정승가의 방어군이 치열한 전투를 벌이고 있다. 수레와 목책 따위로 다리를 틀어막은 방어군이 화살을 연사한다. 다리와 개천 곳곳에서는 치열한 백병전이 펼쳐지고 있다. 최영, 분전하고 있다.

최영 물러서지 마라! (베고) 역적의 무리들을 한 놈도 살려두지 마라!

조민수 여기를 넘으면 대궐이다! 전군~ 공격하라!

변안열 전군~ 돌격!

함성과 함께 후미에 있던 병사들이 개천으로 뛰어든다. 양측의 군사들이 뒤엉킨다. 최영과 조민수, 변안열 등이 곳곳에서 병사들을 쓰러뜨린다. 일각에서 '와~' 하는 소리에 최영, 돌아보면 이지란, 배극렴, 남은 등이 병사를 몰고 달려온다.

배극렴 공격하라!

정승가 (최영에게) 장군, 이성계의 우군입니다!

최영 (이를 악무는) 퇴각하여 대궐을 사수할 것이다! 전군, 나를 따르라~!!

최영을 따라 퇴각하는 방어군들, 격렬하게 우군과 충돌한다. 처절한 비명과 창검 소리가 난무한다. 최영, 악착같이 적을 베어 넘긴다. 일각에서 그 모습을 처연히 바라보고 있는 이성계.

37 ____ 대궐 외경 (밤)

38 ____ 동 뜰 안 (밤)

인적 없이 고요하다. 숙위병들조차 보이지 않는다. 문이 열리고 노기 어린 표정의 최영, 칼을 들고 홀로 들어온다. 터벅터벅 걸어간다.

39 ____ 동 침전 안 (밤)

만취한 우왕, 술병째로 나발을 불고 있다. 최영, 들어온다.

최영 폐하...

우왕 (술병 놓고 피식) 오셨습니까? ...소식은 이미 들었습니다.

최영 (털썩 무릎을 꿇으며) 폐하~! 역도를 막지 못한 소신의 불충을 어찌해야 하오리이까~!!

우왕 (후~ 숨 내쉬는) 중과부적이었지 않습니까... 고생하셨습니다... 자, 이리 오셔서 술이나 한잔하세요!

최영 (우는) 폐하~!! 소신이 우매하여 오늘의 치욕과 수모를 초래하였나이다! 소신을 죽여주시옵소서~!!

우왕 장인답지 않게 어찌 눈물을 흘리고 이러십니까! 어디 초상이라도 났답니까! (낄낄 웃는데)

조민수 (E) 간적, 최영은 속히 나와 오라를 받으시오!

일동 !

40 _____ 다시 뜰 앞 (밤)

이성계, 조민수, 이지란, 배극렴, 변안열, 남은 등 장수들 들어와 있다.

조민수 한 식경의 시간을 줄 것이오! 그때까지 나오지 아니하면 들어가 끌어낼 것이니 그리 아시오!

이성계 ...

41 _____ 다시 침전 안 (밤)

우왕 (피식) 저놈들이 역적이 맞기는 맞나 봅니다. 짐의 허락도 없이 지들 맘대로 들어오겠다지 않습니까?

최영 폐하... 소신은 이제 폐하의 곁을 떠나오나 결코 낙담하거나 절망하지 마시옵소서. 와신상담, 성심을 굳건히 다지시어 후일을 기약하신다면 반드시 수모를 씻을 날이 올 것이옵니다.

우왕 (눈물 그렁한) 정녕... 떠나시는 것입니까?

최영　　... (일어나는)

우왕　　이제 장인마저 아니 계시면 짐이 어찌 내일을 감당하겠습니까?

최영　　폐하... 열성조와 부처님께서 폐하를 굽어살피실 것이옵니다. ...허면 소신 최영... 이만 물러가겠나이다. 만수무강하시옵소서... (절하는)

우왕　　도통사~!

최영　　폐하~!! (오열하는)

42 _____ 다시 뜰 안 (밤)

이성계, 침전을 바라본다.

조민수　　아니 되겠소이다. 당장 들어가서 끌어내십시다.

최영　　(E) 멈추지 못할까!

일동, 보면 최영, 칼을 들고 걸어 나온다. 일동, 긴장한다.

최영　　감히 폐하의 허락도 없이 어전을 범하려 들다니... (칼을 뽑는)

장수들　　(흠칫 칼을 겨누는데)

이성계　　장군.

최영　　(보는)

이성계　　이제 다 끝났수다. 순순히 오라를 받으시우다.

최영　　내 평생에 단 하나의 실수가 있다면 너를 믿은 것이다.

이성계　　장군...

최영　　역적을 알아보지 못한 내 눈알을 뽑아내고 싶은 심정이니라.

이성계　　(보다가 칼을 뽑는)

일동　　!

이성계 아무도 나서지 마시오. (몇 발 나가는)

최영 (보는)

이지란 성니메...

이성계 내 무장으로서 마지막 예를 갖춰드리겠습메다.

최영 잔말은 필요 없다. 어서 덤벼라.

이성계와 최영, 서로를 응시한다. 일동, 숨죽이고 지켜본다.
어느 순간 누가 먼저랄 것도 없이 기합 소리를 내지르며 달려든다.
챙! 챙! 순식간에 몇 합을 주고받고 물러서는 두 사람. 서로를 노려본다.

최영 역적놈이 제법이구나.

이성계, 기합을 외치며 덤벼든다. 이에 응전하는 최영. 격렬히 부딪치며 살기 어린 초식을 주고받다가 칼과 칼이 부딪친 상태로 마주본다.

이성계 내는... 역적 아이우다.

최영 이성계 너는... 만고의 역적이다.

이성계 역적... 아입메!!

이성계와 최영의 노려보는 시선에서 엔딩.

28회

1 ______ 대궐 앞 (밤)

경계를 서는 병사들. 굳은 표정의 정도전, 달려와 들어간다.

2 ______ 동 뜰 안 (밤)

정도전, 들어서면 정몽주, 착잡한 표정으로 바라보고 서 있다. 정도전, 보면 장수들이 지켜보는 가운데 이성계와 최영이 거친 숨을 몰아쉬며 서로를 노려본다.

최영 내 진작에 이인임의 말을 들었더라면 오늘 이런 천추의 한을 남기지는 않았을 것이다.

이성계 회군을 하지 않았다면 고려는 망했습메다.

최영 닥쳐라... 너의 역심이 고려를 그르쳤느니라.

이성계 억지 부리지 마시우다!

이성계, 돌진하고 살초를 주고받는다. 한순간 맞부딪힌 두 칼이 동시에 부서져 나간다. 물러서는 두 사람. 최영, 난감한 듯 이를 악문다.

이지란 성니메! (칼을 던져주는)

이성계 (받고) 장군께도 칼을 드리시오!

최영 (보는)

일동 (주저하는)

이성계 어서!

남은, 칼을 던져주면 최영, 받자마자 이성계를 향해 돌진한다. 일진

일퇴의 필사적인 싸움이 계속된다. 이성계, 최영의 팔을 벤다. 최영이 흠칫 물러서는 사이 이성계, 숨 돌릴 틈을 주지 않고 몰아붙인다. 수세에 몰리던 최영의 자세가 일순 흐트러지고 이성계의 칼이 파고든다. 결정적인 위기. 이성계의 표정에 갈등의 빛이 떠오르고 칼이 방향을 바꿔 허공을 벤다. 그 틈을 놓치지 않고 반격을 가하는 최영, 이성계의 팔을 벤다. 일동, !

이지란 성니메!

배극렴 장군!

최영의 맹렬한 공격이 이어지고 마침내 이성계의 빈틈을 향해 일격을 날린다. 이성계, 가까스로 막아내고 치열한 공방전을 펼친다. 쉴 새 없이 부딪치는 칼과 두 사람의 시선. 적개심이라기보단 상대에 대한 애증이 가득한 눈초리들. 마침내 기진맥진한 두 사람, 남은 힘을 끌어모아 필살기를 날리는데 챙! 하고 다시 부러져 나가는 칼들.

조민수 우도통사! (칼을 던져주는)

이성계, 받고 변안열, 최영에게 칼을 던져준다. 그러나 그대로 바닥에 툭 떨어지는 칼. 일동, 보면 최영, 묵묵히 이성계를 바라본다.

최영 자넨 나를 벨 수 있었네. 더는 나를 욕되게 하지 말게.

이성계 장군...

최영 이런다고 자네의 대역죄가 사해지는 것은 아니라는 사실만 명심해두게.

이성계 오늘의 비극을 맹근 것은 장군의 독단과 오판입메다. 내 백성과 병사들 목숨 살릴라고 기캤을 뿐이우다. 그거이 역적이라문... 좋습메다, 역적하갔수다.

최영 (보다가) 뭣들하고 섰는가! 패장을 속히 끌고 가지 않고!

남은과 이지란, 다가와 최영을 꿇어앉히고 포박한다.
이성계, 차마 못 보겠는 듯 돌아서면...

최영 비극이라 하였는가?

이성계 (보는)

최영 진정한 비극은 한 나라의 백성들이 투지와 기상을 잃어버리는 것일세! 이제 우리의 후손들은 압록강 너머 고구려의 옛땅을 쳐다도 보지 않을 터... 대국의 강아지가 되어 목숨을 연명해나갈 고려의 미래야말로 진정한 비극이 아니겠는가!

이성계 우리가 강해지문 땅은 저절로 생기는 것입메다. 강한 고려를 맹글갔소. 지켜보시우다.

최영 (피식 웃는)

이성계 (안타까운)

이지란 (착잡한) 갑세다.

이지란과 남은, 최영을 끌고 간다. 장수들, 최영과 함께 나간다. 정몽주와 정도전, 이성계를 바라본다. 무릎을 꿇고 앉은 이성계, 눈물이 흐른다. 지켜보던 정도전, 자리를 뜬다. 정몽주, 보면 이성계, 하염없이 눈물을 흘리며 소리 죽여 운다.

3 ______ 저잣거리 (밤)

불에 타버린 엄폐물들과 부서진 가옥, 병사와 백성들의 시체가 즐

비하다. 병사들, 시체를 나르고 주변을 정리하고 있다. 정도전, 참담한 표정으로 지켜보고 있다. 곁에 와서 서는 정몽주의 눈가가 젖어 있다.

정몽주 (탄식) 정녕 이것이... 사람 사는 세상의 모습이란 말인가...
정도전 ...고려가 언제는... 사람 사는 세상이었던가?
정몽주 (보는)

정몽주, 보면 정도전, 굳은 표정으로 참혹한 거리를 걸어간다.

4 _______ 빈청 이성계의 집무실 안 (밤)

이성계, 이마를 감싸 쥐고 슬픔에 잠겨 있다.

정도전 (E) 장군의 잘못이 아닙니다.

이성계, 이마를 짚은 손을 떼면 정도전, 들어와 앉는다.

정도전 힘들어하지 마십시오.
이성계 ...내 잘못이우다. 내가 우유부단해서리... 일을 키웠습메다.
정도전 썩어빠진 고려의 잘못이고, 무도한 군주의 잘못이고, 미망에 사로잡힌 중신 한 사람의 독단을 막지 못한 허약한 조정의 잘못입니다. 장군의 잘못이 아닙니다.
이성계 (보는) 삼봉 선생...
정도전 (따뜻한 미소) 장군께선 최선을 다하셨습니다... 소생이 그 증인이지 않습니까?

이성계 (먹먹해지는데)

이지란, '성니메!' 하며 급히 들어온다. 이성계, 보면.

이지란 밖에 좀 나가보시우다. 방워이랑 둘째 행수가 이리로 오고 있다 하오.

이성계 (보는)

5 ______ 빈청 앞 (밤)

이성계, 이지란과 급히 나온다. 이방원과 조영규, 인사한다.

이방원 아버님.

이성계 (다가서는, 부상 당한 이방원의 모습을 보고) 어뜨케 된 일이니?

이방원 조금 곡절이 있었습니다. 가벼운 자상이니 심려 마십시오.

이성계 참말로... 일없니?

이방원 예. 어머님과 동생들 모두 무사합니다.

강 씨 (E) 대감!

이성계, 보면 초췌한 행색의 강 씨, 들어선다.

이성계 (다가가는) 부인. 얼마나 고생이 많았소?

강 씨 (눈가 발개지는) 고생을 했다 한들 대감께서 겪은 고초에 비하겠나이까...

이성계 부인...

강 씨 도성의 싸움이 치열했다 들었사온데... 건재한 대감의 모습을 뵈니 소첩 이제야 숨을 쉴 것 같습니다...

이성계 (먹먹한) 최영 장군이 옥에 갇혔수다... 내가 그랬수다.

강 씨 대감...

이성계 이 죄를... 내 생전에 씻을 수 있겠습꾸마?

강 씨 자책하지 마시어요, 대감... 대감의 결단이 나라를 구한 것입니다... 죄가 아닙니다.

이성계 (눈물이 고이는)

강 씨 소첩, 대감의 처라는 사실이 오늘처럼 기쁘고 자랑스러웠던 적은 없었나이다... 힘을 내시어요.

이성계 ...고맙소.

강 씨 대감...

이성계, 강 씨를 가볍게 안아준다. 일각에서 지켜보는 이방원과 조영규.

조영규 나리... 이제 어머님 소리가 술술 나오십니다?

이방원 내가... 그랬더냐?

조영규 (농담조로) 쇤네가 물 한 사발 떠다 드릴깝쇼, 입 씻으시게요?

이방원 (피식) 물 대신 술이나 한잔하러 가자.

조영규 술요?

이방원 여러모로 기쁜 날이 아니냐? 따라오너라. (가는)

조영규 (픽 웃고 따라가는)

강 씨를 안고 선 이성계를 바라보는 이지란, 콧등이 시큰해진다.
정도전, 나와서 이성계를 바라본다. 만감이 교차한다.

6 ______ 해설 몽타주

1) 순군옥 마당 안 (밤) - 포박당해 꿇어앉아 있는 최영, 안소, 정승가 등 패장들. 조민수, 변안열, 이지란, 배극렴, 남은 등 장수들 서 있다.
2) 21회 28씬의 명나라 병사들이 목책을 치는 장면.

해설(Na) 최영의 요동 정벌은 이성계의 위화도 회군에 이은 동족상잔의 비극으로 막을 내린다. 최영은 얼마 후 순군옥으로 끌려가 혹독한 국문을 받은 뒤 지금의 고양시 지역인 고봉현으로 유배되었다가 합포로 이배된다. 요동 정벌을 불러일으킨 철령위는 이듬해 명나라가 태도를 바꾸어 철령에서 요동의 봉집현으로 옮김으로써 일단락된다.

7 ______ 대궐 외경 (낮)

해설(Na) 한편, 왕명을 거역한 회군의 여파로 고려 정국은 일대 혼란에 빠져드는데...

8 ______ 동 편전 안 (낮)

노기 어린 표정의 우왕, 이성계 등 회군파 장수들과 앉아 있다.

이성계 전하, 신들이 비록 전하의 윤허를 받지 못한 가운데 회군을 하였사오나 이는 나라를 위기로 몰아간 팔도도통사 최영을 단죄하기 위한 것이었을 뿐 추호의 불충도 없었음을 헤아려 주시옵소서.

조민수 전하, 부디 신들의 충정을 굽어살피시어 하해와 같은 아량을 베풀어 주시기를 앙망하옵나이다.

우왕 (노기를 억누르고) 그대들이 무슨 잘못이 있겠습니까? 간적의 말만 듣고 사리분별을 제대로 하지 못한 과인의 책임이 큽니다.

배극렴 전하~ 성은이 망극하옵니다.

우왕 이제 사태의 수습은 도당에 맡기고 군대를 해산하여 병사들이 하루빨리 고향으로 돌아갈 수 있게 하시오.

조민수 !

이성계 분부 받들겠나이다.

우왕 (노려보는)

조민수 (찜찜한)

9 ______ 도당 안 (낮)

이성계, 조민수, 변안열, 이지란, 배극렴, 남은, 앉아 있다.

변안열 편전에서 전하의 용안을 다들 보셨소이까?

배극렴 예. 무슨 철천지원수 보듯 하십디다.

이지란 어캐 아이 그렇갔소... 마음 같아서는 우릴 아작아작 씹어 잡숫고 싶었갔지.

조민수 (심각한)

이성계 (듣다가 주위를 환기시키듯) 자, 이제 공요군을 해산하고 군권을 전하께 반납하겠습니다.

조민수 우리 회군과 장수들의 안전이 보장되지 않는 상황에서 군대를 해산할 순 없소이다.

이성계 (보는)

조민수 우리가 군권을 내놓고 무장해제를 하게 되면 금상께서 분명 보복을 하실 것이외다.

일동 !

배극렴 일리 있는 말씀이십니다. 허면 우리의 안전을 어찌 보장받을 수 있겠습니까?

조민수 금상을 물러나시게 하는 수밖에 없습니다.

이성계 !

이지란 왕을 바꾸자는 말입메?

조민수 그렇소이다.

이성계 아니 될 말씀이오. 못 들은 걸로 하겠수다.

조민수 그러지 말고 왕실 종친 중에 덕망 있는 분을 골라 왕으로 세웁시다.

이성계 글쎄 아니 된다 하지 않습메!!

조민수 어찌 이리 역정을 내시는 게요! 아니 된다 말씀만 마시고 마땅히 제장들의 의견을 들어봐야 하지 않겠소이까!

이성계 !

변안열 이 사람은 조 장군의 의견에 찬동하외다! 이대로 아무 대책 없이 전하께 군권을 반납해선 아니 됩니다!

남은 변 장군의 말씀이 옳습니다.

이성계 (배극렴을 보면)

배극렴 (어렵게) 소장도... 같은 생각입니다.

이성계 (이지란을 보면)

이지란 (큼) ...이하동문이우다.

이성계 다들 어찌 이러십니까? 이리되면 우리가 반역할라고 회군한 것밖에 아니 되지 않습니까?

변안열 허나 전하께서 일전에 회군을 반란이라 공표하지 않았소이까? 전하께서 보위에 계시는 한 우리가 언제 역도로 몰릴지 모르는 일이외다!

이성계 우리 살자고 왕을 갈아치우잔 말입니까! 그건 반역입니다!

조민수 우리 중에 왕을 뽑자는 것도 아니지 않소이까! 제장들의 한결같은 의견을 묵살하지 마시오, 우도통사!

이성계 (노려보는)

조민수 (노려보는)

이성계 (꾹 참고 제장들에게) 좋습니다... 내 심사숙고해 보겠소. 허나 어떤 결정을 내리든, 제장들은 이 사람의 결정에 따라주셔야 합니다.

조민수 우도통사!

이성계 모두... 나가시오.

조민수, 보다가 획 나간다. 장수들, 따라 나간다. 이성계, 고심하는...

10 _____ 성균관 정록청 안 (낮)

심각한 표정의 정도전과 갑옷 차림의 남은, 앉아 있다.

정도전 조민수가 역시 보통은 넘는 사람이었구만... 폐위°를 함부로 입에 올리다니 여간 배짱이 아닐세그려.

남은 영감이 이성계 장군이라면 지금 어찌하시겠수?

정도전 금상이 보위에 있는 한 두고두고 이성계 장군의 발목을 잡을 것일세. 당연히 폐위하고 이 장군의 주도로 새 왕을 옹립해야 하네.

남은 허나 이성계 장군이 고집을 꺾을 것 같지가 않습니다. 저러다 아무 대책 없이 군권을 반납할까 봐 나는 그게 걱정이우.

° 왕위에서 쫓아냄.

정도전 …

11 _____ 성균관 서고 안 (낮)

윤소종, 서책을 고르고 있다. 정도전, 다가선다.

정도전 강론 준비를 하시는가?

윤소종 (인사) 서경재 제술이 있습니다.

정도전 서경...? (미소) 서경 하면 무일편°이 백미지.

윤소종 군왕이 잊지 말아야 할 가르침이기도 하지요. 승하하신 공민대왕께서는 무일편을 병풍에 그려놓고 조석으로 읽으셨다 하지 않습니까?

정도전 (문득 씁쓸해지는, 피식) 이보게 동정.

윤소종 (보는)

문이 열리고 조준, 들어선다.

정도전 이성계 장군을 제외한 공요군의 장수들 대다수가 금상을 폐위시키자고 주장하고 있네.

조준 (멈칫)

윤소종 ...그렇습니까?

정도전 자네 생각은 어떤가?

윤소종 (조금 긴장한 듯 보는)

정도전 금상을... 몰아내야 하네.

° 서경의 편명으로 군주의 도리를 설명하면서 그 안일함을 경계한 글.

윤소종 !

정도전 황음무도하고 자질을 갖추지 못한 군왕은 물러나야 하네. 허나 내가 움직이면 필경 이성계 장군이 사주했다는 오해를 살 것이니... 자네가 도와주게.

윤소종 소생더러 바람을 잡으란 말씀이군요.

정도전 부채질을 해야 장작이 타지 않겠는가?

윤소종 (미소) ...하겠습니다.

정도전 (믿음직스럽게 보는)

조준 ...

12 _____ 서고 앞뜰 (낮)

정도전, 걸어 나오는데.

조준 (E) 벼슬을 구걸하는 팔불출이라더니...

정도전, 보면 문 옆 일각에 조준이 서 있다.

조준 ...역적이었습니까?

정도전 (굳는)

조준 사색이 되시는 것을 보니 역적이 틀림없군요.

정도전 ...누구신가?

조준 (의미심장한 미소 짓는데)

윤소종 (E) 우재!

정도전, 보면 윤소종, 반갑게 다가선다.

윤소종 도성엔 어쩐 일이신가, 우재.

조준 난리가 났다 하여 왔다가 자네 얼굴이나 보러 가려구 들렀네.

윤소종 어서 안으로 드세. 대사성 영감과는 초면이던가?

조준 이제는 구면인 셈이지. (정도전에게 인사하며) 허면 이만. (가는)

정도전 (조금 벙하게 보는데)

조준 (멈추며) 아 참, (정도전에게) 농이 지나쳤다면 용서해 주십시오. 소생은 조준이라고 합니다. (가는)

정도전 (보다가) 저자가 조준이었구만... (옅은 미소 짓는)

13 _____ 도당 안 (낮)

이성계, 조민수, 이색, 정몽주, 앉아 있다.

이색 (이성계에게) 전하께 속히 군권을 반납해 주십시오.

이성계 (조금 난처한) ...사태가 수습되는 대로 그리할 것입니다.

이색 수습은 응당 도당의 책무입니다.

조민수 어허! 내전의 여파로 민심이 흉흉하고 정국이 불안정한 터에 군사를 해산하면 뒷감당을 어찌하자는 것이오이까?

이색 오만의 대병이 도성에 진을 치고 있으니 민심이 더욱 흉흉해지는 것입니다. 병사들을 고향으로 돌려보내 생업에 종사하게 하는 것이 최선의 수습책일 것이외다.

조민수 아무튼 그 문제는 우리가 알아서 할 터이니 판삼사사께선 감 놔라, 배 놔라 하지 마세요.

이색 대체 어찌 이리 군권에 욕심을 부리시는 것입니까?

조민수 욕심이라 하셨소? 그거 지금 무슨 뜻으로 하시는 말씀이오이까!

이색 (끙, 참는) 아무튼 불필요한 오해를 사고 싶지 않으시다면 조속히

결정을 해주십시오. (가는)

조민수 (뒤에 대고) 불필요한 오해라니, 거 말씀을 참 이상하게 하십니다 그려! (끙, 하고 나가는)

정몽주, 이성계를 보면 이성계, 벙어리 냉가슴 앓듯 표정이 어둡다.

정몽주 장군. 무슨 말 못 할 사정이라도 있는 것입니까?

이성계 ...포은 선생.

정몽주 (보는)

시간 경과》

정몽주 (노기 어린) 일고의 가치도 없는 얘깁니다. 폐위는 반역입니다!

이성계 이 사램 생각도 같습메. 허나 장수들이 불안해하는 것도 일리가 있으이 일방적으로 묵살하기도 어렵습메다.

정몽주 장수들의 걱정은 기우에 지나지 않습니다! 도당 인사가 단행되면 회군파의 장수들이 요직을 맡을 것은 자명한 일일 터인데 어찌 그런 걱정을 한단 말입니까? 장군께서 용단을 내리셔야 합니다.

이성계 (난감한) 이거이... 산 넘어 산이라더이...

14 _____ 대궐 자혜전 안 (낮)

우왕, 초조함을 감추지 못하고 술을 들이켜고 있다.
정비, 안타까운 표정으로 앉아 있다.

우왕 (술 마시고) 두고 보세요. 놈들이 군대만 해산하면 내 모조리 도륙을 내버릴 것입니다.

정비 지금은 그런 생각을 하실 때가 아닙니다. 회군파의 장수들이 주상의 보복이 두려워 해산을 꺼리고 있다 하지 않습니까?

우왕 (흥!) 그래 봐야 지 놈들이 언제까지 버티겠습니까? 군량도 없고, 병사들은 집에 가고 싶어 아우성인데 말입니다. (하는데)

근비, 안색이 하얗게 질려 '전하' 하며 들어온다.

우왕 무슨 일입니까?

근비 전하, 회군파 일각에서 전하를 폐위하자는 주장이 나오고 있다 하옵니다.

우왕 !

정비 지금... 폐위라 하였는가?

근비 그렇사옵니다. (하는데)

우왕 (으아~ 상을 뒤집어엎는)

정비(근비) 주상! (전하!)

우왕 (부르르 떠는) 폐위라니! 감히 누가 누굴 폐위시킨다는 것이야!!

근비 이러고 계실 때가 아니옵니다. 어떻게든 저들을 안심시켜 군권을 반납하게 만드셔야 하옵니다!

우왕 (식식대는)

15 _____ 동 침전 안 (낮)

우왕, 정도전, 정몽주가 앉아 있다.

우왕 (큼, 짐짓 친근한 어투로) 듣자 하니 두 분이 이성계 장군과 아주 막역한 사이라구요?

정도전 ...

정몽주 송구하옵니다, 전하.

우왕 두 분이 과인을 좀 도와주셔야겠습니다.

정몽주 (보면)

우왕 과인의 뜻을 이성계 장군에게 전해주세요. 직접 얘기하려니 면이 서질 않아서 말입니다.

정몽주 말씀하시옵소서.

우왕 과인이 우매하여 이성계 장군의 충심을 몰라보고 그간, 핍박을 많이 하였습니다. 허나 작금의 사태를 겪으면서 과인이 깨달은 바가 아주 많습니다. 깊이 뉘우치고 있으니 혹여 과인에 대한 노여움이나 서운함이 있다면 너그럽게 용서해달라 전해주세요.

정몽주 (적이 놀라) 전하... 지금 용서라 하셨사옵니까?

우왕 제아무리 군왕이라 해두 잘못한 게 있으면 용서를 빌어야지요. 이런 과인의 진심이 이성계 장군에게 전달되어 속히 군사를 해산하고 도당으로 돌아와 주기만을 바랄 뿐입니다. 그리 전해주세요.

정몽주 (하는 수 없다는 듯) 분부... 받잡겠나이다, 전하.

우왕 대사성도 그리해주셔야 합니다.

정도전 (보는)

우왕 그리만 되면 내 후한 상과 재물을 내릴 것입니다. 뭐든 원하는 것이 있으면 말씀만 하세요... 꼭 좀 도와주시오. 부탁합니다.

정도전 (보는)

F.B》2회 53씬의

공민왕 한 가지 부탁을 해도 되겠느냐?

정도전 말씀하시옵소서, 전하.

공민왕 언젠간 너와 너의 동문들이 이 나라 정치의 핵심이 될 터... 그때 내 아들을 지켜줄 수 있겠느냐?

현재》

동요의 빛을 보이던 정도전, 이내 차가운 눈빛으로 우왕을 바라본다.

16 _____ 빈청 이성계의 집무실 안 (낮)

이성계, 윤소종 등 젊은 사대부들과 앉아 있다.

윤소종, 서책을 이성계에게 공손히 바친다. '한서漢書[○]'다.

이성계 이게 무엇입니까?

윤소종 회군을 지지하는 젊은 사대부들이 장군께 드리는 선물입니다.

이성계 (고마운) 감사히 받겠습니다... (표지 보며) 한서...

윤소종 한서는 아주 방대한 서책입니다. 그중에 한무제 때의 명재상 곽광의 얘기를 적은 곽광전만 가져왔습니다.

이성계 곽광처럼 훌륭한 신하가 되라는 뜻입니까?

정몽주 (E) 꼭 그런 뜻만은 아닐 테지요.

일동, 보면 정몽주, 노기 어린 표정으로 들어온다. 정도전, 들어와 선다.

정몽주 한무제의 아들, 소제가 죽은 후 유하가 황제가 되었습니다. 헌데 음탕한 짓을 저지르며 정사를 게을리하자 곽광이 폐위를 시켜버렸지요.

이성계 ...폐위?

정몽주 말해보게, 동정. 장군에게 곽광전을 바친 이유가 무엇인가?

윤소종 (미소) 아까 장군께서 말씀하신 그대롭니다. 곽광 같은 명재상이

○ 중국 후한시대의 역사가 반고가 지은 중국 전한(前漢)의 역사서.

되라는 의미일 뿐이니 너무 비약하지 않으셨으면 합니다.

정몽주 (노려보는)

윤소종 허면 저희는 이만 물러가겠습니다. (인사하고 사대부들과 나가는)

이성계 포은 선생, 기냥 좋게 생각하십시다. 앉으시우다.

정몽주 (선 채로) 전하를 알현하고 오는 길입니다. 폐위론의 소문을 들으신 모양이더군요.

이성계 (보는)

정몽주 불안하셨는지 장군에게 적개심을 갖고 있지 않다는 뜻을 누차 비치셨습니다... 속히 군대를 해산해 주시기 바라겠습니다.

정도전 (나서며) 위화도에서 수백 명, 개경에서 수천 명이 죽었습니다.

정몽주·이성계 (보는)

정도전 그 많은 피를 흘리고도 반역이란 낙인이 두려워 황음무도한 군주 한 명을 도려내지 못한다면 그들의 원혼이 어찌 편히 눈을 감겠습니까?

정몽주 말을 삼가게, 삼봉!!

정도전 (이성계에게) 수시중이 되셨을 때 소생에게 개혁을 해보겠노라 하셨습니다. 장군께서 제대로 된 개혁을 할 수 있겠다 싶은 군주를 세우십시오.

정몽주 (벙한)

이성계 삼봉 선생한테 하나만 물어보갔수다. 제대로 된 개혁을 할라문 어떤 군주여야 합메?

정도전 믿고 따를 수 있는 군주... 믿고 맡기는 군주... 신뢰하는 군줍니다.

이성계 ...내, 오늘 안에 결정을 짓겠수다. 두 분 선생은 그만 돌아가 주시우다.

정도전 (인사하고 나가는)

정몽주 (조금 울컥하는 느낌으로 나가고)

이성계 (고뇌하는)

17 _____ 성균관 정록청 안 (낮)

정도전, 들어와 생각에 잠긴다. 정몽주, 들어선다.

정몽주 자네가 어찌 그런 말을 안색 하나 변하지 않고 할 수 있단 말인가?

정도전 (보는)

정몽주 자네 정말 내가 아는 삼봉이 맞는 것인가?

정도전 내가 뭐라고 하였길래 이리 정색을 하시는가?

정몽주 군주를 바꾸자 하였어!

정도전 천만에... 난 도적놈 하나를 바꾸자 하였을 뿐이네. 마음 같아선 죽이자 하고 싶네만 그자의 아비가 눈에 밟혀 참았단 말일세.

정몽주 삼봉!!

정도전 (보는)

정몽주 (당혹스러운) 도적이라니... 아무리 전하께서 난행을 일삼고 정사에 어둡기루... 유자라는 자네가... 나의 벗이라는 자네가 어찌 도적이라 말을 해!!

정도전 자네가 내게 주었던 서책, 맹자를 잊었는가?

정몽주 ?!

정도전 용상에만 앉아 있으면 군왕이라던가? 인과 의를 지켜야 비로소 군왕일세! 인과 의를 해친다면 그것은 군왕이 아니라 도적이란 말일세! 도적놈을 용상에서 끌어내리는 것이 그토록 큰 죄란 말인가?

정몽주 군왕들의 방종을 경계하라는 경구일 뿐일세! 그 말을 지나치게 신봉하다간 찬탈을 정당화하는 오류를 범한단 말일세!

정도전 자네에겐 오류일지 몰라도 내게는 진리일세.

정몽주 뭐라? ...허면 찬탈마저도 자네에겐 진리인 것인가?

정도전 !

정몽주 말해보게. 자넨 역성을 인정하느냐 말일세!

정도전 (보는)

정몽주 (보는)

정도전 ...그건... 아니네.

정몽주 (보는)

정도전 그만 나가주게. 나도 오늘은 마음이 편치 않으이.

정몽주 (보다가 나가는)

정도전 (의자에 앉는... 눈망울이 떨리는)

F.B》2회 53씬의

정도전 소신... 반드시 강령군을 지켜드리겠나이다.

공민왕 내 너를 믿겠다... 정도전. (환한 미소)

현재》

정도전 ...

18 _____ 대궐 침전 복도 안 (밤)

이성계, 굳은 표정으로 걸어간다. 무언가 결심한 듯하다. 그 위로.

우왕 (E) 뭐라?

19 _____ 동 침전 안 (밤)

술을 마시던 우왕과 근비, 부복한 강 내관을 바라본다.

우왕 윤소종과 사대부들이 이성계에게 곽광전을 바쳤다구?

강 내관 (쩔쩔매며) 그렇사옵니다.

근비 전하, 곽광이라면 한나라의 창읍왕 유하를 몰아냈던 자가 아닙니까?

우왕 (피식) 이것들이 아주 노골적으로 나오는구만… 회군파와 사대부들이 짜고 벌이는 짓입니다… (하는데)

내관1 (E) 전하, 우도통사 이성계 입시이옵니다.

일동 !

우왕 (긴장) 들라 하라.

이성계, 들어온다. 강 내관, 나가고 이성계, 앉는다.

우왕 (큼) 그래… 군권은 언제 반납하실 것입니까?

이성계 전하… 아뢰옵기 송구하오나 하루만 더 말미를 주시옵소서.

우왕 말미를 달라?

근비 이보세요, 우도통사.

이성계 소신, 한 점의 거짓도 없이 아뢰겠나이다. 회군을 한 장수들의 대부분이 후일 있을지 모를 전하의 단죄를 두려워하고 있사옵니다.

우왕 (긴장) 아, 그, 그렇습니까?

이성계 해서… 본의 아니게 참담한 언사를 쏟아낸 자들이 있는 것 또한 사실이었사옵니다.

우왕 (시치미) 참담한 언사라니요?

이성계 전하께서도 이미 알고 계시지 않사옵니까… 폐위 말이옵니다.

우왕 !

근비 이보세요! 감히 어전에서 어찌 그런 말을 입에 담을 수 있답니까!

이성계 해서 소신… 장수들을 설득하려 하오니 하루만 더 시간을 주시옵소서.

우왕 하루면 설득이 되겠습니까?

이성계 더 이상 길어지면 전하와 우리 장수들 모두에게 득 될 것이 없을 것이옵니다. 소신의 사가에서 밤을 새워서라도 설득을 할 것이옵니다.

우왕 ...설득이 정말 가능하겠소?

이성계 할 수 있습니다. (의미심장하게) 소신을 믿어주시옵소서... 소신을 믿어주시오면 신 반드시 믿음에 대한 보답을 할 것이옵니다.

우왕 알겠습니다. 그리하세요.

이성계 성은이 망극하옵니다. (일어나 나가는)

우왕 (긴장이 풀린 듯 후~ 한숨 쉬는)

근비 (분한) 무엄한 자입니다. 감히 어전에서 폐위를 운운하다니...

우왕 변방의 촌뜨기 아닙니까? 가만... 헌데 설득이 아니 되면... 과인의 폐위가 결정될 수도 있단 말이잖소?

근비 !

우왕 그것도 하룻밤 새 말입니다. (불안해지는)

20 _____ 이성계의 집 사랑채 안 (밤)

이성계, 생각에 잠긴 채 좌정해 있다. 배극렴, 변안열, 남은 등 장수들 빼곡히 앉아 있다. 이지란은 보이지 않는다. 조민수, 들어와 앉는다. 긴장이 흐르는...

조민수 우도통사, 결심은 서셨소이까?

이성계 ...조금만 기다려 보시우다. 손님이 한 분 더 올지 모릅니다.

조민수 (둘러보는) 누구 말입니까?

이성계 ...

일동 (의아한)

21 _____ 다시 침전 안 (밤)

우왕, 근비, 있다.

우왕 (불길한) 아무래도 곽광전이 마음에 걸립니다. 곽광전을 받자마자 장수들과 회합이라니... 폐위로 결론이 날 공산이 큽니다.

근비 전하 혹시 어떤 사태가 벌어질지 모르니 내관에게 대궐의 숙위를 튼튼히 하라 하명하시옵소서.

우왕 (생각하다 결심한 듯) 강 내관 들어오너라.

강 내관, 들어와 부복한다.

강 내관 찾아계셨사옵니까?

우왕 가서 내시부의 환관들을 모조리 불러 모아라.

강 내관 환관들은 갑자기 어찌 불러 모으시는 것입니까?

우왕 앉아서 과인의 생사를 저놈들에게 맡기느니 과인이 직접 결정을 지을 것이다. (일어나며) 가서 갑옷을 가져오너라.

강 내관 (놀라) 전하...

근비 (부여잡는) 갑옷이라니요! 아니 되옵니다~!

우왕 설마 과인이 기습을 할 거라곤 꿈에도 생각지 못할 터... 놈들이 방심하고 있는 지금이 기회입니다.

근비 (눈물 그렁) 하오나 전하, 일이 잘못되면 그 후에 어떤 사태가 벌어질지 모르는 일이지 않사옵니까?

우왕 어차피 이판사판입니다. (결연한) 내... 놈들에게 군왕의 무서움을 보여줄 것이에요.

근비 (불안한) 전하...

22 ____ 다시 사랑채 안 (밤)

이성계, 조민수, 변안열, 배극렴, 남은 등 빼곡히 앉아 있다.

배극렴 이지란 장군이 아니 보이는데 기다린다는 손님이 이 장군입니까?

이성계 아닙니다... 지라이는 다른 일이 있어 어디 좀 보냈습니다.

23 ____ 이성계의 집 앞 (밤)

갑옷을 입은 우왕과 강 내관을 필두로 수십 명의 환관이 칼을 들고 담장에 붙어 발소리를 죽이며 다가온다. 우왕, 잔뜩 긴장해 있다.

24 ____ 다시 사랑채 안 (밤)

조민수 (답답한) 이미 우리가 폐위를 도모했다는 소문이 관부에 파다하게 퍼졌소이다! 이제는 폐위밖에 달리 방도가 없단 말이외다!

변안열 우도통사! 현실을 직시하셔야 하오이다!

이성계 현실을 직시할 테니... 조금만 더 기다려 주십시오. 그런 다음에 이 사람의 결심을 말씀드리겠습니다.

조민수 에잇, 나 이거야 원! (하는데)

바깥에서 문이 부서지며 '우와~ ' 하는 함성! 일동, !

조민수 이게 무슨 소린가!

남은 (벌떡 일어나며) 기습 같습니다!

배극렴 기습! (이성계 보면)

이성계 ...

25 _____ 동 마당 안 (밤)

부서진 빗장. 열린 문으로 환관들, 함성을 지르며 뛰어 들어온다.

우왕 한 놈도 남김없이 모조리 죽여라!! (하다가 헉! 앞을 보면)

이지란, 군사들을 대동하고 정면에 서 있다. 그 뒤로 강 씨와 겁에 질려 달싹 붙어 있는 사월의 모습도 보인다. 우왕, '이런!' 이를 악물고 환관들이 당황하는데, 좌측에서 이방원과 조영규, 우측에서 이방우, 대문에서 이방과가 군사를 이끌고 나타나 포위한다.

강 내관 (당혹) 전하~

우왕 빌어먹을... 함정이었어.

강 내관 (어딘가 보고) 전하!

우왕, 보면 사랑채 쪽에서 이성계가 장수들을 대동하고 나타난다. 환관들, 주춤 뒤로 물러난다.

이성계 모두 칼 버리라우.

환관들 (주춤)

이지란 썅간나새끼들! 칼 버리라 하잖네!!

강 내관부터 칼을 버리는 환관들. 이성계, 분노에 떠는 우왕을 본다.

우왕 이성계, 니가 감히 과인을 능멸하였겠다?

이성계 전하... 칼을 버리시옵소서.

우왕 닥쳐라, 이놈! 감히 누구한테 명령을 하는 것이냐!

이성계 버리라 하지 않사옵니까!!

우왕 !

이성계 (울컥) 소신을 어찌하여 믿지 못하신 것이옵니까! 소신을 믿어주시면 소신, 반드시 보답한다 하지 않았사옵니까!

우왕 (흥! 칼 툭 던지고 조롱하듯) 그대를 믿었던 자들의 최후를 뻔히 아는데 과인이 어찌 너를 믿을 수 있겠느냐?

이성계 !

우왕 광평군이 그랬고, 최영이 그랬느니라. 헌데 과인이라고 다르겠느냐! (껄껄 웃는)

이성계 전하!

우왕 (두 팔 벌리며) 자~ 어디 니놈 마음대로 해보거라! 목을 자르든, 사지를 자르든 어디 니 마음대로 해보란 말이다! 이게 니가 원하던 것 아니었더냐!!

광인처럼 파안대소하는 우왕. 복잡한 감정으로 지켜보는 사람들. 처연한 이성계의 눈빛 위로 F.O

해설(Na) 이성계, 조민수 등 회군파 장수들을 제거하려다 실패한 우왕은 보위에서 쫓겨나 강화도 별궁으로 옮겨진다. 정치적 부담을 의식한 회군파에 의해 상왕으로 추대되었지만 사실상의 폐위나 다름없었다. 우왕의 뒤를 이을 후계자를 놓고 고려 정국은 또 한 번 요동치게 된다.

26 _____ 정도전의 집 외경 (낮)

27 _____ 동 안방 안 (낮)

의관을 정제하는 정도전, 최 씨가 옷매무새를 만져준다.

최 씨 새 임금님 즉위식은 언제 거행되는 것입니까?
정도전 임금이 정해지지도 않았는데 어찌 즉위식 날짜가 잡히겠습니까?
최 씨 세자마마께서 보위를 잇는 거 아니었습니까?
정도전 이제 겨우 아홉 살입니다. 코흘리개란 말입니다.
최 씨 (놀라) 서방님은 관리가 돼가지구선 마마한테 코흘리개라니요? 어디 가서 그런 말씀 함부로 하지 마세요.
정도전 (피식 웃는) 다녀오겠소.

28 _____ 빈청 이성계의 집무실 안 (낮)

이성계와 정도전이 앉아 있다.

정도전 아무리 생각해도 세자마마는 불가합니다. 부왕이 밀려나는 것을 목격하였으니 장성하면 장군은 물론 회군파 전부에게 칼을 겨눌 것입니다.

이성계 (수심 어린) 기라문 누가 좋갔습메까?

정도전 소생에게 맡겨주십시오. 왕실 종친 중에 덕망 있는 자를 알아보겠습니다.

이성계 내는… 후계 문제에 간여할 생각이 없으이 삼봉 선생께서 전권을 맡아서 처리해 주시우다.

정도전 알겠습니다.

이성계 포은 선생도 같이 도와주문 좋을 거인데…

정도전 …

29 _____ 이색의 집 안방 안 (낮)

정몽주, 이색, 권근, 이첨, 앉아 있다.

정몽주 이제 곧 후계 군왕을 정하게 될 것입니다. 이에 대한 입장을 정해야 하지 않겠습니까?

이색 세자마마께서 계신데 무슨 입장을 정하자는 것이냐?

권근 회군파에서는 세자마마를 옹립할 생각이 전혀 없는 것 같습니다.

이색 대통을 회군파에서 정한다더냐? 대비마마의 권한이니라.

이첨 회군파가 정해주는 대로 옥새만 찍어주시게 될 것입니다.

이색 허면 회군파에선 누구로 대통을 이으려는 것이냐?

정몽주 아직 물색 중인 것 같습니다.

30 _____ 성균관 정록청 안 (낮)

정도전, 남은, 윤소종, 이방원, 앉아 있다.

정도전 정창군 왕요가 적격일 듯싶네만.

남은 (모르는) 정창군요?

이방원 방번이 장인어른의 형님 되시는 분입니다. 그 어른으로 하면 아버님께서 반대하실 이유가 없을 것입니다.

윤소종 이성계 장군의 인척이면 조민수 장군이 동의해 주겠습니까?

정도전 껄끄럽기야 하겠지만 그렇다고 반대도 하지 못할 것일세. 내 잘 구슬려 봄세.

31 _____ 조민수의 집무실 안 (낮)

변안열, 앉아 있다. 정도전, 들어와 인사한다.

정도전 장군, 기체 강령하셨습니까?

변안열 덕분에요. 조 장군을 만나러 오셨소이까?

정도전 예... 어디 출타하셨습니까?

변안열 글쎄요... 하루종일 빈청에 기척이 없으셔서 나도 잠깐 들러본 참입니다.

정도전 ...예. (어디 갔지 싶은)

32 _____ 이인임의 초가 외경 (낮)

조민수 (E) 진작에 찾아뵙지 못해 송구합니다.

33 _____ 동 안방 안 (낮)

공손히 앉은 조민수 앞에 이인임, 미소를 머금고 앉아 있다.

조민수 명색이 육촌 동생이란 놈이 너무 무심했습니다. 너그러이 이해해 주십시오.

이인임 요동 정벌이다 회군이다 해서 공사가 다망하셨잖습니까? 왕도 한 명 갈아치우고 말입니다.

조민수 (멋쩍은 듯) 안 그래도 후계 때문에 골치가 좀 아플 것 같습니다.

이인임 세자를 보위에 앉히자니 뒤통수가 찜찜하실 것이고, 다른 왕씨를 앉히자니 명분이 약해 보이고... 맞소이까?

조민수 (감탄) 역시 광평군 어른이십니다.

이인임 헌데 조 장군께서는 언제까지 이성계 밑에서 웅크리고 사실 참입니까?

조민수 어른두 참... 이래봬도 좌도통삽니다. 서열로는 이성계보다 이 사람이 윕니다.

이인임 정치에서 서열은 딱 두 가지뿐입니다. 실세와 허세.

조민수 (보는)

이인임 내가 조 장군을 고려의 최고 실세로 만들어 드리겠소.

조민수 그럴 수 있는 방도가 무엇입니까?

이인임 ...

34 _____ 빈청 이성계의 집무실 안 (낮)

정도전, 들어와 이성계 앞에 앉는다.

정도전 장군, 대통을 이을 적임을 찾아냈습니다.

이성계 뉘기요?

정도전 정창군... 왕욥니다.

이성계 !

35 _____ 다시 초가 안방 안 (낮)

이인임 후계 군왕으로... 세자 왕창을 미세요.

조민수 !

이인임과 정도전의 얼굴에서 엔딩.

29회

1 ______ 이인임의 초가 안방 안 (낮)

이인임 후계 군왕으로... 세자 왕창을 미세요.

조민수 ...! 세자마마를요?

이인임 이성계는 분명 다른 왕씨를 세우려 들 것입니다. 조 장군은 세자의 편에 서세요.

조민수 허나 세자마마는 강화로 쫓겨난 상왕의 아들입니다. 우리 회군파의 장수들을 원수로 여긴단 말입니다.

이인임 왕으로 추대하는 순간 조 장군에 대한 복수심은 사그라지고, 다른 왕씨를 옹립하려 했던 이성계는 원수를 넘어 철천지원수가 되겠지요.

조민수 (자신 없는)

이인임 하셔야 합니다. 그래야 조 장군이 삽니다.

조민수 예?

이인임 나 이인임, 고봉현에 유배간 최영, 강화도로 쫓겨난 상왕... 모두 이성계가 곁에 있었습니다. 지금의 조 장군처럼...

조민수 ...! (이내 부정하듯) 비약이 좀 심하십니다. 그런 촌뜨기에 당할 나 조민수가 아닙니다.

이인임 이성계의 곁엔 삼봉 정도전이 있습니다. 이성계의 무력과 삼봉의 지략은 고려 최강... 조 장군은 무엇으로 그들과 맞서시겠소이까?

조민수 (보는)

이인임 잘 생각해 보세요. 조 장군이 살길은 세자마마뿐입니다.

조민수 (고심하는)

2 ______ 빈청 이성계의 집무실 안 (낮)

이성계, 난처한 표정으로 정도전을 바라본다.

이성계 꼭... 정창군이어야 하우까? 그분은 방번이의 처백부입메.

정도전 장군께서 원하시는 고려의 개혁을 지속적이고도 안정적으로 펼쳐 나가기 위해서는 정창군이 왕이 되어야 합니다.

이성계 ...내 이 문제로 구설에 오르고 싶지는 않으이 가급적 조용히 처리해 주시우다.

정도전 심려 마십시오. 조민수 장군의 동의를 얻어내는 대로 곧바로 대비마마의 전교를 받아내겠습니다.

이성계 ...

3 ______ 빈청 외경 (밤)

4 ______ 동 조민수의 집무실 안 (밤)

조민수, 변안열, 남은, 배극렴, 이지란, 마주 앉아 있다.

조민수 (탐탁잖은) 지금 정창군 왕요라 하였소이까?

남은 그렇습니다. 연세나 평소의 인품으로 볼 때 지금 고려에 그만한 왕재가 없습니다.

이지란 우리 우군의 장수들은 모두 찬성이우다.

변안열 (썩 내키지 않는) 좌도통사의 의향은 어떠십니까? (조민수를 보면)

조민수 ...

배극렴 고민하실 일이 아닙니다. 우리 회군파의 안전을 위해서는 이성계 장군의 인척인 정창군이 최선입니다.

조민수 (큼) 이 장군의 뜻이 그러시다면 내 긍정적으로 생각을 해보겠소이다.

이지란 아, 생각하고 자시고 할 거이 뭡메까? 쇠뿔도 단김에 빼라 하지 않았습?

배극렴 외부에서 왈가왈부하기 전에 최대한 빨리 대비마마의 전교를 받아내야 합니다. 결정을 해주십시오.

변안열 아니, 이런 중차대한 문제를 들고 와서 즉답을 바라는 것이오이까?

남은 세자마마를 염두에 두고 계신 것도 아닐 터인데 고민하실 게 뭐가 있습니까?

조민수 (내심 찔리는)

이지란 조 장군.

조민수 나 이거야 원… 번갯불에 콩 구워 먹는다더니… (탐탁잖은) 아, 알아서들 하시오!

이지란 (반색) 장군! 고맙수다!

배극렴 (일행에게) 어서 대비전으로 갑시다.

이지란, 배극렴, 남은, 인사하고 서둘러 나간다.

변안열 많고 많은 왕실 종친 중에 하필 정창군이라니… 이 장군이 과욕을 부리는 겝니다.

조민수 …

변안열 이거 어째 우리 좌군이 갈수록 쭉정이가 되는 것 같지 않소이까?

조민수 쭉정이라니요?

변안열 이런 중차대한 일을 사전에 상의 한마디 없이 수하들을 보내 통보하듯 하는 것을 보세요. 실권을 잡더니 교만해진 것이외다.

조민수 (씁쓸한)

이인임 (E) 잘 생각해 보세요. 조 장군이 살길은 세자마마뿐입니다.

조민수 …

5 ______ 대궐 자혜전 처소 안 (밤)

정비 앞에 배극렴, 이지란, 남은을 비롯한 우군 장수들 앉아 있다.

정비 (당혹스러운) 정창군을 보위에 올리라니요?

배극렴 소신들 또한 이런 주청을 드릴 수밖에 없는 현실이 통탄스럽기 그지없사옵니다. 하오나 대비마마! 세자마마께서 보위에 오르시는 것은 누가 봐도 무리가 아니옵니까!

남은 상왕께옵서 불과 열 살의 보령에 즉위하신 후 나라의 형편이 어찌 되었사옵니까! 이인임 같은 권신들이 발호하여 용상의 권위가 실추되고 백성들은 도탄에 허덕였사옵니다!

배극렴 대비마마! 사직의 안위와 미래를 염려하신다면 마땅히 정창군을 보위에 올린다는 교지를 내려주셔야 하옵니다!

이지란 가납하여 주시옵소서!

일동 가납하여 주시옵소서!!

정비 (당혹스러운)

6 ______ 이성계의 사랑채 안 (밤)

이성계, 굳은 표정으로 술 마시고 이지란, 강 씨, 앉아 있다.

강 씨 (화색) 대비마마께서 교지를 내리기로 하셨다구요?

이지란 기렇습메다. 내일 편전에 중신들을 싹 모두 놓고서리 반포하신답메다.

강 씨 마마께서 반대하실까 노심초사하였는데... 대감, 하늘이 도우셨습니다.

이성계 ...대비전에서 불경하게 군 거는 아이겠지비.

이지란 불경이라이 무시기 말씀을 그리 섭하게 하오. (신나서) 캬~ 남은이는 과거에 급제한 사람이니 말 잘하는 거이 당연하갔지만 배극렴 장군도 (입 나불대는 손 모양 하며) 요거, 요거이 아조 기가 막힙디다~.

강 씨 (미소) 지란 서방님은 한 말씀 아니 하셨습니까?

이지란 내요? (흠!) 가납하여 주시옵소서~! (씩 웃으며) 요거이 한 매디 거들었슴메. 내 낯 간질가버 뒈지는 줄 알았습꾸마! (웃는데)

이성계 (잔 탁 놓고 노기 어린 말투로) 니 어디메 경사났니?

이지란 (멈칫 입 닫는)

강 씨 대감...

이성계 오늘 밤 대궐에선 피눈물 흘리는 사램들이 많을 거이야. 웃지 말라우...

이지란 (큼) 야...

이성계 ...

7 ______ 성균관 정록청 안 (밤)

정도전, 남은, 이방원, 윤소종이 앉아 있다.

이방원 이거 생각보다 일이 쉽게 풀려버렸습니다.

정도전 조민수가 군말 없이 동의해준 덕분이다.

남은 그래두 표정은 어째, 뒷간 가서 거기 안 닦고 나온 사람 같더라구요.

윤소종 정창군이 보위에 오르면 자기는 꿔다놓은 보릿자루 신세가 되리라는 걸 아는 것이지요.

이방원 조민수는 이인임의 인척에다 권문세가를 대변하는 무장입니다. 새 군왕이 옹립되는 대로 제거해야 합니다.

남은·윤소종 !

정도전 (탐탁잖은) 방원아.

이방원 소생이… 실언을 한 것입니까?

정도전 실언이어서가 아니다. 큰일을 하려거든 속내를 숨기는 법부터 배워두거라.

이방원 …예, 숙부님.

정도전 조민수는 기껏해야 권문세가의 끄나풀일 뿐이다. 권문세가를 없애려면 뿌리를 뽑아야 한다.

남은 뿌리를 어떻게 뽑는다는 거유?

정도전 이보게, 동정.

윤소종 예, 영감.

정도전 (일어서며) 만나고 싶은 사람이 있네. 길을 잡아주시게.

윤소종 ?

8 ______ 조준의 집 사랑채 안 (밤)

조준, 장부를 들고 벽에 다가선다. 벽에 걸린 큼지막한 고려 지도를 본다. 산맥과 강으로 구획된 지도 위에 파란색, 노란색, 빨간색의 작은 종이들이 빼곡하게 붙어 있다. 조준, 파란색 종이 하나를 떼어내고 그 위에 빨간색을 붙인다. 빨간색이 압도적으로 많고 개경과 경기 주변에 노란색들이 간간이 분포되어 있다. 파란색은 거의 찾아보기 힘들다. 옅은 한숨 내쉬는데.

윤소종 (E) 우재, 안에 계시는가?

조준 (보는)

9 ______ 동 사랑채 앞마당 (밤)

조준, 나오면 윤소종과 정도전, 미소로 서 있다. 조준, 보면.

윤소종 대사성 영감을 모시고 왔네.

정도전 (부드럽고 온화한) 그간 기체 강령하셨습니까?

조준 (경계의 빛이 도는, 인사)

10 _____ 다시 사랑채 안 (밤)

조준, 정도전, 윤소종이 앉아 있다. 정도전, 지도를 유심히 바라본다.

정도전 저 지도는 무엇입니까?

조준 소생의 괴팍한 취미입니다. 관심 가지실 만한 일이 못 되십니다.

정도전 (조준을 바라보며) 사 년 전 밀직제학의 벼슬을 던지고 나간 이후로 전국을 떠돌면서 땅을 보러 다닌다 들었습니다.

조준 헌데요?

정도전 풍수쟁이처럼 묏자리를 보러 다니는 것은 아닐 터이고... 뭔가 깊은 뜻이 있으신 것 같습니다만.

조준 딱히 할 일도 없고 해서 유람이나 다니는 것입니다. 깊은 뜻 같은 게 있을 리 없지요.

정도전 이 사람이 평소에 땅 문제에 관심이 좀 많습니다. 해서 그간 전법사에 올라온 토지 관련 송사들을 살펴보던 중에... (진지하게) 우재께서 땅을 강탈당한 백성들의 송사를 여러 번 도와주었다는 사실을 알게 됐습니다.

조준 미력이나마 억울한 백성들을 돕고자 했을 뿐입니다. 문제가 됩니까?

정도전 천만에요... 우재의 의로운 행동에 깊은 감명을 받았습니다. 더욱이 우재께선 내로라하는 권문세가의 자제분이 아닙니까?

조준 소생은 성리학 하는 사대붑니다, 영감.

정도전 (미소로 보다가) 저 지도의 의미를 다시 물어보겠습니다. 토지와 관련된 것이지요?

조준 ...황색은 나라가 소유한 공전, 청색은 자작농이 소유한 사전, 적색은... 권문세가들의 사전입니다.

일동, 다시금 지도를 보면 온통 빨간색투성이의 지도!

윤소종 권문세가들이 숫제 고려를 집어삼켜 버렸구만.

조준 갖고 있는 땅이 어찌나 넓은지 울타리도 치지 못해 산과 강을 경계로 삼고 있었네.

정도전 백성들은 송곳을 꽂을 땅조차 사라져 버렸구요.

조준 땅이 사라지자 백성들도 사라지더군요.

정도전 (보는)

조준 사 년 전 노상에서 병을 얻어 사경을 헤매던 소생을 돌봐준 농부가 있었습니다. 일 년 뒤에 가보니 보릿고개 때 빌린 곡식을 갚지 못해 전답을 빼앗기고 소작쟁이가 되어 있었지요. 일 년 뒤엔 노비가 되었구, 또 일 년 뒤엔 야반도주하여 산적의 무리에 끼어들었다가... (먹먹한) 얼마 전 관군에 붙잡혀 효수되었습니다.

윤소종 (비탄에 젖는) 권문세가 지주들의 탐욕이 부른 참극일세.

조준 인간의 탐욕 이전에 제도의 문제일세. 사사로이 땅을 소유하고 사고팔게 만든 고려의 사전제도가 원흉이란 말이네.

정도전 (눈이 빛나는) 원흉을 아셨으면 때려잡아야 하지 않겠습니까?

조준 무슨 말씀입니까?

정도전, 품에서 종이를 꺼내 펼쳐 보인다. 계민수전計民授田°이라고 적힌.

윤소종 계민수전?

정도전 이 사람이 가진 꿈 중의 하나가 이것입니다. 모든 사전을 몰수하여 백성의 머릿수대로 공평하게 나눠주는 것. 지주도 없고, 소작도 없는 제 땅에서 땀 흘려 일하는 자작농의 세상을 원합니다.

조준 (보는)

윤소종 (놀란 듯) 대사성 영감...

정도전 이 사람의 꿈에 동참하고 싶다면 찾아오십시오... 목숨을 걸 각오는 하셔야 될 것입니다. (일어나는데)

조준 영감께서...

정도전 (멈칫)

조준 대체 무슨 힘이 있어 이런 엄청난 일을 하시겠다는 것입니까?

정도전 곧 정창군 왕요가 고려의 새 임금이 될 것입니다. 집정대신 이성계 장군이 주도할 개혁의 선봉에 이 사람이 설 것입니다. 말이 좋아 개혁이지 권문세가와의 진검승부가 되겠지요. (나가는)

윤소종, 벙한 표정으로 조준을 본다. 조준, 계민수전에 꽂혀 있다.

11 _____ 정도전의 집 마당 안 (밤)

정도전, 득보가 열어주는 대문으로 들어온다. 최 씨, 서 있다.

° 백성의 수를 헤아려 토지를 나눠줌.

득보 퇴청하셨습니까요?

정도전 (최 씨 보고) 아직 안 주무셨더랬소?

최 씨 포은 대감께서 아까부터 와서 기다리고 계십니다.

정도전 (사랑채 쪽 보면)

사랑채의 문이 열리고 정몽주, 나온다.

정도전 포은.

정몽주 (미소) 오랜만에 자네와 술 한잔할까 하구 왔네만... 양상군자°도 아니고 야밤에 어딜 그리 싸돌아다니는 것인가?

정도전 (보는, 푸근한 미소)

12 _____ 동 안방 안 (밤)

술잔을 기울이는 정몽주와 정도전.

정도전 (기분 좋은) 안 그래도 그간 격조했다 싶어 술 한잔 청해야겠다 싶었는데 내가 한발 늦었으이. 잘 오셨네, 포은.

정몽주 (마시고) 대궐에서 흘러나오는 소문을 들었네. 회군파에서 정창군을 옹립하려 한다구.

정도전 그렇네.

정몽주 자네 생각인가?

정도전 ...그렇네.

정몽주 ...

° 대들보 위의 군자라는 뜻으로 도둑을 가리킴.

정도전 찬성해달란 말은 않겠네. 반대만 하지 말아주게.

정몽주 ...나는 왜 찬성하지 않을 거라 생각하시는가?

정도전 (보는)

정몽주 회군부터 상왕의 폐위, 그리고 후계의 문제까지... 분명 내 소신에 반하는 사태의 연속이었네만 그 역시 엄연한 정치일 터... 학자 이전에 정치가로서 내가 할 일이 무엇인지 생각해 보았네. 결론은... 화합이더군.

정도전 (조금 굳는) 포은...

정몽주 이성계 장군을 도와 화합의 정치를 펼칠 생각이네. 개혁이란 미명하에 행해지는 정적에 대한 보복과 숙청이 없는... 권문세가들도 끌어안고 가는 진정한 상생의 정치 말일세.

정도전 (착잡해지는... 술잔 들면)

정몽주 (정도전의 팔 잡으며) 사람...

정도전 (보는)

정몽주 술은 같이 마셔야 맛이라지 않는가? 새 임금의 치세와 화합을 기원하는 뜻에서 같이 한잔하세. (잔 들어 보이면)

정도전 그러세. (잔 들어 보이고 마시는)

정몽주 (거의 동시에 마시고) 아... 이제야 마음이 좀 홀가분하네그려. (미소로 따라주며) 오늘은 우리 아주 코가 삐뚤어지게 한번 마셔보세.

정도전 (착잡한. 억지 미소)

13 _____ 대궐 침전 안 복도 (밤)

이색, 굳은 표정으로 걸어간다.

근비 (E) (울먹이는) 이럴 수는 없습니다!

14 _____ 동 침전 안 (밤)

근비, 눈물을 흘리고 있다. 이색, 앉아 있다.

근비 세자를 놔두고 엄한 사람을 보위에 앉히는 것은 어느 나라의 법도랍니까! ...이럴 수는 없는 것입니다! 이럴 수는 없는 거란 말입니다!

이색 마마...

근비 판삼사사... 지금이라도 사대부들의 공론을 모아주세요. 우리 세자를 도와줄 분은 대감과 사대부들뿐입니다.

이색 아뢰옵기 황공하오나 사대부들 가운데에도 찬반이 엇갈리고 있사온지라, (하는데)

근비 대감께선 이 나라의 유종이 아니십니까? 부탁이니 제발 우리 불쌍한 세자를 도와주세요...

이색 (고심하는)

근비 대감...

15 _____ 이색의 집 마당 안 (밤)

뒷짐 지고 밤하늘을 보는 이색. 옅은 한숨 내쉬는데, 하인이 다가선다.

하인 대감마님, 손님이 오셨습니다요.

의아한 표정으로 돌아보던 이색의 표정이 굳어진다. 조민수가 서 있다.

이색	조 장군...
조민수	대감께 긴히 드릴 말씀이 있어 왔소이다.
이색	?
조민수	(비장한)

16 _____ 대궐 앞 (낮)

배극렴과 남은, 병사들과 함께 들어간다.

17 _____ 동 자혜전 안 (낮)

정비, 침통하다. 배극렴, 앉아 있다.

배극렴	마마~ 속히 편전으로 납셔주시옵소서! 중신들과 제장들이 새 임금의 옹립을 학수고대하고 있사옵니다!
정비	(열은 한숨)

18 _____ 동 침전 안 (낮)

울먹이는 왕창의 손을 잡은 근비, 병사들과 문을 막아선 남은에게 따지고 있다.

근비	썩 물러나라 하지 않느냐! 세자와 더불어 편전으로 갈 것이다!
남은	송구하옵니다, 마마. 편전회의가 끝날 때까진 처소에 계셔주시옵소서.

근비 네 이놈! (남은을 밀치며) 비켜라! 비키란 말이다!

왕창 어마마마~!

남은 (버티는)

근비 (남은을 부여잡고) 누가 역적질을 하는지, 누가 역적에 동조하는지 내 세자와 더불어 똑똑히 지켜볼 것이다! 썩 물러나지 못할까!!

남은 (이를 악물고 버티는)

19 ____ 빈청 이성계의 집무실 안 (낮)

이성계, 침통하다. 정도전, 정몽주, 앉아 있다.

이성계 내... 오늘은 영락없이 역적이 된 기분이우다.

정도전 (진심 어린) 냉정해지셔야 합니다. 대궐에 계신 왕족 대신 지금 이 시간에도 고통을 겪고 있을 가련한 백성들의 얼굴을 떠올리십시오.

정몽주 편전에 드시면 추후 세자마마에게 어떠한 위험도 없을 것임을 확약해 주셔야 합니다. 왕실을 불안하게 만들어선 아니 됩니다.

이성계, 옅은 한숨 내쉬는데 이지란, 들어온다.

이지란 성니메! ...인자 가셔야 갔소.

이성계 ...(눈을 질끈 감는)

정도전 ...성균관에서 낭보를 기다리고 있겠습니다.

정도전, 이지란과 나간다.

정몽주 편전으로 드시지요. (일어나려는데)

이성계 포은 선생.

정몽주 예, 장군.

이성계 지금 이 자리에 선생이 함께 있어서리... 큰 심이 됩메다.

정몽주 (보는)

이성계 (진심 어린) ...고맙소.

정몽주 지금은 고려의 개혁만을 생각하십시오. 추후 소생이 화합으로 뒤를 받칠 것입니다.

이성계 ...알갔수다. 내 젖 먹던 심까지 다 끄집어내서리 한번 해보겠수다. (작심한 듯 일어나는) 갑세다.

이성계와 정몽주, 나간다.

20 _____ 대궐 편전 안 (낮)

정비, 발을 치고 앉아 있다. 이색, 정몽주 등 재상들과 이성계, 조민수, 변안열, 배극렴, 이지란, 남은 등 회군파의 장수들, 앉아 있다. 권근, 강 내관, 서 있다. 이성계, 나아가 부월을 바친다.

이성계 신 공요군 우도통사 이성계, 대비마마께 군권의 부월을 바치옵나이다.

조민수·이색 ...

정비 (수심 어린) 그간 고생이 많으셨습니다.

이성계 (물러나 앉는) 마마! 요동 정벌과 회군의 여파로 온 나라가 실의에 빠져 있사옵니다. 더는 국정의 공백을 방치하여서는 아니 될 것이옵니다. 공요군이 해산되는 이 뜻깊은 날을 맞이하여 보위에 오르실 새 군왕을 알리는 교지를 반포하여 주시옵소서!

정비 (체념하듯) ...내관은 어보를 가져오라.

강 내관, 어보를 정비 앞에 놓는다. 권근, 정창군을 보위에 올린다는 취지의 교지를 펼쳐놓는다. 정비, 어보를 바라보고 이성계, 정비를 주시하는데 조민수, 이색을 바라본다. 정비, 어보를 집으려는데...

이색 대비마마~ 아니 되옵니다~!

일동 !

이색 대통은 응당 세자마마께서 이으셔야 하옵니다!

이성계 !

정비 (놀라) 판삼사사...

이색 세자마마의 보령이 어리신 것은 사실이오나 그것이 보위를 잇지 못할 결격사유가 될 수는 없을 것이옵니다!

배극렴 이보시오! 판삼사사!

이색 강화에 계신 상왕의 예를 보더라도 명덕태후께서 수렴청정을 한 전례가 있사옵니다! 수렴청정이 아니더라도 도당의 중신들이 지성으로 전하를 보필한다면 능히 사직의 안정과 번영을 꾀할 수 있을 것이옵니다!

정비 (난감한) 경의 말에 일리가 있으나 공요군의 장수들을 비롯한 다수의 중론이 정창군을 원하고 있지 않습니까?

조민수 그렇지만은 않사옵니다!!

이성계 !

조민수 소신을 비롯하여 우리 좌군의 장수들은 고뇌에 고뇌를 거듭하였사옵니다! 그 결과, 상왕의 적통이신 세자마마께서 보위에 오르셔야 한다고 중론을 모았사옵니다!

일동 (벙한)

변안열 더는 지체할 상황이 아니옵니다! 도당의 중신과 공요군의 장수들이 모여 있는 이곳에서 다수의 공론이 무엇인지 확인하여 보위를 결정하심이 옳을 줄로 아옵니다!

정비 지금... 말입니까?

남은 마마, 아니 되옵니다!

이색 오늘 이 문제를 매듭짓지 못하시면 나라가 더 큰 혼란에 빠지게 될 것이옵니다! 이 자리에서 후계를 결정지어야 하옵니다!

조민수 판삼사사의 말이 백번, 천번 지당하옵니다! 결단을 내려주시옵소서!

변안열 결단을 내려주시옵소서!!

남은 마마! 아니 되옵니다!!

배극렴 속히 산회하여 중론을 다시 모아야 하옵니다!!

정비 (당혹스러운) 우도통사의 생각은 어떠하시오?

이성계 ...

근비 (E) 놔라, 이놈들아!

문이 벌컥 열리고 격한 몸싸움을 한 듯 의관이 흐트러진 근비, 숙위낭장의 손을 뿌리치며 왕창을 끌고 들어온다. '대비마마~!!' 하며 정비 앞에 철퍼덕 엎어지고!

근비 어찌 이성계의 의중을 물으시옵니까!! 이는 대비마마께서 결정하실 일이옵니다!!

정비 (착잡한) 여긴 편전입니다. 근비는 물러가 계세요.

근비 (이성계 앞에 울먹이는 왕창을 내세우며) 경은 두 눈 똑바로 뜨고 보시오! 이분이 세자십니다!! 이분이 상왕의 뒤를 이어 대통을 잇기로 되어 있는 고려의 세자시란 말입니다!!

이성계 (보는)

좌중 (긴장하고)

이성계 대비마마...

일동 (보는)

이성계 후계 군왕을 지금... 결정하시옵소서.

일동, 깜짝 놀라고 우군 장수들의 탄식이 터진다. 회심의 미소를 짓던 조민수, 이성계와 시선이 마주치면 냉정하게 외면한다. 이성계, 노기 어린 시선으로 바라보는 모습 위로...

권근 (E) 정창군 왕요~!

시간 경과》

이성계와 우군의 장수들, 문신 일부, 기립한다. 정몽주, 결심한 듯 기립한다. 긴장한 정비와 근비, 좌군 장수들. 셈을 하느라 분주한 밀직들.

정비 모두 앉아주시오.

일동 (앉으면)

권근 세자~ 왕창~!

이색과 문신들 일부, 좌군의 장수들, 일어선다. 정비, 근비와 우군들, 긴장하여 바라보는. 이성계의 굳은 표정에서... F.O

21 _____ 성균관 앞 (낮)

조준, 걸어와 현판을 일별하고 들어간다.

22 _____ 동 (소) 정록청 안 (낮)

정도전, 조준, 앉아 있다.

정도전 이제 결심이 서신 것입니까?

조준 목숨을 걸어야 한다는데 그리 쉽게 결정할 수는 없지요. 소생 오늘은 한 가지 궁금한 것이 있어 왔습니다.

정도전 말씀하시지요.

조준 사전을 혁파하겠다는 것은 분명 권문세가들의 힘의 원천을 빼앗아 그들의 씨를 말리겠다는 의미이겠지요?

정도전 그렇습니다.

조준 싫든 좋든 고려는 귀족의 나라고, 귀족의 재물과 병사들로 유지되는 나랍니다. 사전을 혁파하고 나면 고려는 어찌 되는 것입니까?

정도전 (굳는)

조준 계민수전은 영감이 가진 여러 꿈 중의 하나라 했습니다. 나머지 꿈에 관해서도 말씀을 해보시지요. 그래야 목숨을 걸 용기가 나겠습니다.

정도전 ...몇 마디 말보다는 동고동락하면서 하나씩 알아가시는 게 좋지 않겠습니까?

조준 소생이 워낙 확실한 걸 좋아하는 성미라서요. 말씀을 못 하시겠다면 없던 얘기로 하겠습니다.

정도전 (보는데)

이방원 (E) 숙부님!

정도전, 보면 이방원, 급히 들어온다.

이방원 숙부님...

정도전 ? ...어찌 이러는 것이냐?

이방원 큰일났습니다. 편전에서 일이 터졌습니다.

정도전 (불길한) 일이라니?

이방원 세자마마께서 보위에 오르게 되셨습니다!

정도전 (일어서는) ...뭐라?

이방원 조민수가 배신을 하여 이색과 손을 잡았다 합니다. 급기야 편전에서 거수까지 갔는데... 숫자에서 밀렸다 합니다!

정도전 ...조민수 이자가! (탁자를 쾅 내려치는)

조준 ...

23 ______ 빈청 조민수의 집무실 안 (낮)

조민수, 변안열, 이색, 묵묵히 앉아 있고 관원들의 제지 속에 이지란, 배극렴, 남은이 몰려와 있다.

배극렴 조 장군, 무슨 해명이라도 해야 하지 않소이까!

남은 대체 입장을 바꾼 이유가 무엇입니까!

조민수 입장 바꾼 적 없소이다! 알아서 하라 하였을 뿐 동의한다 한 적이 있소이까! (관원들에게) 뭣들 하는 것이냐! 썩 바깥으로 뫼시지 않구!

이지란 (밀어내는 관원들에게) 이거 못 놓갔니!! 야이 썅 조민수~! 니 이캐놓구서 어디메 가서 무장이라 떠벌리고 다닐라 그라네!

변안열 어허! 이 장군은 말씀을 삼가시오!

이지란 거 조동아리 못 닥치갔니! 니도 똑같은 놈이야!

변안열 (발끈) 어허! 이 사람이!

이색 (탁자를 치며) 그만들 하시오!! 이 무슨 추태란 말이오이까!

일동, 보면 이색, 일어나 이지란 일행을 노려본다.

이지란 목은 대감도 기카는 거 아이우다!
이색 이제 다 끝난 일입니다. 추태 부리지 말고 제발 자중들 하세요. (사람들 사이를 밀치듯 헤치고 나가는)
이지란 이런 썅...
조민수 (느긋한 미소)

24 _____ 빈청 앞 (낮)

권근, 이첨의 호위를 받으며 걸어온다. 이색, 앞을 보고 멈춘다. 굳은 표정의 정도전과 이방원, 이색 앞에서 멈추고 정도전, 인사한다.

이색 항의라도 하러 온 것이냐?
정도전 자초지종은 알아봐야 할 듯하여, (하는데)
이색 돌아가거라. 너까지 나설 것 없다.
정도전 ...
이방원 (나서며) 조민수 따위와 합세하여 아버님의 뒤통수를 치시다니요? 이런 분이셨습니까?
이색 (보는)
이첨 어허! 무엄하다, 이놈!
권근 감히 어느 안전에 대고 눈을 부라리는 것이냐!
이방원 (울컥해서 확 노려보는데)
정도전 (제지하며) 물러서거라.
이방원 (권근, 이첨을 노려보며 한 발 빠지는)
정도전 (감정을 누르고 공손하게) 아버지에 대한 효심이 지나쳐 흥분을 한 듯싶습니다. 방원이를 대신해서 제가 사죄드리겠습니다.

이색 도전이 니가 정창군을 옹립하자 하였다지?

정도전 그렇습니다.

이색 그것이 얼마나 주제넘고 위험천만한 짓인지 몰랐던 것이냐?

정도전 스승님...

이색 (노기를 누르고) 잠시나마 이성계의 총애와 권력의 맛에 취했던 것이라 생각하마. 추후 다시는 금도를 넘는 행동을 하여서는 아니 될 것이다. (가는데)

정도전 (노기 섞인) 스승님의 금도는 무엇입니까?

이색 (불쾌한 듯 보는)

권근 ...사형.

정도전 자질 없는 군주가 보위에 오르는데도 좌시하는 것이 금도입니까?

이색 군주의 자격에 있어 적통보다 중요한 자질이 있다더냐?

정도전 이제 겨우 아홉 살... 코흘리갭니다.

이색 (노기 어린) 이 나라의 국본... 세자시다.

일동 (긴장)

정도전, 인사하면 이색, 횡하니 가버린다. 정도전, 착잡하다.

25 _____ 대궐 침전 앞 (밤)

조민수, 걸어와 들어간다.

26 _____ 동 침전 안 (밤)

근비와 조민수가 앉아 있다.

근비 (눈물 그렁해서) 경의 결단으로 기울어가던 사직이 바로 섰습니다. 이 사람은 죽는 날까지 경에 대한 고마움을 잊지 않을 것입니다.

조민수 응당 해야 할 일을 하였을 뿐이온데 과찬을 하여주시니 소신 몸 둘 바를 모르겠사옵니다.

근비 이 사람은 앞으로 장군만 믿을 것입니다. 부디 우리 주상을 지성으로 보필해 주세요. 과거의 광평군이 그랬던 것처럼 말입니다.

조민수 (긴하게) 마마...

근비 말씀하세요.

조민수 (소매에서 서찰을 하나 꺼내 내미는)

근비 이건 서찰이 아닙니까?

조민수 광평군이 마마에게 보낸 것이옵니다.

근비 (놀라) 광평군이요?

근비, 급히 서찰을 꺼내 읽는다. 조민수, 넌지시 바라본다.

27 _____ 이성계의 집 마당 안 (낮)

정몽주, 착잡한 표정으로 서 있다. 정도전, 이방원과 들어온다.

정도전 포은.

정몽주 (착잡한) 왔는가?

이방원 아버님은 어디 계십니까?

정몽주 안채에 들어계시다. 기별을 넣었으니 곧 나오실 것이야. (하는데)

강 씨 (E) 포은 대감.

어두운 표정의 강 씨, 사월과 걸어와 인사한다.

강 씨 송구한 말씀이오나 저희 대감께서 아무도 접견치 않겠다 하십니다.

정몽주 !

정도전 낙담이 크시겠으나 지금 상황이 녹록지 않습니다. 조민수가 옹립의 일등공신이 되었으니 권력투쟁이 시작될 것입니다. 대비를 하셔야 합니다.

이방원 어머님, 다시 한번 아뢰어 주십시오.

강 씨 나도 이미 몇 번을 조르다 나온 것이니라. (정몽주와 정도전에게) 돌아가시는 게 좋을 것 같습니다.

일동 (답답한)

28 _____ 동 안방 안 (낮)

이성계, 착잡한 표정으로 앉아 있다. 강 씨, 들어와 앉는다.

강 씨 모두 물러갔습니다.

이성계 ...

강 씨 (안색을 살피다가) 기왕에 일이 이리되었으니 조민수 장군과 이색 대감에게 사람을 보내 호의를 표시하는 것이 어떻겠습니까?

이성계 그럴 필요 없소.

강 씨 분하시겠지만 지금은 그게 최선인 것 같습니다.

이성계 분할 것이 뭐가 있겠습? 내 그간 이거이 역적질인가 아인가 긴가민가 했었댔소. 일이 막상 이리되니 되레 마음이 편하우다.

강 씨 헌데 어찌 이리 힘들어하시는 것입니까?

이성계 ...

강 씨 대감...

이성계 정치란 게 말이우다... 너무 지저분하지 않슴?

강 씨 (보는)

이성계 이 진흙탕 같은 데서... 내 계속 발 담그고 살아야 하는 거임메?

강 씨 대감...

이성계 (헛헛한 웃음) 아이 진흙탕 뻘밭도 아이고 고려서 잘난 사램들은 죄다 모다 있다는 데가 어캐 이리 지저분하단 말이우까...

이성계, 실소를 뱉고 강 씨, 걱정스레 보는.

29 _____ 정전 안 (낮)

문무백관들이 도열한 가운데 창왕의 즉위식이 펼쳐지고 있다. 면류관과 곤복을 갖춰 입은 창왕이 정비로부터 조민수를 통해 전위 교서와 대보를 받는다. 즉위 교서(편민사의)를 읽는 권근. 신하들이 나아가 축하전문을 바치고 인사를 올린다. 감격스러운 표정의 근비. 흐뭇한 표정의 이색과 변안열 등. 불만스러운 표정의 배극렴, 이지란, 남은, 윤소종, 이방과, 이방우 등. 묵묵히 보는 정도전, 정몽주. 창왕을 묵묵히 바라보는 이성계를 단 위에서 굽어보는 조민수.

해설(Na) 서기 1388년 6월 창왕이 즉위했다. 이는 이성계의 정치적 패배를 의미했다. 창왕의 즉위와 더불어 조민수는 양광, 전라, 경상, 서해, 교주도 도통사에 임명되어 거의 모든 지역의 군권을 장악하게 된다. 반면 이성계는 동북면 삭방강릉도 도통사에 제수되는 데 그친다. 이제 고려의 실권자는 조민수였다.

30 _____ 성균관 정록청 앞 (낮)

남은, 급히 걸어와 들어간다.

31 _____ 동 정록청 안 (낮)

정도전, 남은, 윤소종, 이방원이 앉아 있다.

남은 조민수와 이색 대감이 이숭인과 하륜을 유배에서 풀어주기로 합의를 봤다 합니다.

윤소종 이숭인은 요동 정벌에 반대하다 귀양을 갔으니 그렇다 쳐도 하륜은 광평군 사건에 연루됐던 자가 아닙니까?

남은 서로 한 사람씩 주거니 받거니 한 것이지요. (정도전에게) 아무래도 영감께서 대사헌°에 발탁되긴 그른 것 같습니다. 조민수가 입에 거품을 문답니다.

정도전 예상했던 일일세. 대사헌은 관리들의 감찰과 탄핵을 맡는 자리이니 자기 사람을 심으려는 것일 테지.

남은 조민수가 보기보다 아주 용의주도하고 과감합니다. 이성계 장군을 동북면 도통사로 좌천시키고 군권을 틀어쥔 것을 보십시오.

정도전 나도 근자에 좀 놀라고 있는 중일세. 만만히 볼 자가 아니더군.

° 오늘날의 검찰총장.

이방원 이러다 도당과 조정이 다시 권문세가들의 소굴로 변하게 생겼습니다.

윤소종 아버님께선 아직도 등청을 아니 하고 계시는가?

이방원 예. 오늘은 지란 숙부님과 사냥을 나가셨습니다.

남은 이것 참 큰일이구만... 어서 마음을 잡으셔야 할 터인데...

정도전 ...

32 _____ 도성 밖 정자 일각 (낮)

말 두 필 세워져 있고 정자 쪽 보면 이지란과 이성계, 팔씨름을 하고 있다. 둘 다 이상한 기합 소리를 내면서 용을 있는 대로 쓴다. 조금 밀리듯 하던 이지란, '아다닷!' 하면서 이성계의 팔을 넘긴다. 이성계, 헉!

이지란 봤지비!! 성님은 이 이지라이의 상대가 아이라 했지비! (우하하 웃는)

이성계 (충격받은, 반대쪽 팔 내미는) 내 요새 집구석에 틀어백혀서리 맥이 빠져서 그런 거 아이겠니. 이번엔 이짝으로 해보자우.

이지란 성니메... 더 망신당하기 전에 이쯤에서 그만 접수다...

이성계 (쓰읍) 이기...

이지란 솔직히 말해서리 성님은 활 쏘는 거 빼문 시체 아이오?

이성계 이 간나새끼! 날래 못 하갔니!

이지란 좋습메! 후회 없기우다. (소매 걷어붙이고 슥 내미는)

다시 손 맞잡고 긴장하는 두 사람. 이지란, 하나... 둘... 셋! 하면 용을 써대는 두 사람. 이성계가 또 밀린다.

이성계 (안간힘을 쓰다 어딘가 보고 흠칫) 지란아! 저거이 뭐이가!

이지란 안 속습메다! (더 용쓰는)

이성계 (울컥, 다른 손을 이지란의 손등에 얹어 일부러 홱 져버리는) 기래! 니 이겨라! 니 다 해무라!

이지란 (바닥에 부딪힌 손가락이 아픈 듯 아후 하며) 성니메~!

이성계 행수한테 괴기만 받아 처묵더이 똥심만 늘어서리... 사냥이나 가자우. (휙 일어나 가는)

이지란 (픽 웃고) 아, 같이 가기우다! 아, 성니메!

33 _____ 숲 일각 (낮)

죽은 노루 한 마리 정도 뉘어 있다. 이성계와 이지란, 바위 따위에 걸터앉아 있다. 이성계, 상념에 잠겨 있다.

이지란 오랜만에 사냥을 나오니끼니 내 십 년 묵은 체증이 다 내려가는 것 같수다. 동북면에선 눈만 뜨면 사냥질이었는데 말이우다.

이성계 ...니는 동북면이 좋니, 이기 개경이 좋니?

이지란 그걸 말이라고 하오? 개경 여기메는 사램 살 데가 못 되우다.

이성계 (공감의 빛이 스치는) ...지란아...

이지란 야...

이성계 동북면 말이다... 도로 가까?

이지란 (보는)

이성계 (먹먹한) 정치고 뭐이고 모다 때래치고 동북면에 가서리 호랭이 잡고 아~들 하고 보리피리나 불문서 기케 살다 뒈지고 싶구마는...

이지란 성니메...

이성계 (후~ 씁쓸해지는)

34 _____ 이성계의 집 마당 안 (낮)

사월, 문 열어주면 노루를 짊어진 이지란과 이성계, 들어온다. 강씨, 급히 나온다.

강 씨 대감!

이지란 행수! 내 오늘 저녁꺼리 잡아 왔소! (하는데)

강 씨 (다가서는) 대감...

이성계 무슨 일입니까?

강 씨 빈청에서 기별이 왔었사온데 최영 장군이 합포로 이배를 간다 합니다.

이성계 !

35 _____ 빈청 조민수의 집무실 안 (낮)

조민수 앞에 이성계, 노기 어린 얼굴로 서 있다.

이성계 최영 장군의 연세가 몇인데 그런 오지에다 위리안치°를 시킨다는 것입니까!

조민수 어찌 이리 흥분을 하십니까! 극형에 처해도 모자란 중죄인입니다!

이성계 국문으로 몸을 부수고 귀양을 보내지 않았습니까! 다 끝난 일을 어째서 들춰낸단 말이우까?

조민수 최영의 일이 우리만 끝낸다고 끝나는 것입니까!

이성계 (보는)

° 죄인이 귀양살이하는 곳에서 달아나지 못하도록 가시로 울타리를 치고 그 안에 가둠.

조민수 금상께서 즉위하셨으니 이제 명나라의 책봉을 받아야 하지 않소이까! 가뜩이나 두 나라 사이가 소원한 마당에 최영을 저리 말짱하게 두면 명나라 황제의 심기가 얼마나 불편하겠느냔 말이외다!

이성계 !

조민수 나라의 장래를 위해 결정한 것이니 더는 따지지 마시오! (휙 나가는)

이성계 (분을 못 이기고 탁자 쾅! 치는)

36 _____ 성균관 (소) 정록청 안 (낮)

정몽주, 정도전이 앉아 있다.

정몽주 가슴 아픈 일이긴 하나 불가피한 조치일세. 지금 같이 민감한 시기에 최영을 비호한다는 인상을 명나라에 주어선 아니 될 것이야.

정도전 (미심쩍은) 헌데 조민수가 어찌 이런 생각을 하였을꼬...

정몽주 뻔하지 않은가? 조속히 명나라의 책봉을 받아 금상의 권위를 높이려는 것이지... 더불어 자신의 권력도 강화하고 말일세.

정도전 내 말은... 조민수의 머리에서 어찌 그런 계책이 나왔느냐 하는 말일세.

정몽주 (보는)

정도전 분명... 조민수를 배후에서 돕는 자가 있네.

정몽주 ?

정도전 (생각하는)

37 ____ 이인임의 초가 외경 (밤)

이인임 (E) 자유의 몸이 되신 것을 감축드리네.

38 ____ 동 안방 안 (밤)

이인임 앞에 하륜이 앉아 있다. 구더기 그릇이 옆에 놓여 있다.

이인임 그래 그간 얼마나 고생이 많았는가?

하륜 처백부 어른의 고초에 비하겠습니까? 병세는 좀 어떠십니까?

이인임 이따금 기침이 나와서 그렇지 많이 좋아졌네. 각혈도 거의 없어졌구... 그게 다 이놈 덕분이지.

하륜 (그릇 보더니) 처백부 어른의 연세에는 양기가 많은 음식은 오히려 해가 될 수도 있습니다. 너무 과하게 드시지는 마십시오.

이인임 걱정 말게. 내 곧 원기 왕성한 모습으로 복귀할 것이니 말일세.

하륜 복귀라시면... 도당 말씀입니까?

이인임 (미소) 자네는 앞으로 조민수 장군을 잘 보필해 주시게.

하륜 근자에 조민수 장군의 수완이 몰라보게 좋아졌다 싶었는데... 역시 처백부 어른이 도우신 것이로군요.

이인임 아주 훌륭한 도구더군... 기대 이상일세.

하륜 허나 이성계가 버티고 있지 않습니까? 아무리 조민수에 밀렸다 해두 이성계가 있는 한 복귀는 쉽지 않을 것입니다.

이인임 두고 보게. 이성계 그 단순한 자가 조만간 자충수를 두게 될 것이니...

하륜 (보는)

이인임 (미소)

39 _____ 대궐 침전 안 (밤)

창왕, 근비, 경계 가득한 시선으로 이성계를 본다. 강 내관, 서 있다.

근비 (냉랭한) 몸이 편찮아서 등청도 못 하신다 들었는데 갑자기 무슨 바람이 불어 알현을 청한 것입니까?

이성계 소신 동북면 도통사 이성계, 최영에 대하여 선처를 주청하러 왔사옵니다.

창왕 (당황스러운) 지금 선처라 하였습니까?

이성계 최영의 죄가 크고 무거운 것은 사실이오나 상왕의 장인이시니 왕실의 어른이라 할 것이옵니다. 더욱이 한평생 외적에 맞서 고려를 지키는 것에만 헌신해온 충신 중의 충신이 아니옵니까? 부디 고봉현의 초가에서 얼마 남지 않은 여생이나마 보낼 수 있도록 선처하여 주시옵소서.

근비 이보세요, 도통사!

이성계 (보는)

근비 금상의 즉위에 반대한 일을 묻어주었으면 감사는 하지 못할망정 또다시 주상의 발목을 잡으려는 것입니까!

이성계 마마...

근비 내 묻겠습니다! 장군은 최영의 안위가 중요합니까, 주상에 대한 명나라의 책봉이 중요합니까!

이성계 ...

근비 썩 물러가세요.

이성계 ...

근비 어허! 썩 물러가라지 않습니까!

강 내관 (나직이) 도통사...

이성계 (결심한 듯 소매에서 족자를 꺼내는) 전하...

창왕 ...예?

이성계 소신, 몸과 마음에 깊은 병이 들어 더는 나라의 중책을 맡을 수 없을 것 같사옵니다.

근비 !

이성계 소신 불충을 무릅쓰고 사직의 소를 놓고 물러가오니 가납하여 주시옵소서.

창왕 도통사...

이성계, 일어나 굳은 표정으로 절한다. 일동, 벙하다.

40 _____ 이인임의 초가 앞 (밤)

이인임, 하륜을 배웅한다.

하륜 바람이 찹니다. 어서 들어가십시오, 처백부 어른.

이인임 목은 이색을 따르는 사대부들과도 친분을 돈독히 하시게.

하륜 (미소) 걱정 마십시오. 소생... 하륜입니다.

이인임 (미소 짓고) ...정도전을 조심하게.

하륜 (잠시 표정이 굳어지더니) ...알겠습니다... 허면 이만 가보겠습니다.

이인임 또 보세.

하륜, 인사하고 간다. 이인임, 바라보다가 들어가려는데.

정도전 (E) 아마도 다시 보긴 어려울 것입니다.

이인임, 보면 정도전, 다가선다. 이인임, !

정도전 (싸한) 오랜만입니다. 광평군.

이인임 아이구 이거 먼 길을 오셨습니다그려. 헌데 하륜을 다시 보기 어려울 것이라니 그게 무슨 말씀이시오?

정도전 귀양 가시던 날 소생이 한 경고를 잊지는 않으셨을 테지요?

이인임 나이가 들다 보니 기억이 예전 같지 않습니다.

정도전 세상과 연을 끊고 종사에 간여하지 말라 하였습니다. 어기면... 죽이겠다 하였지요.

이인임 (보다가 피식) 해서... 이 사람을 암살이라도 하러 오신 것이오이까?

정도전 안부를 물으러 왔겠습니까?

노기 어린 눈으로 보는 이인임과 싸한 정도전의 얼굴에서 엔딩.

30회

1 ______ 이인임의 초가 앞 (밤)

정도전 세상과 연을 끊고 종사에 간여하지 말라 하였습니다. 어기면... 죽이겠다 하였지요.

이인임 (보다가 피식) 해서... 이 사람을 암살이라도 하러 오신 것이오이까?

정도전 안부를 물으러 왔겠습니까?

이인임 (노기 어린 눈으로 보는)

정도전 시간 나실 때 유언장을 써 놓으십시오... 더 이상의 관용은 없습니다.

이인임 (보다가 피식) 이제 보니 협박을 하러 온 게로군... 이보시오, 삼봉... 사람이 어쩌다 이리 망가지신 게요?

정도전 사람은 모름지기 부모가 아니라 그 시대를 닮는다 하였습니다.

이인임 (보는)

정도전 당신이 만들었던 시대... 그 빌어먹을 난세를 닮아서 이리된 것이지요. 괴물 말입니다.

이인임 (재밌다는 듯) ...괴물?

정도전 당신으로 인해 죽어간 무고한 백성들이 느꼈을 공포와 절망을 고스란히 안겨드리겠습니다. 무슨 수를 써서든... 최대한 천천히... 고통스럽게 죽여드리겠습니다.

이인임 (호탕하게 껄껄 웃고는) 내 기대는 해보겠소이다. 헌데 그대에게 그럴 힘이 남아 있겠소이까? 이성계는 이미 조민수에게 밀려버렸잖소.

정도전 불리한 국면은 언제든 뒤집을 수 있습니다. 그 또한 정치의 묘미지요.

이인임 삼봉... 조만간 이 사람이 그대를... 아주 천천히... 아주 고통스럽게 죽여드리겠소.

정도전 (미소) 소생 역시... 기대하겠습니다.

이인임 (미소) 실망시켜 드리지 않겠소.

정도전과 이인임의 미소에 살기가 떠오른다.

2 ______ 성균관 앞 (낮)

생각에 잠긴 정도전, 말을 타고 천천히 오다 보면 이방원과 조영규, 성균관 앞에 초조하게 서 있다.

조영규 (정도전을 보고 이방원에게) 나리.

이방원 (보고) 숙부님...! (급히 다가오는) 대체 어딜 다녀오신 겁니까?

정도전 (말에서 내리며) 무슨 일이 있는 것이냐?

이방원 아버님께서... 칭병사직°을 하셨습니다.

정도전 !

3 ______ 이성계의 사랑채 안 (낮)

이성계와 정몽주, 얘기 중이다.

정몽주 (노기 어린) 어찌 상의 한 말씀 없이 그리하신 것입니까?

이성계 (부드러운 미소) 상의하문... 그리하라 하셨겠수까?

정몽주 예?

이성계 미안하게 됐수다. 내 원래... 사램이 좀 덜떨어졌잖습메.

정몽주 (허! 하고 보는데)

° 병을 핑계로 맡은 직무에서 물러남.

정도전, 들어와 인사도 않고 이성계를 굳은 표정으로 본다.

이성계 (짐짓 엄살떨듯) 아이구 이거이 화가 단단히 나셨구만... (정몽주에게) 내가 혼쭐 좀 나게 생겼수다. (정도전에게) 어서 앉으시우다.

정도전 (앉는, 노기가 어린)

이성계 삼봉 선생... 그간 이 부족한 사램 때문에 고생이 많았수다.

정도전 장군...

이성계 내는 고향으로 가기로 했소. 터 잡는 대로 초대할 테이까 포은 선생하고 같이 놀러 오시우다.

정도전 ...이인임을 만나고 오는 길입니다.

이성계 !

정몽주 이인임을 만나다니?

정도전 조민수의 뒤에 이인임이 있었습니다.

정몽주 이럴 수가...

이성계 ...

정도전 권문세가들의 반격이 시작된 것입니다. 당장 사직 상소를 철회하시고 도당을 지켜야 합니다. 조민수를 제거할 방도를 소생이 찾아낼 것입니다.

이성계 ...아이오. 내는 마음을 굳혔수다.

정도전 장군!

이성계 이인임이고 조민수고 다 관심 없수다. 정치는 이제 안 할 거구마.

정도전 (노기 어린) 하셔야 합니다.

이성계 (애써 웃으며) 아이... 싫다는 사램한테 어캐 이러십메? 내를 좀 가만히 놔주시우다.

정도전 도탄에 빠진 백성들을 외면하고 동북면에 가서 홀로 신선놀음을 즐기시겠다는 것입니까?

이성계 (확 보는)

정몽주 (나직이 책망하듯) 삼봉, 언사가 지나치네!

정도전 ...

이성계 (꾹 참고) 내 선생한테 언성을 높이고 싶은 생각 없지비... 이제 다 끝난 일이니 그만하시우다.

정도전 아직 끝나지 않았습니다. 전하께 불윤비답°을 받아내면 됩니다.

이성계 (보는)

정도전 사직을 반려한다는 임금의 대답 역시 어명입니다... 소생, 그것을 받아낼 것입니다. (일어나 나가려는데)

이성계 삼봉 선생...

정도전 (멈칫 보는)

이성계 내는 조용히 떠나고 싶소... 공연한 일 맹글지 맙세.

정도전 송구합니다만... 따를 수 없습니다. (나가는)

정몽주 (이성계를 보면)

이성계 (침통한)

4 ______ 대궐 침전 안 (낮)

벙한 창왕, 못마땅한 근비 앞에 정도전, 남은, 윤소종, 서 있다.

창왕 불윤비답이라 하였습니까?

정도전 예로부터 신하가 칭병사직을 청하면 군왕은 불윤비답으로 화답하여 신하에 대한 신뢰를 표하는 것이 오랜 미덕이었사옵니다. 헌데 어찌 아직 불윤비답을 내려주시지 않는 것이옵니까?

남은 이성계는 고려에 없어서는 아니 될 신하이옵니다. 바라옵건대 이

° 신하의 청을 허락하지 않는다는 임금의 답변.

성계의 사직을 물리쳐 주시옵소서!

근비 이보세요! 본인이 몸이 아파 정사를 돌보지 못한다 하지 않습니까?

윤소종 그것이 어찌 이성계의 진심이겠사옵니까? 전하께서 대통을 잇는 데 기여하지 못한 불충을 반성하는 뜻에서 올린 것이옵니다!

창왕 (어쩌냐는 듯) 어마마마...

근비 불륜비답은 불가합니다. 금명간 도당의 인사가 마무리되는 대로 사직을 윤허할 것이니 그리 알고 물러들 가세요.

남은 대비마마!

근비 물러가라 하였습니다!

남은·윤소종 (분한)

정도전 (심각한)

조민수 (E) (웃음소리)

5 ______ 빈청 조민수의 집무실 안 (낮)

조민수, 변안열, 희희낙락한다. 그 앞에 어두운 표정의 이색이 앉아 있다.

조민수 불윤비답이라니... 정도전 그자가 아주 몸이 달았구만.

변안열 (비웃는) 이성계가 사라지면 자기 갓끈도 떨어질까 저러는 것이 아니겠소이까?

이색 말이 나온 김에 정도전의 인사 문제를 매듭지읍시다. 이성계 장군의 천거를 존중하여 정도전을 대사헌에 앉힙시다.

조민수 전에도 말씀드렸듯이 정도전은 아니 됩니다.

이색 그만한 적임자가 없습니다.

조민수 아니 됩니다. 대사헌은 이 사람이 천거할 것이외다.

이색	...알겠습니다. 단, 이 사람이 동의할 수 있는 인물이어야 할 것입니다.
조민수	(보는)
이색	(일어나 나가는)
조민수	꼬장꼬장한 사람 같으니...
변안열	내심 사대부를 대사헌에 앉히고 싶은 것입니다.
조민수	(흥! 하는)

6 ______ 빈청 앞 (낮)

이색, 나온다.

정도전 (E) 스승님.

이색, 보면 정도전, 남은과 다가와 인사한다. 이색, 보면.

정도전	송구하오나 스승님께 청이 하나 있습니다.
이색	말해보거라.
정도전	이성계 장군의 사직을 반려해달라 전하께 주청을 드려주십시오.
이색	...
정도전	근자에 소원해지긴 하였지만 스승님께서도 이성계 장군과 막역한 사이시지 않습니까?
남은	이성계 장군은 도당에 남아 조민수를 견제해야 합니다. 조민수의 뒤에는 이인임이 있는 것이 틀림없습니다.
이색	!... (정도전을 보면)
정도전	권문세가의 부활을 막아야 합니다. 도와주십시오.
이색	(고심하다가 이내 작심한 듯) 설사 그것이 사실이라 해도 내 너의

청은 들어줄 수가 없다.

정도전 !

남은 대감!

이색 내, 위화도 회군과 정창군의 옹립 파동을 겪으면서 느낀 것이 하나 있느니라. 이성계는 훌륭한 무장이다. 허나 정치가로선... 위험한 사람이다.

정도전 스승님!

이색 동북면으로 돌아가 외적을 막는 것이 고려와 이성계 모두를 위해 좋을 것이니라. (휙 가는)

정도전 (노기 어린 눈으로 보는)

남은 이거... 우리가 사면초가에 빠진 것 같습니다.

정도전 (심각한)

조준 (E) 계민수전의 꿈이 공염불이 되게 생겼구만.

7 ______ 조준의 집 사랑채 안 (밤)

조준과 윤소종, 차를 마시며 앉아 있다.

윤소종 계민수전은 고사하고 권문세가들의 세상이 될 판이네.

조준 언제는 아니었다던가? 이인임이 실각한 뒤로 조정에서는 그 세가 예전만 못하다지만... 고려를 움직이는 것은 여전히 권문세가들의 재물일세.

윤소종 이보게, 우재.

조준 (보는)

윤소종 삼봉 영감의 말이 조민수의 배후에 이인임이가 있다는군.

조준 !

8 ______ 이인임의 초가 안방 안 (밤)

이인임, 박가 앞에 서찰을 내민다.

이인임 이것을 조민수에게 전하고 오거라.
박가 예, 합하. (일어나 인사하고 나가는)

흐뭇한 미소를 짓던 이인임, 콜록 잔기침 두어 번 한다. 대수롭지 않은 듯 탕약 그릇을 집어 드는데 문밖에서 발소리가 들린다. 바짝 긴장해서 보면 문에 얼핏 비치는 사람의 그림자! 이인임, 흠칫한다.

9 ______ 동 마당 안 (밤)

칼을 뽑아 든 이인임, '웬 놈이냐!' 외치며 버선발로 뛰쳐나온다. 문 앞에 있던 여종이 비명을 지르며 밥상을 떨어뜨린다. 이인임, 보면.

여종 (떨며) 하, 합하...
이인임 (안도하고 짜증스레) 내 당분간 식사는 아니 한다 하지 않았더냐?
여종 혹시나 허기가 지실까 싶어... 죽을죄를 지었사옵니다.
이인임 어서 치워라.

여종, '예' 하고 허겁지겁 바닥에 떨어진 식기들을 상에 올린다. 잔뜩 찌푸린 이인임의 표정 위로.

F.B》23회 36씬의
정도전 매일 먹는 밥마다 독을 타고 매일 밤마다 자객을 보낼 것이오.

현재》

이인임 (찜찜한)

10 _____ 대궐 침전 외경 (낮)

11 _____ 동 침전 안 (낮)

창왕, 근비, 비장한 표정의 조민수가 앉아 있다.

근비 (이인임의 서찰을 내리고 감격스러운) 정녕 이리만 된다면 얼마나 좋겠습니까? ...헌데 이것이 이루어지겠습니까?

조민수 이성계가 물러나 있는 지금이 기회이옵니다. 전하께서 운만 띄워 주시면 소신이 반드시 관철시키겠나이다.

근비 이 사람은 도통사만 믿겠습니다.

조민수 ...

12 _____ 동 편전 안 (낮)

창왕, 조민수, 이색, 변안열이 앉아 있다.

근비 도당의 인사는 대체 언제쯤 끝나는 것입니까?

이색 아뢰옵기 송구하오나 예기치 않은 이성계의 사직으로 인하여 잠시 차질이 빚어졌사옵니다. 조속히 매듭을 짓겠사옵니다.

근비 해서 전하께서 인사에 관해 하교를 할 것이 있습니다.

이색 말씀하시옵소서, 전하.

창왕 귀양 가 있는 광평군 이인임을 불러 도당에 중책을 맡겨주세요.

일동 !

변안열 전하… 지금 광평군이라 하셨사옵니까?

창왕 그렇습니다.

이색 아뢰옵기 황공하오나 광평군은 대죄를 짓고 유배 중인 자이옵니다. 그런 자에게 도당의 중책을 맡기심은 불가한 일이라 사료되옵니다.

조민수 이보시오, 판삼사사! 유배 중인 자라 하여 중책을 맡기면 아니 된다는 것은 대체 어느 서책에 나오는 말이오이까! 이숭인과 하륜에게도 요직이 주어질 것이거늘 어찌하여 광평군만 아니 된다는 것이오이까!

이색 그들과 광평군은 죄질이 다르지 않소이까!

조민수 억지십니다! (창왕에게) 전하! 이 나라에 광평군만 한 경륜을 갖춘 인물도 없을 것이옵니다! 광평군이 죄를 뉘우치고 나라에 봉사코자 한다면 마땅히 기회를 주어야 하옵니다!

근비 허면 금번 도당 인사에 전하의 뜻을 반영해 주세요!

조민수 소신, 어명을 받잡겠나이다!

변안열, 난감하고 이색, 당혹스럽다. 조민수, 회심의 미소 짓는다.

13 _____ 강가 (낮)

방석, 방번, 이지란, 사월이 함께 투호 놀이 정도 하고 있다. 이지란의 너스레에 아이들, 까르르 웃음소리가 연신 그치지 않는다. 일각에 자리를 깔고 앉아 음식 따위 놓고 앉은 이성계와 강 씨.

이성계　(노는 아이들을 흐뭇하게 보다가) 참 세월이 빠르지 않슴메? 방번이하고 방석이가 벌써 저리 컸으니 말이우다.

강 씨　(조금은 헛헛한 표정으로) 여전히 아버지의 품이 필요한 아이들입니다.

이성계　(보는)

강 씨　아버질 많이 그리워할 것입니다… 아버지가 없는 넓은 집과 휑한 밤을… (가슴이 미어지는 듯 말끝 흐리며) 두려워할 것입니다…

이성계　미안하우다… 이해해 주시오.

강 씨　(애써 밝은 표정으로) 소첩 아직 이해는 아니 됩니다. 허나… 노력하겠나이다.

안쓰러운 듯 시선을 돌리던 이성계, 일각에 서 있는 정도전을 본다.

강 씨　(일어나는) 대사성 영감.

정도전　(인사하는)

이성계　(보는)

14 _____ 강가 일각 (낮)

아름드리나무 앞에서 이성계와 정도전, 나란히 서 있다.

정도전　조민수가 전하를 움직여 이인임을 복귀시키려 하고 있습니다.

이성계　(착잡한, 애써 내색하지 않는)

정도전　이인임이 돌아오면 장군의 안위를 장담할 수 없습니다.

이성계　기딴 거이 무서웠으문 애초에 사직을 하지도 않았수다.

정도전　전하께 직접 불윤비답을 청해주십시오. 이대로라면 다시 이인임의 세상입니다!

이성계 이인임이가 있으나 없으나 세상이 개판인 건 마찬가지 아임메.

정도전 장군!

이성계 이인임이 몰아내고서리 내가 한 짓이라곤 어명을 거역하고 회군해서리 최영을 작살낸 거, 임금 쫓아낸 거, 아홉 살짜리 꼬맹이를 용상에 앉히네 마네 난리 친 거... 그거이 전부였슴메... 인자는 그만할 것이우다. (가는데)

정도전 이대로 가면 장군은 더 큰 죄를 짓는 것입니다.

이성계 (멈추는)

정도전 백성을 구원할 힘을 가진 자가 세상을 외면하는 것... 그건 죄악입니다.

이성계, 작심한 듯 다가와 정도전의 멱살을 잡아 내던진다.
정도전, 나무에 어깨를 세게 부딪히며 주저앉는다. 윽! 어깨를 쥐며 이를 악문다.

이성계 (피식) 내사 백성을 구원해? 이 이성계가 위화도서 회군해서리 도성문을 부수고 쳐들어갔다! 내 앞을 막는 놈들의 배때기를 찌르고 모가지를 잘랐다! 근데...! 언 놈이 피를 철철 흘리면서 무시기라 했는지 아니...? 이 장군, 살려주세요...

정도전 ...

이성계 (울컥) 몽고 말도, 왜구 말도 아이고 고려 말로! 이 장군, 살려주세요!!

정도전 (씁쓸한 듯 피식) 엄살 부리지 마십시오. 장군 혼자만 겪는 고통이 아닙니다.

이성계 야! 정도저이!!

정도전 도망친다고 피할 수 있는 고통이었다면 소생 역시 진작에 도망쳤을 것입니다. 이 고통을 종식시킬 수 있는 길은 고통의 한가운데로 들어가 싸우는 것뿐입니다. 우리에게... 퇴로는 없습니다.

이성계 (보는)

정도전 (보는)

이성계 내는 싫소... 당신 혼자 싸우라우.

이성계, 걸어간다. 정도전, 나무에 기대앉은 채 일어날 생각을 않는다. '후~' 한숨을 토하더니 이내 비장해진다.

15 _____ 이색의 집 안방 안 (밤)

이색, 생각에 잠겨 있다. 정몽주, 앉아 있다.

정몽주 어찌 이리 고민을 하십니까? 이인임은 돌아와선 아니 되는 사람입니다. 사대부들이 모두 나서서 막아야 합니다.

이색 (고심하는데)

권근 (E) 스승님, 권근입니다.

이색, 보면 권근, 들어온다.

권근 삼봉 사형이 사대부들에게 회합 통문을 보냈습니다. 유생 대표들도 정록청에 집결시켰다 합니다.

이색 유생들까지?

정몽주 필경 이인임의 복귀를 반대하는 권당°을 하려는 것입니다.

° 성균관 유생들의 동맹 휴업.

일동　　!

16 _____ 성균관 (대) 정록청 안 (밤)

정도전, 남은, 윤소종, 이첨, 조준 등 사대부들, 가득 들어차 있다. 유생들도 보인다.

정도전　이인임은 청산되어야 할 구세대의 유물... 복귀가 아니라 극형에 처해져야 할 인물입니다.

윤소종　대사성 영감의 말씀이 옳습니다. 직위 고하를 막론하고 사대부라면 마땅히 이인임의 복귀를 막아야 할 것입니다. (하는데)

이색과 정몽주, 권근, 들어온다. 일동, 기립한다.

정도전　대감. (상석을 양보하며) 이리 앉으시지요.

이색　(선 채로) 집단행동을 도모하려는 것이오?

정도전　그렇습니다.

이색　나 이색은 동의할 수 없소. 나를 사대부의 유종으로 인정하신다면 다들 해산하시오.

일동　!

정몽주　(놀라서 이색을 보는)

정도전　스승님...

이색　(좌중에게) 금상께서 즉위하신 것이 불과 수일 전의 일이오. 저자에는 아직 개경 전투의 피비린내가 가시질 않고 있소이다. 도당과 조정이 이제 겨우 제 구실을 하려는 터에 정쟁이 터져선 아니 됩니다.

윤소종 허면 대감께선 이인임의 복귀를 좌시하겠다는 것입니까!

이색 그렇소이다.

일동 !

남은 이인임은 대죄를 지은 죄인입니다! 권문세가의 우두머리이자 사대부들을 탄압하고 백성을 수탈했던 간적이란 말입니다!

이색 조민수와 이인임은 어차피 한 몸이나 마찬가질세! 경륜이 검증되지 않은 조민수보다는 이인임이 도당을 이끄는 것이 낫다는 생각은 어찌 아니 하시는가!

윤소종 대체 이인임이 가진 경륜이 무엇입니까! 부정부패와 가렴주구°를 말씀하시는 것입니까!

이색 적어도...! 이인임이 집권했던 십사 년간은 요동 정벌 같은 터무니없는 사태는 벌어지지 않았네! 위화도 회군과 상왕의 폐위 같은 하극상도 없지 않았는가!

일동 (수긍의 분위기가 감도는)

정도전 시국의 안정이 아무리 중요하다 해도 이인임을 금의환향시킬 명분은 될 수 없습니다.

이색 (대꾸 않고 좌중에게) 다들 해산하시오.

정도전 스승님.

이색 (좌중에게) 다들 해산하라지 않소이까!

정도전 스승님!!

이색 (보면)

정도전 오늘의 회합은 소생이 성균관 대사성 자격으로 소집한 것입니다. 해산을 시켜도 소생이 시킵니다.

정몽주 삼봉...

이색 다들 해산하라 하였네!

° 가혹하게 세금을 거두거나 백성의 재물을 억지로 빼앗음.

정도전 아직 제가 해산을 시키지 아니하였습니다!

이색 (노려보는)

이첨 사형! 어찌 이러십니까!

권근 스승님께 이 무슨 무례한 짓입니까!!

정도전 이인임 같은 밥버러지의 역성을 드는 분을... 어찌 스승이라 하겠소이까?

이색 !!

정몽주 삼봉!!

정도전 (이색을 노려보다가) 자, 회합은 끝났습니다.

정도전, 획 나가버린다. 노기에 몸을 떠는 이색. 정몽주, 따라 나간다. 당혹감이 역력한 사람들 틈에서 의미심장한 미소를 짓고 있는 조준.

17 _____ 성균관 앞 (밤)

정도전, 걸어간다. 정몽주, 뛰어와 '삼봉!' 외치며 잡아 세운다.

정몽주 자네 정말 왜 이러는 것인가! 스승님께 어찌 그런 참담한 망언을 내뱉을 수가 있는가!

정도전 ...스승이라 그 정도 한 것일세.

정몽주 !

정도전 다른 사람이었다면... 가만두지 않았을 것이야.

정몽주 삼봉...

정도전 (팔 뿌리치고 가는)

정몽주 (벙한)

18 _____ 동 경내 일각 (밤)

걸어가다 멈추는 정도전, 분노와 실망감을 감추지 못하는데.

조준 (E) 계민수전의 꿈은 포기하는 것입니까?

정도전, 보면 조준, 다가와 인사한다.

조준 이성계 장군이 떠나고 이인임은 들어오니 개혁이 시작도 하기 전에 좌초되었군요.

정도전 (유심히 보는)

조준 소생도 내심 기대를 했었는데... 아쉽게 됐습니다. 수고하십시오.

조준, 인사하고 간다. 정도전, 조준을 꽂힌 듯 바라본다.

19 _____ 빈청 조민수의 집무실 안 (밤)

조민수와 하륜, 앉아 있다.

하륜 광평군 합하께서 조 장군에 대해 아주 깊은 감동을 받은 듯했습니다.

조민수 (허허 웃고) 뭐 이 정도 가지구... 아무튼 이색 대감이 동의를 해주었으니 광평군의 복귀는 이제 시간문젭니다. 호정께서도 조만간 동지밀직사사에 제수될 것이니 등청 준비를 서두르세요.

하륜 감사합니다, 도통사 장군. 허면 이만...

하륜, 일어나 나가다 멈칫 선다. 궤짝 정도 한 손에 든 조준, 서 있다.

서먹하게 인사 주고받고 나가는 하륜.

조민수 (흘끔 조준을 보더니) 아니 자넨... 전 문하시중 조인규 대감의 아드님이 아니신가?

조준 오랜만에 뵙습니다. 그간 기체 강령하셨습니까?

시간 경과》

조민수, 궤짝을 열면 황금이 들어 있다. 내심 놀라는.

조준 영전을 감축드리는 마음의 표십니다. 뇌물이 아니니 넣어 두십시오.

조민수 (싫지 않은 듯 넣어두며) 아, 이거 부담스러워서... 헌데 갑자기 이 사람은 어찌 찾아왔는가?

조준 소생이 한때의 혈기에 취해 철딱서니 없이 살다 보니 이뤄 놓은 것도 없이 나이만 먹어버렸습니다. 해서 마음 좀 잡고 살아보려던 차에 마침 대사헌 자리가 비어 있다길래 염치 불고하고 들린 것입니다.

조민수 대사헌?

조준 명색이 권문세가의 자제로 태어났는데 그 정도 벼슬은 되어야 집안에 누가 되지 않겠다 싶어서 말입니다.

조민수 ...대사헌이라...

조준 소생을 기용하시면 사헌부 전체가 장군의 칼이 되고, 방패가 될 것입니다. 소생의 집 헛간에 남아도는 재물은 조만간 주인을 찾게 될 테구요.

조민수 (혹 해서 보는)

조준 (미소)

20 _____ 대궐 뜰 안 (낮)

숙위병들, 어딘가를 향해 경계의 자세를 취한다. 정도전, 멍석을 갖고 들어와 펼치고 앉는다. 남은과 윤소종, 따라 들어온다.

남은 영감, 나도 하겠소.
정도전 여긴 내 몫자릴세. 자네들은 바깥에서 할 일을 해주게.
윤소종 영감...
정도전 (외치는) 전하~ 신 성균관 대사성 죽기를 각오하고 아뢰겠나이다!

일각에서 안타깝게 지켜보는 정몽주.

정도전 간적 이인임을 도당에 기용하겠다는 어지를 거두어 주시옵소서~! 사직을 농단하고 종사를 기망한 죄인에게 어찌 나라를 맡긴단 말이옵니까!!

남은, 윤소종, 착잡하고 정몽주, 갈등한다.

21 _____ 이성계의 집 마당 안 (낮)

관복을 차려입은 이방원, 사월이 열어주는 문으로 들어온다.

이성계 (E) 전리정랑에 제수되었다구?

22 _____ 이성계의 집 사랑채 안 (낮)

이성계와 이방원, 마주 앉아 있다.

이방원 예, 아버님.

이성계 (흐뭇한) 한사코 벼슬은 아이 한다 하더이... 잘했다. 들어가개지구 뭐든 열심히 보고 배아라.

이방원 ...삼봉 숙부께서 대궐에 멍석을 깔았습니다.

이성계 ...

이방원 이인임의 복귀를 반대하고 있사온데 주청이 받아들여지지 않으면 살아서는 나오지 않을 것이라 하였습니다.

이성계 (애써 관심 없다는 투로) 그라문 시체가 돼서 나와야 되갔구만기래.

이방원 예전에 아버님과 삼봉 숙부가 나누던 얘길 들은 적이 있습니다.

이성계 (보는)

이방원 아버님께선 정녕... 대업을 포기하신 것입니까?

이성계 ...혼쭐이 나기 전에 입 닫아야겠지비.

이방원 소자가 조정에 나간 이유를 말씀드리려는 것뿐입니다.

이성계 (보는)

이방원 삼봉 숙부가 실패하면 소자가 대업의 길을 닦을 것입니다.

이성계 방워이 니 정말 아바지한테 매를 좀 맞아야겠니!

이방원 소자는 삼봉 숙부와 다릅니다. 아버님께서 끝까지 거부하신다면... 조르지 않을 것입니다.

이성계 (보는)

이방원 그땐 소자가 할 것입니다... 대업의 구심 말입니다.

이성계 (내심 놀라 보는데)

이지란, '성니메!' 하며 들어온다. 이성계, 보면.

이지란 준비 다 됐소. 갑세.

이성계 (이방원을 엄하게 일별하고 일어나 나가는)

이방원 ... (미소)

23 _____ 시골 거리 (낮)

몰라보게 초췌해진 몰골의 최영, 포박당한 채 호송관들에 의해 끌려간다. 주변의 백성들, 안타까움에 탄식과 눈물을 찍어낸다. '아이구 어째... 최영 장군님 불쌍해서 어째...', '저 몸으로 합포까지 어찌 가신다구...' 정도 소리 들린다. 최영, 간신히 의연함을 잃지 않으며 걸어간다. 일각에서 지켜보는 이성계와 이지란. 최영이 멀어지고 이성계, 침통하다.

이지란 봐봤자 맴만 싱숭생숭하게시리 뭐 하러 오자 했습메.

이성계 이제 가문 다시는 못 뵐 분 아이니... 먼발치에서라도 마지막 인사는 드려야 되지 않갔니?

이지란 (큼, 하다가 어딘가 보고) 포은 선생.

이성계, 보면 정몽주, 다가선다.

이성계 포은 선생.

정몽주 오늘 떠나신단 얘길 듣고 왔습니다.

이성계 도성이 어수선하니까 날래 뜨는 게 상책이다 싶어서리... 이별주 대신 나중에 동북면에서 재회주를 하십시다.

정몽주 (엷은 미소) 장담은 못 드릴 것 같습니다.

이성계 (보는)

정몽주 소생 역시 이인임의 복귀를 지켜볼 수만은 없으니까요. 싸울 것입니다.

이성계 이색 대감이 동의를 했다 들었수다... 기캐도 싸울 거우까?

정몽주 스승님께서 가르쳐주신 대의를 지키려는 것이니 크게 봐선 스승님의 뜻을 거역하는 것이 아닙니다.

이성계 ...선생은 이 난장판 같은 정치가 지겹지도 않습꾸마?

정몽주 가혹한 정치는 호랑이보다 무서운 것이라 하지만... 그래도 꼭 필요한 것이고, 누군가는 그것을 해야 하니까요.

이성계 어째서 필요함메?

정몽주 힘없는 백성이 기댈 곳은 미우나 고우나... 정치뿐입니다.

이성계 (보는)

정몽주 잘 가십시오.

이성계 ...

24 _____ 대궐 앞 (낮)

만신창이가 된 정도전, 숙위병들에게 질질 끌려 나온다. 이를 악물고 고통을 참는다. 숙위병들에 의해 내던져진다. 꿍! 신음을 뱉는 정도전. 남은과 윤소종, '영감!' 하며 부축한다.

낭장 대사성을 썩 모시고 가시오! 다시 한번 소란을 피우는 날엔 순군옥에 가둘 것이오이다!

숙위병들, 들어간다. 정도전, 씁쓸한 듯 피식 웃는다. 널브러진 멍석을 주워 다시 펴서 앉는다.

정몽주 (E) 미련한 사람 같으니...

정도전, 보면 정몽주, 멍석을 갖고 다가온다. 정도전 곁에 멍석을 깔고 앉는 정몽주. 정도전, 멍해서 본다.

정몽주 혹시라도 사지 멀쩡히 돌아가게 되면 스승님께 사죄나 제대로 하시게.

정도전 포은...

정몽주 (짐짓 미소) 이러고 있으니 옛날에 북원과의 화친에 반대하던 시절이 떠오르는구만... 어디 목청도 예전 그대로인지 한번 볼까? (외치는) 전하~! 이인임을 불러들이시면 아니 되옵니다! 통촉하여 주시옵소서~!!

정도전, 감격해서 보고. 일각에서 두 사람을 묵묵히 지켜보는 이성계와 이지란. 이성계, 발길을 돌린다.

25 _____ 이인임의 초가 외경 (밤)

이인임의 호탕한 웃음소리 들려 나온다.

26 _____ 동 안방 안 (밤)

이인임, 박가와 앉아 있다.

이인임 이거야 원 싱거워서... 괴물이니 뭐니 떠들어대두 결국은 순진한 사

대부에 불과하지 않았던가... 삼봉... 이제 곧 돌아갈 터이니 기다리고 계시게. (웃는)

27 _____ 도성 밖 산길 (낮)

짐을 실은 말과 무사들, 하인을 대동한 이성계, 이지란과 나란히 말을 타고 온다. 이성계, 표정이 어둡다.

28 _____ 길가 공터 (낮)

이성계 일행, 쉬고 있다. 이성계, 이지란과 나란히 앉아 있다.

이지란 (기분 좋은) 야~ 동북면이 가차와지니까 이거이 흙냄새부터가 다르지 않슴메! (이성계를 보면)

이성계 (무거운)

이지란 삼봉하고 포은 선생 생각하는 거우까?

이성계 ...어케 될 것 같니?

이지란 (착잡해지는) 뭐... 잡혀가지 않았으문 계속 기카고 있갔지비...

이성계 ...

이지란 이인임이가 돌아오문 포은 선생은 몰라도 삼봉 선생 목숨은 장담할 수 없을 것이우다.

이성계 ...

정도전 (E) 도망친다고 피할 수 있는 고통이었다면 소생 역시 진작에 도망쳤을 것입니다.

F.B》14씬의

정도전 이 고통을 종식시킬 수 있는 길은 고통의 한가운데로 들어가 싸우는 것뿐입니다. 우리에게... 퇴로는 없습니다.

현재》

이성계 ...

정도전 (E) 모든 백성이 군자가 되어 사는 나라...... 그것이 내가 꿈꾸는 나라요.

F.B》17회 1씬의

정도전 ...장군과 함께 오백 년 낡은 고려를 무너뜨리고 새로운 이념과 질서를 갖춘 동방의 이상 국가를 건설하고 싶소.

F.B》25회 5씬의

정도전 대감의 가슴 속에 있는 야심을 숨기지 마십시오. 대감 역시 소생만큼이나 대업을 열망하고 있지 않습니까?

현재》

이성계 (부정하듯 일어나는) 가자우.

이지란 (일행에게) 야, 야! 가자!

일행들, 급히 준비하고 이성계, 말에 오른다. 천천히 나아가는 행렬. 이지란, 풍광을 둘러보다 멈춰 돌아보면 이성계, 멈춘 말 위에서 고심하고 있다.

이지란 성니메.

이성계 (갈등하는)

29 _____ 대궐 앞 (밤)

정도전과 정몽주를 연행하려는 숙위병들 간에 치열한 몸싸움이 벌어지고 있다. '무슨 짓이냐!', '썩 물러나지 못할까!', '놔라!', '네 이놈들!' 호통과 '속히 끌어내라!' 정도 고성이 오간다. 정몽주, 양팔을 제압당해 끌려가고 '네 이놈~' 외치며 낭장의 멱살을 잡던 정도전, 한 병사에게 턱을 정통으로 가격당해 푹 쓰러진다.

정몽주 삼봉!!

숙위병들 (정도전에게 다가가 뒷덜미를 잡아 일으키려는데)

이성계 (E) 그 손 떼라우.

숙위병들, 흠칫 보면 이성계, 다가선다. 서슬에 주춤하는 숙위병들.

정몽주 장군!

이성계 동북면 도통사로서 명한다. 모두 물러서라우.

숙위병들 (주춤 낭장을 보면)

이성계 물러서라잖니!!

낭장과 병사들, 정도전으로부터 물러선다. 이성계, 한 팔 정도 짚고 쓰러져 있는 정도전 앞에 가 선다. 입가에 흐르는 피를 닦고 거친 숨을 몰아쉬는 정도전. 이성계, 묵묵히 바라본다.

정도전 ...오셨습니까?

이성계 지금이라도 도망치시우다... 사방이 벽으로 막힌 것 같지만 어데 도망칠 길이 찾아보문 있지 않갔습메?

정도전 퇴로는 없습니다. 벽을 무너뜨려 그것을 다리 삼아 걸어갈 것입니다.

이성계 힘도 없는 양반이 어캐 꿈만 야무지시우까?

정도전 사내대장부의 꿈이 그 정도는 돼야 하지 않겠습니까?

이성계 (바라보는)

이지란, 이방원, 윤소종, 남은, 배극렴 등 허겁지겁 달려와 선다. 정도전, 끙! 하고 일어서다 풀썩 쓰러진다. 바라보던 이성계, 정도전에게 손을 뻗는다. 정도전, 보면.

이성계 (따뜻한 미소) 함께 싸웁세다.

정도전 장군...

이성계 잡으시우다.

정도전, 천천히 이성계가 내민 손을 잡는다. 이성계, 으싸 일으켜 세우고 정도전 일어선다. 미소 띤 이성계를 바라보는 정도전의 눈가가 젖어 든다. 일동, 바라본다.

30 _____ 대궐 침전 안 (밤)

창왕, 근비, 이성계, 앉아 있다.

이성계 전하~ 소신 이성계, 국사에 지친 나머지 신병을 핑계로 사직의 소를 제출하였으나 광평군 이인임의 복귀가 거론되는 상황을 좌시할 수는 없사옵니다! 바라옵건대 소신에게 불윤비답을 내려주시옵구 이인임을 중용하라는 하교를 거두어 주시옵소서~!!

창왕·근비 (노려보는)

31 _____ 빈청 조민수의 집무실 안 (밤)

마뜩잖은 표정의 조민수, 앉아 있다. 맞은편에 조준, 앉아 있다.

조준 심기가 많이 불편해 보이십니다.

조민수 (대꾸 대신 사첩을 하나 조준 앞에 놓는) 대사헌의 사첩일세.

조준 ! ...감사합니다, 장군.

조민수 첫 소임을 주겠네.

조준 (보는)

조민수 최대한 은밀하고 신속하게 이성계, 정몽주, 정도전을 탄핵할 비리를 찾아내게.

조준 ...알겠습니다.

조민수 에이... 귀찮은 놈들...

의미심장하게 바라보는 조준의 모습에서 F.O

32 _____ F.I - 대궐 앞 (낮)

이성계, 걸어오다 보면, 뙤약볕 아래 멍석을 깔고 앉은 정도전, 정몽주, 남은, 윤소종, 이방원, 이방과 등. 그 앞에서 하륜, 교지를 읽고 있다.

하륜 과인은 광평군 이인임을 불러 중히 쓰고자 하는 뜻을 굽힐 생각이 전혀 없다. 과인이 엄중히 명하노니 속히 자리를 물리고 맡은바 직분으로 돌아갈지어다. (교지 덮는)

일동 ...

하륜 (정도전을 복잡한 심경으로 바라보는)

정도전 (덤덤하게 앞을 보고 앉은)

하륜 어전의 분위기로 볼 때 금일 내로 자리를 파하지 않으면 낭패를 보시게 될 것입니다. 다들 유념하시는 게 좋을 듯싶습니다. (가는)

정몽주 삼봉, 사람들을 데리고 자리를 물리시게.

정도전 (보는)

정몽주 우리가 모두 끌려가면 장군을 도와드릴 사람이 없네. 여긴 내가 맡을 테니 자넨 한발 물러나시게. (하는데)

이성계 (다가서며) 걱정 마시우다. 내 오늘은 편전에 들어가서리 반드시 결판을 볼 것이우다.

정몽주 장군... 신중하셔야 합니다. 삼봉과 함께 계책을 세워 대응하십시오.

정도전 그럴 필요 없네. 이제 뜻하지 않은 곳에서 반격이 시작될 것일세.

이성계 (보는)

정몽주 반격이라니? 그게 무슨 말인가?

정도전 (의미심장한 미소)

33 _____ 도당 안 (낮)

조민수, 변안열, 이색, 배극렴, 이숭인, 하륜, 조준 등이 앉아 있다.

조민수 금상께서 보위에 오르시고 첫 도당회의를 개최하게 되어 감개가 무량합니다. 허나... 첫날부터 불미스러운 안건을 다루게 될 듯하여 유감입니다.

배극렴 불미스러운 안건이라니요?

조민수 대사헌, 말씀하시오.

조준 대사헌 조준입니다. 근자에 도당의 중신 일부가 국법을 어기고 토지를 강탈한 정황을 인지하여 본 대사헌이 직접 감찰을 벌였습니다.

이숭인 감찰 결과가 어찌 됐습니까?

조준 (조민수를 보면)

조민수 (어서 발표하라는 듯 끄덕이고)

조준 (족자 하나 펴서) 금년 정월에 처형된 임견미, 염흥방의 족당들의 토지는 모두 나라에서 몰수하기로 하였으나 이 중 일부가 특정 대신의 소유지로 부당하게 전용된 사실을 확인하였습니다.

조민수 (뭔가 이상한 듯 조준을 보는)

배극렴 그자가 누구요?

조준 ...

34 _____ 다시 대궐 앞 (낮)

이성계 반격의 기회라문 무슨... 노림수가 있다는 말이우다?

정도전 뒤집기... 정치의 묘미지요.

정몽주 뒤집기?

35 _____ 다시 도당 안 (낮)

일동의 시선이 조준을 향하고, 조준은 조민수를 본다.

조준 도통사... 조민수 장군입니다.

조민수 !

이색 뭐라? (조민수를 보는) 도통사!

조민수 (극도로 당황하여 버벅대는) 아니, 저... 저기...

배극렴 뭐라고 말을 해보시오! 이게 사실이오이까!

조준 (교지 탁 내려놓고) 궁금하신 분은 이것을 보시면 됩니다. 죄인에 대한 세부적인 질문은 국문장에서 하게 될 것입니다.

하륜 국문?

조민수 이놈이... 감히... (발끈해서 일어나) 조준, 네 이놈~!!

36 _____ 다시 대궐 앞 (낮)

정도전의 의미심장한 모습 위로.

37 _____ F.B(회상) - (18씬에서 이어지는) 성균관 경내 일각 (밤)

조준 소생도 내심 기대를 했었는데... 아쉽게 됐습니다. 수고하십시오.

조준, 인사하고 간다. 정도전, 조준을 꽂힌 듯 바라보다가 부른다.

정도전 이보시오, 우재.

조준 (멈칫 돌아보는)

38 _____ 회상 - 성균관 정록청 안 (밤)

정도전, 조준과 앉아 있다.

정도전 조민수에게 접근하여 대사헌의 자리를 달라 하십시오. 우재께선 권문세가 출신의 사대부니 조민수와 이색 대감 모두를 만족시킬 것입니다.

조준 (재밌다는 듯 보는)

정도전 이 사람은 대궐에 멍석을 깔고 앉아 저들이 방심하게 만들겠습니다.

조준 일전에 여쭤봤던 것에 대한 대답을 해주신다면 그리하지요. 계민수전과 더불어 영감이 이루고 싶은 꿈... 그게 무엇입니까?

정도전 대업... 역성입니다.

조준 (예상했었다는 듯이 미소) ...하겠습니다.

39 _____ 다시 대궐 앞 (낮)

정도전, 회심의 미소를 짓는다.

40 _____ 시골 거리 (낮)

낚시를 마친 이인임, 박가와 무사들의 삼엄한 호위를 받으며 걸어온다.

여종, 헐레벌떡 뛰어온다.

여종 합하!

이인임 (보면)

여종 도성에서 사람들이 어명을 가지고 왔다 합니다요.

이인임 ... (피식) 드디어 때가 온 것인가? ... (일어나는) 가자.

41 _____ 이인임의 초가 마당 안 (낮)

관리와 병졸들 서 있다. 이인임, 무사들과 들어온다. 관리와 병졸들 인사한다.

이인임 아이구 이거 먼 길에 고생이 많으셨소이다. 잠깐만 기다리시오. 내 의관을 갖춘 연후에... (하다가 어딘가 보고 굳는)

돌아서 있던 사내. 몸을 돌려 이인임을 본다. 이성계다.

이인임 !!

이성계 (여유) 오랜만이우다.

이인임 (당혹스러움을 애써 참으며) 그대가 어찌... 전하의 어명을 전하러 온 것인가?

이성계 당신의 저승사자로 내만 한 사람이 있겠습꾸마?

이인임 !

이성계와 이인임의 표정에서 엔딩.

KBS 대하드라마

정도전 3

초판 1쇄 발행 2024년 1월 1일

지은이 정현민
펴낸이 김선준

편집본부장 서선행
책임편집 이주영 **편집1팀** 임나리, 배윤주 **디자인** 엄재선, 김예은 **본문 디자인** 김혜림
본문 일러스트 최광렬
마케팅팀 권두리, 이진규, 신동빈
홍보팀 한보라, 이은정, 유채원, 권희, 유준상, 박지훈
경영지원 송현주, 권송이

펴낸곳 ㈜콘텐츠그룹 포레스트 **출판등록** 2021년 4월 16일 제2021-000079호
주소 서울시 영등포구 여의대로 108 파크원타워1 28층
전화 02) 332-5855 **팩스** 070) 4170-4865
홈페이지 www.forestbooks.co.kr
종이 ㈜월드페이퍼 **출력·인쇄·후가공·제본** 한영문화사

ISBN 979-11-92625-98-0 (04810)
979-11-92625-94-2 (세트)